원시별

제1판 제1쇄 발행일 2023년 6월 15일

글_ 손석춘
기획_ 책도둑(박정훈, 박정식, 김민호)
디자인_ 정하연
펴낸이_ 김은지
펴낸곳_ 철수와영희
등록번호_ 제319-2005-42호
주소_ 서울시 마포구 월드컵로 65, 302호(망원동, 양경회관)
전화_ 02) 332-0815
팩스_ 02) 6003-1958
전자우편_ chulsu815@hanmail.net

ISBN 979-11-88215-89-8 03810

철수와영희 출판사는 '어린이' 철수와 영희, '어른' 철수와 영희에게
도움 되는 책을 펴내기 위해 노력합니다.

원시별

철수와영희

차례

3부 넘나든 한탄강

4부 어미산 불바다

5부 문학관 덩굴손

프롤로그

사랑조차 편히 나눌 수 없다면 삶은 얼마나 비루할까. 청춘을 예찬하는 화사한 미사여구들이란 얼마나 허황된가. 강장제로 건네진 마약 아닐까. 인간의 무한한 가능성을 들먹이는 철학은 또 얼마나 환각적인가.

그해 가을 스물네 살 최지혜는 바닥 모를 심연으로 깊이깊이 가라앉고 있었다. 언제나 다사롭던 어미산은 괴괴했다. 먹장구름이 산마루까지 바짝 내려앉았다. 산 아래 고즈넉한 석조건물에는 귀기마저 감돌았다. 건물 앞 망가진 잔디밭을 쓸쓸히 걸었다. 깊게 파였던 구렁은 황토로 뒤덮였다.

지혜의 갸름한 얼굴에 애수의 그늘이 더 짙어갔다. 사랑이

농익던 나날이 사무친다. 황토를 둘러싼 잔디밭을 순례하듯 맴돌았다. 반지하실과 잔디밭 사이 창문턱에 오도카니 앉아선 자살을 곱씹었다. 퀭한 눈에는 스스로를 경멸하는 조소가 담겼다. 비웃음은 서리서리 맺힌 한이 가득 묻어나 서늘했다.

마치 무병을 앓는 듯했다. 이레에 걸쳐 밥을 삼킬 수 없었다. 파리해서일까. 외레 들국화처럼 청초했다. 오는 길에도 마주치는 이들의 눈길을 모았다. 그럼에도 호졸근한 삶이 너무 역겨워 헛구역질마저 일었다.

시커먼 어둠이 지혜를 에워쌌다. 괴물처럼 날름날름 혀를 내밀었다. 도무지 더 버틸 재간이 없었다. 마침내 결행할 뜻을 굳혔다. 인적 드문 오솔길로 산사에 돌아왔다. 하나둘 삶의 시간을 비워갔다. 고이 갈무리한 권총을 꺼냈다. 총알을 확인할 때는 눈 뿌리가 저려왔다.

마지막 미련일까. 아름다운 순간들을 몸으로 추억하며 조용히 안녕을 고하고 싶었다. 깨알 수첩을 들췄다. 모두 비운 마음으로 설렁설렁 뒤적였다. 거의 끝자락을 펼칠 즈음이다. 그 낱말이 불화살처럼 날아왔다. 처음 취재 수첩을 열었을 때는 허둥지둥 넘긴 탓에 가벼이 지나친 대목이다.

"곰?"

다른 글자보다 더 꾹꾹 눌러 썼다. '곰'에 붙은 물음표가 불살의 살촉처럼 날아왔다. 기어이 앙가슴에 파고들었다. 온몸으로 불길이 번져갔다. 가슴이 두방망이질 쳤다. '곰' 대목을 거푸거푸 읽었다. 숨은 진실을 예감하고 곧 확신했다. 찌르르 감전된 듯했다. 몸이 저릿저릿 떨려왔다. 꺼끌꺼끌한 볼에 하염없이 흘러내리던 절망의 쓰라린 눈물은 어느새 그쳤다. 희망의 달금한 샘물로 핼쑥한 얼굴을 촉촉이 적신다.

어둡던 지혜의 눈이 윤슬처럼 반짝였다. 도저히 헤쳐 나올 수 없을 만치 깊디깊은 공허감에 허우적대던 두 손을 모았다. 알 수 없는 그 무엇에 경건한 기도를 올렸다.

스물넷에 생을 마치려던 충동은 우악살스런 괴물에 맞설 힘이 되었다. 종주먹까지 불끈 쥐었다. 우리가 마음놓고 사랑할 수 있는 세상을 일궈내고 싶은 욕망이 심장 깊은 곳에서 용솟듯 치밀었다.

새삼 처음 만난 순간부터 찬찬히 톺아보았다. 옹근 4년 전이다. 대학 새내기로 맞은 스무 살의 그해 가을은 앙상궂기는커녕 별빛처럼 찬란하지 않았던가.

살그니 눈을 감았다. 까만 어둠에 잠긴 무대가 보인다. 곧바로 검은 커튼이 좌우로 접혔다. 해 저무는 솔숲 등성이가 나타난다. 세 청년이 보인다. 해맑은 눈빛, 붉은 입술로 두런두런 정겹게 이야기하는 풍경이 활짝 펼쳐진다.

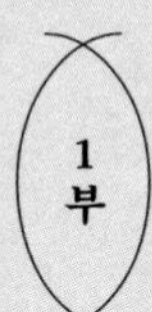

사랑의 오솔길

1장

'너 자신을 알라' 뜻 아는 사람?

두 남자와 한 여자. 입학한 그 가을에 스무 살 동갑으로 만났다. 교정과 산등성을 함께 거닐며 사랑과 우정을 키웠다. 대화는 잔별이 총총할 때까지 종종 이어졌다. 별숲 아래 세 청년의 얼굴을 작은 별들이 고루고루 어루만졌다. 이야기는 달빛에 물들어갔다. 세 사람을 이어주는 고리가 나이는 아니었다. 어우러진 밑절미에 철학이 자리했다. 셋 모두 모멸스런 삶을 이겨낼 철학 정립에 뜻을 세웠다. 때로는 더불어 때로는 홀로 학교 서쪽의 산등을 어슬렁어슬렁 걸었다.

1946년 가을 입학식에 이은 개강 첫날이다. 초가을 아침 색바람이 상긋했다. 산중턱 오솔길을 사뿐사뿐 걸었다. 사대하는 유학자들은 그 산을 '무악(毋岳)'이라 했다. 민중들은 아랑곳하지 않았다. 대대로 그랬듯이 '어미산'이다. 길섶에 하얀 산국이 새맑다. 코스모스는 애잔했다. 학교 북문의 언덕을 지나 비탈을 내려갔다. 솔숲 아래로 문과대가 들어선 건물이 얼핏 성처럼 보인다. 문학관이 가까워오면서 지혜의 가슴은 설렘으로 넘실댔다.

찬찬히 석조건물에 들어섰다. 계단을 꺾어 내려갔다. 반지하의 7호실을 찾았다. 철학과 전용의 아담한 강의실이다. 지혜가 들어설 때 사내들의 짓궂은 눈동자가 한꺼번에 쏠렸다. 본디 맨 뒤에 앉으려 했다. 하지만 시망스런 눈살들이 되우 성가셨다. 서둘러 맨 앞에 앉았다. 도근거려오는 가슴을 애써 도슬렀다. 곧이어 평소 차분함을 되찾았다.

다만 뒷줄에서 누군가의 시선이 다사롭다. 괜스레 수줍다. 혼자 엷은 미소를 머금었다. 남녀공학인 연희대학을 아버지가 강권할 때 십분 예상한 일이다. 허튼 유혹에 흔들리지 말자, 다짐한 터다. 열다섯 살 넘으면서다. 청순하다는 말을 무수히 들었다. 속절없이 절로 조신해졌다. 그렇다고 교정에 들어설 때 출가승 같은 결기로 무장하진 않았다. 사랑하는 남자를 만나고 싶은 기대로 가슴살이 뭉클도 했다.

남학생들의 검질긴 눈 쏠림에 불편을 느낄 때다. 중키에 중후한 교수가 성큼성큼 들어왔다. 회색 양복에 넥타이까지 말끔한 정장 차림이다. 검은 뿔테 안경 너머로 수강생들을 가늠하듯 둘러보았다. 입술은 꾹 다문 채다. 지혜의 서글서글한 눈과 마주쳤다. 잠깐 머물다가 금방 옮겨갔다. 조금은 어색한 적막감이 돌 때쯤 교수가 백묵 하나를 집어 들었다. 칠판에 큰북 치듯 탕탕 힘주어 "너 자신을" 썼다. "알"을 쓸 때 분필이 뚝 부러졌다. 아랑곳하지 않았다. 빠르게 "라"까지 마쳤다. 철학을 전공하겠노라 입학한 학생들이기에 두루 낯익은 말이다.

하지만 첫 강의에서 교수가 침묵하며 백묵을 들어 판서하자 의미가 새로웠다. 부러진 백묵이 칠판을 긁으며 적은 마지막 글자처럼 낯설게 다가왔다. 아마도 그 낯섦을 의도했을 터다. 교수가 검지로 안경 가운데를 올렸다. 철학과 신입생들은 긴장했다. '묵언'을 이어가는 교수를 숨죽이며 바라보았다. 정적이 이어졌다. 뜸들이던 교수가 잔잔히 말문을 열었다.

"입학 축하하이. 철학과에 들어온 여러분은 '너 자신을 알라'가 누구의 말인지 다 알고 있으리라 짐작하네. 하지만 말을 아는 것과 뜻을 아는 것은 별개의 문제이지. 특히 많이 알려진 말일수록 상투적으로 넘기기 십상이거든. 그렇지 않은가. 그런데 어설프게 아는 것을 넘어서서 모든 것을 명료하게 인식하는 학문이 바로 철학일세. 기실 '너 자신을 알라'는 철학의 알파요, 오메가라 할 수 있지. 자, 그럼 누가 말해볼까, 철학으로 성인의 반열에 오른 소크라테스가 던진 그 말의 뜻을."

교수가 강의실을 빙 둘러보았다. 한 사람 한 사람과 눈을 맞췄다. 지혜에게 눈길을 돌리는 순간이다. 바로 뒤에 앉은 남학생이 답했다. 목소리가 또랑또랑했다.

"철학자 프리드리히 니체가 '인간은 자기 자신을 잘 모른다'고 꼬집었는데요. 저는 그 경고가 소크라테스의 '너 자신을 알라'는 뜻과 이어진다고 생각합니다. 자기 자신은 물론 세상을 잘 모르면서 그 모른다는 사실조차 모르고 다 아는 듯이 살아가는 모습은 과거부터 인류에게 보편적 문제로 보입니다."

"음, 훌륭하군. 자네 이름은?"

"정진철입니다."

"우리 정 군이 니체를 빌려 해석했는데 고대와 현대를 이어 생각하는 것은 좋은 접근일세. 잘 답했듯이 소크라테스는 자신이 잘 모르고 있다는 것조차 모르는 사람들을 일깨우려고 했네. 가장 많이 알려진 해석이라 가볍게 넘어가기 쉽지만 철학을 공부하겠다면 제군들 모두 그 말을 구렁이 담 넘듯이 여기지 말고 반드시 꼼꼼히 짚어보기 바라네. 어떤가. 정 군, 자네는 스스로의 무지를 알고 있나?"

"네, 그래서 세상을 더 알고 싶어 철학을 공부하려고 입학했습니다."

"좋아, 잘 왔네, 그런데 자네는 내 물음에 답하면서 두 번 모두 '세상'이란 말을 강조하는군. 자네가 말하는 '세상'은 무엇인가?"

"인간이 살아가는 지금 이 세상입니다. 아리스토텔레스가 인간을 정치 공동체적 동물이라는 뜻에서 사회적 동물로 정의했다고 들었습니다. 너 자신을 알라는 말에는 자신이 사회적 동물임을 알라는 의미도 들어 있다고 생각합니다."

"그래? 자네 앞으로도 공부를 많이 해야겠구먼. 하긴 정치도 사회도 철학적 사유의 대상이지. 그런데 오지랖 넓게 휘뚜루 공부하면 찔끔찔끔 찔러만 보기 십상이지. 그러다가 아무것도 깊게 알지 못할 수 있으니 유의하게나."

"잘 알겠습니다."

"많은 사람들이 '너 자신을 알라'는 말은 알면서도, 심지어 그 뜻까지 들었으면서도 실제 열에 아홉은 자신이 인생살이에 모르는 게 없다는 듯이 살아간다네. 정 군의 생각 들어보았는데 누가 다른 생각 말해볼까?"

"철학과 신입생 이수철입니다. 저는 인간에게 원초적으로 들어 있는 오만함을 경계하는 말로 이해하고 있습니다."

"목소리가 우렁차군. 그런데 이 군, 자네가 말한 원초적 오만이란 무엇을 지칭하는가?"

"자신이 마치 신적인 존재가 될 수 있으리라 자만하는 오만함입니다. 한마디로 주제넘은 생각이죠. 그런 맥락에서 소크라테스의 말을 '인간으로서 너의 분수를 알라'로 풀이할 수 있겠습니다."

"자네는 교회 다니는 게지?"

"네, 맞습니다."

"그렇군. 기실 신학의 바탕도 철학이라네. 이 군의 소크라테스 해석에는 기독교의 원죄 의미가 들어 있는데, 원죄를 유발한 여성이 이브 아닌가. 이제 우리 강의실의 홍일점인 여학생 생각을 경청해볼까."

질문이 오리라 예상은 했다. 하지만 '원죄' 운운은 뜬금없었다. 교수가 호기심 어린 눈으로 응시했다. 지혜는 애써 다사로운 미소를 머금었다. 거의 동시에 날카롭게 반론을 폈다.

"교수님. 원죄를 여성이 유발했다는 말씀을 철학 강의실, 그것도 첫 수업에서 들을 줄은 몰랐습니다. 특정 종교의 경전에 근거한 보편화는 그릇될 뿐더러 우리가 공부할 철학 정신과도 전혀 어울리지 않는다고 생각합니다."

"아, 우리 홍일점이 노하셨구나. 딱히 내가 그리 생각한다는 것은 아니니 넘어가세."

“그렇다면 더욱 그런 말씀을 이해할 수 없습니다. 교수님도 아까……”

말하면서 시선을 돌렸다. 펼쳐놓은 공책이다. 필기해둔 대목을 손가락으로 짚었다. 조금은 따지듯이 말했다.

“철학은 모든 것을 명료하게 인식하는 학문이라 하셨거든요.”

“좋아, 원죄를 여성이 유발했다는 말은 내가 취소하겠네. 다만 기독교 문명이 현재 세계를 지배하고 있는 것을 유의할 필요는 있을 게야. ‘너 자신을 알라’라는 말로 돌아가세.”

“제 짧은 생각에는……”

“자신감 갖고 말해요. 인간인 우리는 모두 짧은 생각을 하고 있답니다.”

수철이 냉큼 가로채며 붓날았다. 캐드득캐드득 웃음이 퍼졌다. 따따부따 다소 딱딱해가던 강의실 분위기가 단숨에 풀렸다. 지혜는 살짝 고개 돌렸다. 기다리고 있던 수철의 눈과 마주쳤다. 강의실에 지혜가 들어올 때부터다. 수철은 기품 있는 아름다움에 감탄했다. 누구보다 앞서 자신의 존재를 각인시키고자했다. 망울에 부리부리 힘을 주었다. 눈초리엔 웃음을 머금었다. 하지만 지혜는 사부자기 무시했다. 옆자리 진철을 흘끗 보고 곧장 고개를 되돌렸다. 교수에게 간결이 말했다.

“우주에서 인간으로 존재하는 의미를 깨치라는 뜻이 아닐까 싶습니다."

합창하듯 '우와' 소리가 나왔다. 답이 거창하다는 뜻일 게다. 거기에는 여성을 낮잡아 보는 맘보가 유들유들 깔려 있었다. 지혜는 모르쇠를 놓았다. 교수에 시선을 모았다.

"음, 어떤 깨침을 말하는 건가?"

"그걸 말할 수 있다면 이미 깨침에 이른 것이겠지만, 저는 아직 깨치지 못했습니다."

"좋아, 깨치지 못했음을 알고 있으니 자네는 너 자신을 알고 있다고 볼 수 있겠군. 자네 이름은?"

"지혜입니다. 최지혜."

"가만, 철학과 신입생들 이름이 모두 독특하군. 아까 두 남학생 이름이 진철, 수철이었는데 자네 이름은 더 철학적이로군. 설마 이름이 그래서 우리 학과에 입학한 것은 아니겠지? 철학, '필로소피'가 본디 소피아, 곧 지혜를 사랑하는 학문이란 것은 다들 알고 있을 걸세. 우리 최지혜 양은 지혜 앞에 '높을 최'자까지 붙었으니 얼마나 기대되나."

모두 짜드라웃으며 두런두런했다. '홍일점'의 관심을 끌려는 치기들이 넘실댔다. 지혜는 헛웃음이 나왔다. 중후해 보이던 교수가 달리 보였다. 학생들 이름을 철학과 입학에 연관 짓는 우스개는 터무니없었다. 물론 재밌게 강의를 진행하려고 부러 늘어놓았을 수 있다. 그럼에도 슬슬 시답지 않았다. 지혜의 표정에서 실망감을 읽어서일까. 교수가 군기침을 냈다. 곧장 강의에 들어갔다.

"소크라테스의 말로 익히 알려져 있네만 '너 자신을 알라'는 말은 본디 아폴론 신전에 새겨져 있는 경구라네. '너는 신이 아니라 언젠가 죽어야 하는 인간'임을 강조한 게지."

수철의 어깨가 으쓱으쓱했다. 교수는 미소를 지었다. 인간에게 삶의 시간이란 마냥 주어져 있지 않다는 경고라고 덧붙였다. 청년 알키비아데스를 보기로 들었다. 부잣집 아들 알키비아데스는 야심만만했다. 부를 밑절미로 권력과 명성을 탐냈다. 소크라테스는 알키비아데스와 문답에 들어갔다. 부와 권력, 명예 따위의 쓰잘머리 없는 것들 돌보느라 인생을 낭비하지 말라고 일러주었다.

"많은 사람들이 '너 자신을 알라'만 알고 있는데, 그와 비슷하지만 더 중요한 소크라테스 말이 있네. 혹시 아는 학생 있나?"

"……."

"철학 책을 적잖이 본 것 같은 정 군도 가만히 있는 걸 보니 모두 들어보지 못했나 보군. 소크라테스는 '너 자신을 돌보라'고 했네. 영혼을 돌보라는 건데, 실은 '너 자신을 알라'라는 경구의 핵심도 여기 있다네. 그러니까 철학의 대명사인 소크라테스가 깨우쳐주었듯이, 인간답게 살려면 돈과 권력, 명예를 가볍게 여기고 자신의 영혼을 돌보아야 하네. 그때 철학은 영혼의 정화를 의미하겠지."

지혜는 필기에 열중했다. 처음 듣는 이야기다. 학우들 모두 경청했다. 그런데 뒷자리에서 조금 떨리는 목소리가 들려왔다. 진정을 담아 묻는 듯했다.

"교수님, 질문이 있는데요."

"어, 그래. 우리 정 군이구먼. 질문 언제든 환영하네."

"너 자신을 알라, 또는 돌보라는 말을 '인간답게 살려면 돈, 권력, 명예를 가볍게 여기라'고 풀이하는 것은 외람되지만 심각한 문제가 있다고 생각합니다."

"그래? 우리 진철 군은 무엇이 그리 심각할까."

"일단 돈 있는 알키비아데스에게 명예와 권력을 추구하기보다 영혼을 돌보라는 말은 충분히 의미 있다고 생각합니다. 하지만 그 사례를 들어 부, 권력, 명예를 추구하지 말라거나 더 나아가 인간답게 살려면 그것들을 가볍게 여기라는 뜻으로 받아들이면, '너 자신을 돌보라'의 보편적 의미가 퇴색할 수 있습니다. 가령 돈을 추구하지 말라 또는 가볍게 여기라는 말은 일단 생존권이 확보된 사람에게나 할 수 있는 말이라고 생각합니다. 돈이 없어 당장 끼니를 이어가기 어려운 수많은 민중들이 있잖습니까. 그분들은 이미 인간답게 살고 있지 못합니다. 비참히 살고 있는 민중에게 '돈을 추구하지 말라거나 가볍게 여기라'는 말이 과연 얼마나 현실성 있을까요. 명예와 권력도 마찬가지입니다. 친일파들은 명예를 가볍게 여긴 결과이고, 독립운동에 더 많은 참여가 일어나지 못한 것은 권력이 우리 삶에 끼치는 해악을 가볍게 여긴 결과라고 생각합니다. '너 자신을 돌보라'는 말을 비롯해 철학이 모든 인간에게 보편적인 진리로 재정립되지 못하면 그야말로 자칫 계급에 매몰될 가능성이 높지 않을까 싶습니다."

2장

신성한 철학에 웬 계급

"자네, 지금 계급이라 했는가?"

진철의 말이 채 끝나기 전이다. 목곧은 교수가 사늘히 반문했다. 목소리가 날카로이 갈라졌다. 강의실에 정적과 긴장이 흘렀다. 모두 교수의 눈치를 슬금슬금 살폈다. 진철은 되레 도렷도렷 답했다.

"그렇습니다. 지금 경제적으로 고통스럽게 살고 있는 민중들에겐 와 닿지 않을 주장일 테니까요."

"자네 아까는 '너 자신을 알라'가 스스로의 무지를 알라는 뜻이라고 했는데 설마 무지에도 계급성이 있다고 생각하는 것은 아니겠지?"

“교수님께서 아까 지적해주셨듯이 저는 ‘세상’을 잘 모르는 무지도 강조했잖습니까. 적잖은 민중들이 자신을 사회화된 존재로 의식하지 못하며 살아가고, 그 때문에 세상살이에서 억압당하고 고통받는 까닭을 잘 모르고 있다고 생각합니다.”

“음, 자네처럼 생각하는 사람들을 내가 잘 알고 있네. 하지만 적어도 철학과 강의실에서 철학이라는 신성한 학문에 계급의 잣대를 들이대는 것은 삼가게나.”

교수는 거기서 논쟁을 매지 짓고 싶었다. 부드럽게 웃기도 했다. 하지만 진철은 아니었다. 교수의 의도를 몰랐을까. 쉬 넘어가지 않았다. 어쩌면 잘 알았기에 그랬을 성싶다.

“교수님, 조선에 지금 지주와 소작농이 있고 자본가와 노동인이 있듯이 우리 삶의 현실에 엄연히 살아가는 조건이 다른 사람들이 있잖습니까? 그 엄존하는 계급적 현실을 어떻게 철학이 외면할 수 있겠습니까? 철학이 계급성을 벗어나려면 실제 현실에서 계급을 없애는 길을 제시해야 옳지 않습니까? ‘너 자신을 알라’는 말이 부와 권력과 명예를 좇는 부잣집 아들 알키비아데스에게 가르침을 주듯이, 인류의 대다수인 민중에게 주는 의미가 있다면 정치 사회적 존재로서 너의 계급적 처지를 모르는 무지, 그래서 고통스레 세상을 살아가면서 그것을 팔자소관이라고 여기는 무지에서 벗어나라는 권고이지 싶습니다.”

"그럼 정 군. 자네는 왜 대학 철학과에 들어온 겐가? 굳이 비싼 입학금, 등록금을 내가며 말일세."

"교수님, 제가 너무 외람되었나요? 아까도 말씀드렸는데 당연히 철학을 공부하고 싶어서이지요."

"오해는 하지 말게. 그러니까 어떤 철학을 공부하고 싶은 건가?"

"사람들 사이에 어떤 계급도 없는 세상, 그런 세상을 밑받침할 철학입니다."

"자네 말을 들어보면 이미 맑스주의에서 답을 찾은 것 같아 묻는 걸세."

"솔직히 잘 이해가 가지 않는데요. 그렇다면 교수님께선 맑스주의가 어떤 계급도 없는 세상을 뒷받침할 철학으로 생각하시는 건가요?"

"……."

"저는 그렇게 생각하지 않거든요. 더욱이 계급 없는 세상을 말한다고 모두 맑스주의자는 아니라고 생각합니다. 우리 동학에서도 사람들 사이에 양반이나 천민 계급이 없는 평등 세상을 제시했잖습니까? 제가 맑스주의에서 답을 찾았다면 교수님 말씀대로 구태여 비싼 돈 내고 왜 철학과에 들어왔겠습니까? 바로 혁명운동에 나서지요. 하지만 아까도 말씀드렸는데요. 저는 아직 세상을 다 알고 있지 못합니다."

부등부등한 교수의 얼굴이 붉으락푸르락했다. 하지만 곧 엷은 웃음을 지어 덮었다. 씨그둥한 눈에 깃든 불신감은 감추지 못했다. 학생들을 쭉 훑어보았다. 반은 조롱하듯 입을 열었다.

"정의감 넘치는 철학도가 하나 들어왔군."

지혜는 진철의 반응이 궁금했다. 살며시 고개 돌려 보았다. 교수의 노골적인 조소에 욱하지 않을까 우려했다. 하지만 억실억실한 얼굴에 눈빛이 맑았다. 두툼한 입술은 보일락 말락 생그레했다. 괜찮으니 걱정 말라는 미소처럼 다가왔다. 지혜는 얼굴이 화끈거려왔다. 낯꽃을 감추려 황급히 고개를 되돌렸다. 그때 수철이 설레발을 놓았다.

"정의감 넘치는 철학도. 하나가 아닙니다, 교수님. 정의감이라면 여기 이수철도 있습니다. 둘입니다. 아니, 최지혜 씨까지 셋입니다."

"그래? 철학은 언제나 근거를 묻는 학문이라네. 자네가 정의감 넘치는 철학도라고 주장하는 근거는 무엇인가? 그리고 하나 더 물어보지. 최지혜 양은 가만히 있는데 어떻게 자네가 정의롭다고 예단하나?"

첫날부터 신입생 질문에 자신이 과민하게 반응하고 있다는 후회감이 은근히 들던 차였다. 분위기를 바꿀 겸 농 섞어 물었다. 예상대로 웃음이 터졌다. 썰렁썰렁하던 분위기가 다시 풀렸다. 정작 수철의 얼굴은 진지했다. 강의실 분위기를 띄우는 익살꾼만은 아님을 선포하듯 또박또박 말했다.

"저는 해방 전에 일제와 맞서 싸우려고 산에 들어가 동지들과 군사 훈련을 했습니다."

"오, 그랬는가. 어디 있었지?"

"조선민족해방협동당의 일원으로 연천, 포천, 철원 일대에서 활동했습니다."

"음, 해방협동당이라……. 내가 들어본 것 같기도 하고……. 자세히 모르겠네만 '민족해방'이라면 공산주의와 연관을 맺은 당인가?"

"그렇지 않습니다. 자본주의와 공산주의를 넘어 협동으로 새로운 나라를 운영해야 한다고 길을 밝혔습니다."

"협동은 좋은 말이네. 참, 자네 크리스천이라고 했지? 아무튼 자네 또한 정의감이 넘친 것은 사실이군. 인정하겠네. 훌륭하이."

학우들이 웅성거렸다. 학교 안밖에서 독립운동을 경원하는 흐름이 어느새 나타나고 있었기에 더 그랬다. 수철은 그 좋은 순간을 놓칠세라 둘째 질문에 답했다. 진철의 앞자리에 다소곳이 앉은 지혜를 보며 넉살을 피웠다.

“지혜 씨가 정의롭다고 예단한 것은 독립운동 시절에 많은 사람들을 만난 경험에서 얻은 제 나름의 감이 있어서입니다. 최지혜 씨, 정의로운 분 맞지 않습니까?”

“아닙니다. 저는 지금 ‘너 자신을 알라’를 새기고 있습니다.”

쌀쌀한 응수다. 돌아보지도 않은 채다. 목소리가 찬바람 부는 듯했다. 그 서슬에 학우들도 더는 키득거리지 못했다. 교수가 지혜와 수철을 번갈아 보았다. 피식 웃으며 농말하듯 얼넘겼다.

“내가 보기에 퍽이나 씩씩한 자네들 셋, 마침 한 곳에 옹기종기 몰려 앉아 있으니 삼총사로 불러야겠구먼, 그 중에 자세로는 최지혜 양이 가장 소크라테스답네.”

선웃음으로 매듭짓고 강의를 이어갔다. 하지만 ‘삼총사’는 물론 모든 학생이 교수의 눈씨를 알아챘다. 정진철을 ‘맑스주의자’로 경계하기 시작했다고 감잡았다.

정작 진철은 맑스주의와 거리를 두고 있었다. 실제로 동학 공부에 몰입했다. 독립운동 했다는 수철에겐 허풍이라는 쑥덕공론이 이어졌다. 지혜에겐 재색을 겸비했다는 중론이 일었다.

정진철과 이수철 그리고 최지혜. 세 청년은 그날부터 ‘철학과 삼총사’로 불렸다. ‘억지 미소’ 교수가 즉흥적으로 붙인 별명으로 정진철과 문답에서 찜찜한 상황을 모면할 의도였다.

그 말을 학우들이 애용하면서 퍼져갔다. 정작 세 사람은 별명 따위에 시큰둥했다. 모두 철학적 탐구심이 강했다.

연희전문이 대학으로 승격하고 첫 입학생이기에 철학과 1기 생들은 은연한 자부심 또는 의연한 책임감을 지녔다. 일제 강점기에 대학은 경성제대뿐이었다. 물론 연희전문도 철학과를 개설하고 학생들을 가르쳤다. 해방이 되고 1년이 지난 1946년 8월 대학으로 승격하며 철학과 새내기를 받았다. 진철과 수철은 시대를 이끄는 철학을 정립하겠다는 소명감을 공유했다. 그 소명의식은 저마다 별처럼 빛나는 존재가 되고픈 청소년기의 원초적 열정과 맞닿아 있었다. 한국 철학계, 더 나아가 세계 철학사에 빛나는 별들 가운데 하나가 되기를 꿈꿨다.

지혜는 문제의식의 결이 다소 달랐다. 인간의 동물적 한계에 일찌감치 눈떴다. 방탕한 아버지는 탐욕과 성욕을 좇았다. 화류계 생활이 화려한 아버지와 정반대로 파리한 어머니는 그런 지아비를 해바라기하며 골골 속병으로 시난고난했다. 모두 동물적 욕망에 지배당하는 듯했다. 인생이 과연 살 만한 가치가 있는가에 답을 찾고 싶었다. 그렇다고 사회와 역사에 아예 무심하진 않았다. 아버지가 순박한 소작인들을 개돼지처럼 여기는 언행을 서슴지 않을 때 원망스러웠다. 결국은 죽음에 이를 모든 삶이 모멸스러웠다.

가리사니가 서면서는 붓다의 사유에 끌렸다. 마침 외숙이 스님이다. 거처가 '무악산 봉원사'다. 출가까지 고심했지만 발심에 이르지 못했다. 과연 깨달음의 세계가 존재하는가. 되새김질할수록 회의가 들었다. 불교계가 세운 혜화전문이 곧 대학으로 승격한다는 소식을 접한 지혜는 붓다를 온새미로 알고 싶었다.

진학 뜻을 밝혔지만 아버지가 완강히 반대했다. 이유가 뜻밖이다. 지금은 '기독교 시대'라고 설교했다. 시류를 재빨리 읽은 당신은 기독교인 사위를 얻으려는 의도까지 감추지 않았다. 연희대 영문과를 강권한 까닭이다. 지혜는 철학과 입학으로 타협했다. 머릿 기름내와 분내 짙은 여자들에 둘러싸인 아버지 곁을 하루라도 일찍 떠나고 싶었다. 내심 연희대 뒷산에 터 잡은 봉원사의 외숙에 기댈 셈도 있었다.

세 청년을 비롯한 철학과 1기생들의 성향은 다채로웠다. 절반 가까이는 미국을 흠모했다. 더러는 그것이 지나쳐 조선을 멸시도 했다. 심지어 조선 민중의 유구한 역사를 고자 힘줄로 깔보는 축도 있었다. 미군 병사들의 하위문화를 맹종하며 깝죽대기도 했다. 틈날 때마다 미국 노래를 불렀다. 미군 부대에서 양담배나 양주를 빼와 팔며 '양공주'와의 하룻밤 '무용담'을 자랑도 했다. 그러면서도 뜬금없이 까뮈의 '이방인'으로 자처했다. 딴은 기회를 엿보며 호시탐탐하는 야망이나 호의호식하고픈 욕망으로 늘 약삭빠른 젊은이는 언제 어디서나 있게 마련 아닌가.

그렇다고 세 청년만 철학에 열의를 보인 것은 아니다. 처음부터 미국 유학을 목표로 공부에 열중하는 동기도 있었다. '삼총사'를 남의 관심 받으려는 도장왈짜쯤으로 낮춰 보기도 했다. 모름지기 철학도는 현실을 관조해야 옳다고 부르대는 학우도 있었는데 정작 미군 부대를 들락거리는 부류와 어울리길 즐겨해 의아스러웠다.

이래저래 세 사람은 빠르게 뭉쳤다. 강의실 자리도 거의 고정됐다. 서로 가까이 앉거나 어울리는 일이 잦아지면서 세 사람은 숙덕숙덕 속말을 주고받기에 이르렀다.

3장

우아한 건배 '새로운 철학을 위하여'

그 가을 한가위를 맞아서다. 수철이 작은 모꼬지를 주선했다. 세 청년은 연희동산 서쪽 언덕에 올랐다. 굽이굽이 힘차게 뻗은 소나무 아래 둘러앉았다. 하도 빼어나 문학관에서도 소나무 우듬지가 보였다. 진철과 수철에게 명절은 을씨년스러웠다. 둘 다 부모와 사별한 외둥이로 홀앗이다. 지혜는 입학하면서 강릉의 부모 곁을 떠났다. 외숙 내외와 연희대 북문 가까운 언덕배기에 살았다.

어미산의 야트막한 줄기는 북문에서 서문으로 이어진다. 그 산잔등을 흔히 '연희능선'이라 불렀다. 지혜가 학교를 오가는 오솔길과 맞닿았다. 진철의 판잣집 단칸방도 북문 주변에 있었다. 애고개의 수철 집은 다소 멀었지만 금화산 능선으로 이어졌다. 세 청년이 작당하기 적합했다.

"명절 날 우리 외로운 철학도끼리 한번 뭉치자고 자리를 마련했소. 특히 지혜 씨가 저의 간곡한 청을 거절하지 않고 함께 해주어 정말이지 고맙기 짝이 없소."

수철이 말꼭지를 뗐다. 조금 투박해서일까. 지혜가 빙긋이 웃으며 고개를 까닥였다. 그 인사에 힘을 받은 수철이 가방에서 술병을 꺼내들었다. 호기롭게 진철을 보며 으스대듯 말했다.

"내가 가까이 모시는 분으로 낭산 김준연 선생이라고 있거든. 어떤 분인가는 나중에 자세히 소개할게. 아무튼 그분 일도 도와드릴 겸 자주 댁에 들락거리는데 추석 선물이 적잖게 들어오더라고. 고향이 남도인지라 그곳에서 온 술이 많아. 특산품이라며 내게도 한잔 따라주던데 빛깔이 일품이더군. 그래서 내가 두 병을 슬쩍해 책가방에 담았네. 우리도 한가위인데 딱한 청춘끼리 한잔 나눠야 하잖은가. 이것 보게나. 술잔도 셋 챙겨 왔다네. 자, 그럼 지혜 씨부터 받으소."

"아, 아니어요. 저는 술 못해요."

"아니, 철학도가 술을 못한다면 말이 되오?"

"정말이어요. 체질이 술을 안 받아요."

"정 그러시다면 천천히 배우소. 오늘은 그럼 받아만 놓으소."

"자네 말처럼 핏빛이군."

"술은 마시지 않겠지만 붉은 꽃빛은 마실게요."

"좋소. 그럼 일단 잔을 부딪칩시다. 우리 지혜 씨는 꽃빛이라고 우아하게 말씀하셨는데 진철 군 말처럼 핏빛이기도 하죠. 예전부터 동양의 전통에서 결의를 할 때는 피를 나눠 마셨다고 하오. 우린 이제 이 땅의 철학을 책임지는 겁니다. 자, 함께 건배합시다. 건배사도 우아하게 '새로운 철학을 위하여' 어떻겠소."

세 청년은 '합창'했다. 수철과 진철은 작은 잔을 깨끗이 비웠다. 두 사내 두루 지적이면서도 패기 넘쳤다. 초록 솔잎 사이로 솔솔 불어오는 바람처럼 상크름했다.

지혜도 한 모금 마셨다. 진한 향기가 입 안 가득 퍼졌다. 더는 마시지 못한다고 양해를 구했다. 만회라도 하듯 옆에 내려놓은 가죽가방을 열었다. 하얀 한지로 싼 무언가를 주섬주섬 꺼내 풀어놓았다.

"외숙모가 절집 사람들과 만든 송편인데요. 저 또한 '딱한 청춘'들을 위해 슬쩍 했어요."

"와, 이거 참 잘 어울리는 안주 아니오? 우리가 장물아비 된 것도 그렇고 소나무 아래 송편이라……. 금상첨화란 이런 걸 두고 하는 말 아니겠소."

장물아비라는 말에 서로 눈웃음 나눈 수철과 지혜의 눈길이 진철에게 쏠렸다. 가져온 걸 내놓으라는 뜻일 게다. 나볏이 앉아 있던 진철이 민망한 표정으로 눈을 내렸다. 손을 돌려 뒤통수만 더듬는다. 수철이 사태를 파악하고 눙쳤다.

"괜찮아, 자네는 아는 게 많잖은가. 그걸 우리에게 풀어놓으면 되네."

"아는 게 많기는 뭘. 그나저나 이거 미안하게 되었습니다. 뭘 가져와야 한다는 생각을 미처 못 했어요. 그리고 아는 것도 실은 그리 많지 않습니다."

"지혜 씨, 모르셨죠? 이 친구와 저는 한성상업학교 동창이라오. 그때부터 진철은 책벌레였소. 겸손해 보이고 실제로 그렇지만 첫 시간 때 교수와 대차게 논쟁하는 모습에서 보았듯이 날카롭기가 서슬 시퍼런 칼날이오. 그러니 정 군이 부드러운 모습을 보일 때 절대로 속지 말아야 하오."

"아, 동창이셨군요. 속지 말아야 한다, '절대로'라는 말씀도 새겨둘게요."

"그러면 걱정 없소. 지혜 씨, 이 친구와는 고향도 연천과 파주로 붙어 있소. 강변 마을에서 자란 것도 같다오."

"파주에 강이라면 한강이겠군요. 연천은 임진강인가요?"

"진철 군이 한강 옆에서 자랐고, 저는 임진강과 합류하는 한탄강에서 컸다오. 우리 지혜 씨는 고향이 어디시오?"

"후후, 저는 강을 다 아우르는 바닷가에서 자랐어요."

"와, 그렇소? 어디시오?"

"강릉입니다. 저희 집이 조금 높은 곳에 있어서 바다가 한눈에 들어왔어요. 한강과 임진강이 만나 바다로 흘러든다면서요? 바닷가에 살았지만 산행을 좋아하신 아버지를 따라 어릴 때 한강 발원지도 가보았어요."

"한강 발원지 어떻든가요?"

"흔히 오대산 우통수를 발원지로 꼽는데 아버지를 수행했던 포수의 말로는 태백산 검룡소가 더 길다더군요. 제가 가본 곳이 검룡소인데요. 산 중턱의 샘이지요. 맑은 물이 솟아올라 용 비늘 모양의 바위를 타고 흘러내려요. 물살이 마치 용틀임하듯 힘차게 내려가지요."

"지혜 씨가 본 그 샘물이 세차게 흘러 제가 살고 있는 파주에서 바다로 흘러드는 거군요."

"하하, 이 친구, 무슨 생각인가? 평소와 달리 매우 엉큼하구먼."

"아니, 엉큼하긴. 그냥 사실을 이야기한 건데. 그렇게 생각하는 자네가 앙큼한 게지."

"알았네, 알았어. 흥분하지 말게나. 지혜 씨가 다 민망해하네. 자, 술이나 한 잔 받게나."

실없는 농담을 안주로 잔을 비웠다. 해가 시나브로 저물었다. 석양의 붉은 햇살에 술 색깔은 한결 짙은 선홍빛이다. 한 모금 마신 지혜 얼굴도 진분홍으로 물들었다.

서쪽 맞은편 궁동산 너머로 노을이 진주홍이다. 철갑 두른 소나무 아래서 수철과 진철은 서너 잔을 수작했다. 붉은 술 머금은 얼굴에 웃음꽃이 피어났다. 지혜가 반 모금 마실 즈음이다. 수철이 준비한 질문을 툭 던졌다.

"진철 군은 철학도로서 지금 시대를 어찌 인식하고 있는지 궁금하군."

"빈손으로 온 나보다는 오늘 이 모임을 제안한 자네 생각을 먼저 듣는 것이 순서이지 않을까 싶네."

"그럼, 그럴까. 나는 38선으로 분단된 상황을 비롯해 사회가 온통 혼란스러운 까닭은 우리에게 철학이 없어서라고 생각하네. 서양처럼 문명을 발달시킨 중심적 가치관이 없잖은가. 그래서 각자 자기만 옳다고 부르대는 걸세. 우리가 하루빨리 시대를 선도할 철학을 정립해야 할 것 같네. 세 사람이 힘을 모아 민족이 나아갈 길을 함께 공부하자는 제안을 하고 싶어. 여기를 아지트 삼아 자주 만나세."

"우리 시대를 이끌 철학을 정립해야 한다는 말에 공감하이.

다만 사회가 혼란스러운 이유를 철학에서만 찾는 것은 지나친 듯싶군. 지금 사회가 혼란한 가장 큰 원인은 일제에 빌붙어 호의호식하던 민족 반역자들의 작태에서 찾아야 옳지 않을까. 그들이 자성하며 근신하기는커녕 새로운 권력으로 등장한 미군과 손잡고 외려 활개치잖은가. 그 지배계급의 문제를 외면하고 혼란의 책임을 철학에 돌린다면, 그건 수상한 철학으로 전락하기 십상이겠지. 우리가 직면한 모멸의 시대를 넘어서기 위해서도 지배계급 문제를 사유에 담아내야 한다고 보네."

"음, 내 말에 오해의 소지가 있군. 수상한 철학을 하자는 것은 아닐세. 혼란의 책임을 철학에만 돌릴 뜻도 없지만 우리는 철학도 아닌가. 철학도로서 문제를 보자는 게지. 그 점에서 우리 시대가 모멸스럽다는 자네 심경에는 전적으로 공감하네. 기실 일제 치하에서 조선인으로 얼마나 모멸스러웠나."

"그때는 물론 외세가 38선으로 갈라놓은 지금 상황도 모멸스럽기는 마찬가지일세."

"그래, 알아. 자네의 비분 내가 왜 모르겠나. 그런데 철학과 입학하기 전에 고향 연천에서 민주주의에 대해 공부할 기회가 있었네. 동아일보 김성수 집안이 소유한 큰 농장이 전곡에 있는데 그 신문 주필이던 낭산 김준연 선생이 은둔하고 있었거든. 한때 공산주의자였던 그분의 민주주의 이야기를 들으며 그것을 우리 땅에 어떻게 구현해가야 할지 생각해보았다네. 솔직히 잘 모르겠더라고. 그래서 민주주의를 구현할 정치철학을 제대로 공부하고 싶네. 우리 지혜 씨 생각은 어떻소?"

"저는 사실 두 분 공부에 도움이 될지 모르겠어요. 진철 씨는 첫 수업 시간에 현실에서 계급이 있는데 어떻게 철학이 계급을 외면하느냐고 물었지요? 공감해요. 하지만 저는 계급 이전에 풀고 싶은 문제가 있답니다. 지배계급에 속한 인간도, 피지배계급에 속한 인간도 부닥칠 수밖에 없는 죽음의 문제입니다. 저는 죽음이 숙명인 인간의 삶이 모멸스럽다는 생각에서 아직 벗어나지 못하고 있어요. 굳이 쇼펜하우어가 아니더라도 우리 인간 또한 짧은 삶조차 먹이와 성에서 자유롭지 못하잖습니까? 그 근원적 모멸스러움을 정당화할 철학을 아직 발견하지 못했어요. 역사적 모멸을 강조한 두 분에게 묻고 싶어요. 시대를 사유하기 전에 인간을 사유해야 한다고 보는데요. 무덤으로 차례차례 걸어 들어가면서도 바둥바둥하는 인간의 어쩔 수 없는 모멸감 또는 허무감을 어떻게 이겨내셨나요?"

"계급 이전에 인간의 죽음 문제는 저도 중요하다고 생각합니다. 다만 어느 시대든 계급에서 온전히 자유로운 인간이 저는 잘 상상되지 않습니다. 태어나고 일상에서 생활하고 죽음을 맞기까지 내내 계급이 우리 삶을 규정하니까요. 제국주의와 식민지, 지주와 소작인, 자본가와 노동계급, 인생이 확연하게 다르잖습니까? 전자와 후자, 곧 지배계급과 피지배계급 가운데 어느 쪽으로 태어나느냐가 그 사람의 삶과 죽음을 결정적으로 좌우합니다. 삶에서 느끼는 모멸감도 다르지 않겠어요? 시대의 사유와 인간의 사유가 분리될 수 없다는 거죠. 허무감은 자신이 사회적 존재임을 잊을 때 스며든다고 봅니다."

"지혜 씨, 진철 군의 이야기에 반론을 펴고 싶을 겁니다. 저도 그러니까요. 저는 계급에 구속받지 않는 자유로운 인간이 있어야 하고 또 있다고 생각하오. 바로 하나님 앞의 인간이 그렇소. 지혜 씨 물음에 단적으로 답하자면, 저는 하나님을 믿으며 허무감을 극복했소. 지혜 씨를 제가 다니는 교회에 한번 모시고 싶소."

"허무감은 자신이 사회적 존재임을 잊을 때 스며든다는 진철 씨의 말 잘 새겨볼게요. 제가 공부한 붓다의 철학과 이어질 수도 있을 것 같아요. 그래서인데요. 교회를 권한 수철 씨의 말씀 고맙지만 저는 불교에 더 끌리고 있답니다."

"계기가 있소?"

"저희 외갓집이 불교를 믿어왔어요. 그래서 저도 독실한 어머니를 따라 종종 낙산사를 찾아 주지스님의 법문을 들으며 불경을 읽었지요."

"그렇소? 헌데 연희대는 기독교 선교사가 세운 학교 아니오?"

"부끄러운 이야기이지만 그냥 털어놓지요. 제 고향 강릉에서 소문난, 무엇이 소문났는지는 제 입으로 밝히지 않겠어요, 대지주인 아버지는 해방이 되고 미군이 진주하자 앞으로 이 나라의 미래를 기독교가 좌우할 것으로 판단했어요. 저에게도 연희대로 진학하라고 강권하더군요. 불교 신자인 어머니도 저도 선뜻 납득할 수 없었지요. 아버지와 대립했지만 결국 타협했어요. 아버지가 원한 영문과 아닌 철학과를 선택한 거지요. 불교철학 공부와 함께 이참에 기독교가 바탕인 서양철학도 공부할 생각이었어요. 하나의 종교를 제대로 알려면 다른 종교도 알아야 한다는 종교철학의 금언이 있잖아요? 그래서 솔직히 시국 문제는 잘 모릅니다. 다만 제가 분명히 알고 있는 사실을 근거로 이야기하자면, 친일파들의 언행은 동의하기 어려워요. 심지어 일제에 충성을 다하던 자들이 부끄러움도 없이 버젓이 행세하고 있다지요? 누가 뭐래도 그건 아닌 것 같아요."

수철은 지혜에게 눈을 떼지 못했다. 지혜 아버지가 기독교로 기운 대목은 더욱 솔깃했다. 강릉의 '소문난 대지주'라는 말도 흘려듣지 않았다.

"그런데 아버님이 잘 선택하신 것 아니오? 제 생각엔 지혜 씨가 그것을 딱히 부정적으로 볼 필요는 없을 것 같소. 지혜 씨가 기독교 공부하고 싶으면 제가 얼마든지 도움을 드릴 수 있겠소. 그리고 친일파가 다시 행세하는 현상은 극히 일부 아니겠소?"

"그러면 다행인데요. 제 짧은 경험으로 보아도 그렇지 않더군요. 명망 있는 지주들 대부분이 일제 편에 서서 미국을 악의 무리로 비난한 것으로 기억하고 있는데요. 총독부 기관지 따위에 '미국을 박멸하자'는 글을 쓰고 강연도 다니던 친일파들이 일본이 망하고 미군이 서울에 들어오자마자 친미파로 둔갑해 백년 여우처럼 꼬리치는 모습은 얼마나 비루하고 또 얼마나 탐욕스러운가요. 물론 인간이 근본적으로 동물성에서 온전히 자유로울 수는 없겠지요. 인간의 결함이나 실수를 따듯하게 받아들일 열린 마음이 필요하다고 생각해요. 그렇다고 해서 반민족 행위를 저지른 인간들마저 허용되는 것은 아니겠지요. 더구나 그런 치들이 해방된 뒤 성찰은커녕 독립운동 했던 사람을 '빨갱이'로 몰며 되술래잡는다면 말입니다."

"우리 지혜 씨가 인간에 대한 환멸이 깊은 듯하오."

"제가요? 아닙니다. 저는 삶 자체에 모멸감을 느끼지만 그렇다고 인간에 대한 환멸은 없어요. 강릉에서 대지주의 딸로 성장하며 아버지를 비롯해 당신의 친구들인 지주들을 많이 보았는데요. 그 지주들 앞에 언제나 주눅 들어 눈치를 살피던 소작인들을 가만히 지켜보며 제가 느낀 것은 연민과 함께 그분들의 사람됨이었어요. 성미 고약한 지주들과 달리 바위처럼 굳건하고 계곡물처럼 맑은 심성을 지녔더군요. 물론, 모든 소작인들은 선하고 모든 지주들은 인간성이 악하다는 뜻은 아닙니다. 하지만 어느 순간부터 저는 아버지보다 그 소작인들이 더 따뜻하게 다가왔어요. 그런데 바로 그 민중들이 친일파를 청산하자고 말했다는 이유로 빨갱이로 몰아간다? 더구나 친일을 한 지주들이? 그런 언행은 도저히 납득할 수 없어요. 저는 인간이 아니라 일제에 부닐던 지주들에게 환멸을 느낄 뿐입니다. 지금 철학을 전공으로 선택했고 죽음이 필연인 삶의 의미를 공부하고 있지만 제 잇속을 챙기고자 친일을 한 반미파에서 하루아침에 친미파로 변신해 민중을 억압하는 사람들이 우리가 철학을 배우는 대학까지 지배하는 것은 최소한 막고 싶어요."

"좋소. 나도 진철 군도 그런 자들이 철학을 지배하지 않도록 최선을 다할 것이오. 그 방법론은 차이가 있겠지만 함께 공부합시다."

지혜는 시국을 잘 모른다 했지만 아니었다. 체체하고 당당했다. 그러면서도 보름달 빛을 받아 더 고혹적이었다. 새삼 '재색을 겸비했다'는 학우들의 속닥질이 정확하다고 생각했다. 그때 진철이 말을 받았다.

"철학이 시대를 이끌어가려면 인간이 존재하는 의미가 무엇인가라는 보편적 문제와 시대적 문제를 모두 풀어야 한다고 생각합니다. 기실 '인간이란 무엇인가'야말로 철학의 오랜 물음 아니겠습니까. 다만 그 물음에서 '인간'은 비단 죽음을 피할 수 없는 자연적 존재일 뿐만 아니라 사회, 그것도 계급 사회에서 살아가는 존재임을 철학이 놓쳐서는 안 된다고 생각합니다. 도탄에 신음하던 조선의 민중들과 동떨어져서 공자 왈 맹자 왈 하던 선비들이 철학을 독점했기에 나라가 망한 교훈도 잊지 말아야 옳겠지요."

"진철 군은 예전부터 '다만'이라는 말을 잘 쓴답니다. 아주 중요한 이야기를 할 때면 꼭 '다만'을 붙이는데 그게 논리적으로 맞는 건지 모르겠소."

"그렇군요. 그럼 저도 진철 씨 문법으로 말해볼까요. 다만, 저는 인간이 계급 사회에서 살아가는 사회적 존재일 뿐만 아니라 죽음을 피할 수 없는 자연적 존재라는 사실, 어찌 보면 더없이 모멸스럽기도 하고 가엾기도 한 존재라는 사실에 주목하고 싶어요. 물론 저도 공자 왈 맹자 왈 하던 양반 사내들처럼 철학을 할 생각은 전혀 없어요. 더구나 그들은 지독한 남녀차

별주의자잖아요.”

“지혜 씨 감동 받았소. 그래서 우리가 자주 만나야 하는 거 아니겠소? 인간은 자연적 존재이자 사회적 존재이니 말이오.”

수철이 뭉뚱그렸다. 진철이 자문하듯 조용히 말했다. “한마디로 말하면 우주적 존재랄까.” 지혜가 맞장구쳤다. ‘자연적 존재와 사회적 존재를 깊은 관점에서 아우르는 참 간결한 정리’라나. 그 말을 하며 진철을 보는 눈빛이 반짝인다. 수철의 머릿속으로 강쇠바람이 불어왔다.

4
장

한 걸음 한 걸음 다가오는 괴물

처음이 아니다. 첫 수업 이후 수철은 몇 차례나 느꼈다. 지혜는 진철과 대화할 때 몹시 정성을 들인다. 어쩐지 자신과는 늘 겉도는 듯했다. 그때마다 귀살쩍었다. 단순한 언짢음이 아니다. 지금까지 가장 마음을 연 친구가 진철이다. 철학과로 진학하는 과정에서도 한올진 진철의 선택이 큰 영향을 끼쳤다. 그런데 지혜가 나타나면서 구순하던 우정에 작은 금이 생겼다. 수철은 지혜에 무장 매혹됐다. 첫눈에 운명처럼 여겼다. 그래서다. 지혜가 이따금 진철에게 보내는 눈길이 그윽할 때면 무척 난감했다.

실은 추석 자리를 마련할 때도 고약했다. 지혜는 초꼬슴에 칼로 두부 자르듯 만남을 거부했다. 그런데 진철 군도 오기로 했다는 말에 눈초리가 살짝궁 달라졌다. 이윽고 슬금슬금 딴전을 피우는 게 아닌가. 가슴이 아렸다. 지혜는 한가위가 민족의 명절이라고 하나마나한 이야기를 꺼냈다. 그러다가 '왜 고향에 가지 않느냐'고 물었다. 수철의 대답을 듣는 둥 마는 둥 했다. 그러더니 모임에 나오겠단다. 수철은 우정을 깜냥깜냥이 지키려 최선을 다했다. 이따금 그 자신감이 한들한들하면 곧바로 잡도리했다. 그럼에도 진철과 지혜가 눈살을 마주하며 토론하는 모습은 눈꼴시었다. 견딜 수 없었다.

상황을 진지하게 톺아보았다. 다시 자신감이 일었다. 숱한 경험이 확신을 주었다. 상업학교 시절부터다. 진철과 길을 걸어가면 여학생들의 시선은 고정됐다. 메부수수한 친구보다 초강초강한 자신에게 언제나 쏠렸다. 더욱이 진철보다 키가 한 뼘은 컸다. 쌍꺼풀에 눈썹도 짙었다. 목소리처럼 성격도 걸걸했다. 씨억씨억한 자신과 달리 진철은 어딘가 이물스럽지 않은가. 더 사내다움은 확실히 객관적 사실이다. 당장은 친구의 논리적 말솜씨가 워낙 능란해 지혜가 진철에게 기울 수 있다. 하지만 시간은 자기편이라 여겼다. 그래서 지혜가 상냥하게 대해줄 때는 자신감도 한껏 부풀어 해낙낙했다.

그날 이후다. 수철은 간간이 복분자술을 가방에 넣어 왔다.

지혜가 그 술을 은근히 좋아하는 눈치다. 수철이 강의실에서 나올 때 눈을 찡긋하는 알음장이 신호다. 세 청년은 수업을 마치고 그들의 아지트인 산잔등에 올랐다. 달빛이 솔잎에 내릴 때까지 토론하기 일쑤였다. 지혜의 주량은 슬며시 늘었다. 반 모금이 석 잔까지 갔다. 수철은 지혜의 마음을 잡으려고 애썼다. 꼬박꼬박 정중한 자세로 먼저 첫잔을 채워주었다. 그러던 어느 날 술을 따르며 사뭇 비통스레 말했다.

"이 술의 선홍 빛깔은 우리 몸의 핏빛이고 진한 맛에는 단맛 신맛 쓴맛이 두루 들어 있어 민중의 삶과 비슷하오."

"그렇게 멋진 말 듣다가 제가 술꾼 되겠는데요?"

지혜가 활짝 웃었다. 그 웃음이 수철의 용기 또는 낭만을 한껏 북돋아주었다.

"그럼 지혜 씨가 오늘로 술꾼 된 걸 축하하며 시 한 줄 읊겠소. '내 가슴 흔들리는 바람 부는 봄/ 봄이라 바람이라 이 내 몸에는/ 꽃이라 술잔이라 하며 우노라.' 어떻소?"

"고맙습니다. 그런데 소월 시인의 그 좋은 시들 가운데 하필이면 그 시를……."

"제 몸이 술잔이라 그러오."

수철은 행복했다. 지혜가 포근포근 웃을 수 있다면 무슨 일을 못 하겠는가. 낭산에게 들어오는 복분자술을 틈날 때마다 챙기자고 새삼 다짐했다. 그럼에도 막상 헤어질 때면 조비비듯 했다. 지혜의 호감을 확신할 수 없었다. 실은 수철만 혼란스럽지 않았다. 진철도 지혜도 서로에게 모호한 느낌이 들었다. 내밀히 꿈틀대던 감정을 의식적으로 억누른 까닭이다. 세 청년 모두 조심스레 우정을 이어갈 생각을 공유했다. 더구나 시국이 사랑 다툼할 틈을 주지 않았다. 세 청년이 철학 전공에 들어설 때부터 그랬다. 해방을 맞아 넘실거리던 희망은 시나브로 사라졌다. 정국이 소용돌이쳤다. 하루가 지날 때마다 악화됐다.

무엇보다 미군정의 체포령 파장이 컸다. 미군이 '조선 진주 1주년 기념식'을 열었던 날이다. 군정은 느닷없이 '박헌영 체포령'을 내렸다. 박헌영이 누구인가. 해방 직후 합법적으로 창당해서 줄곧 공개적으로 활동해온 조선공산당 대표 아닌가. 해방되고 숱한 정당이 등장했다. 그 정당들 가운데 세력이 가장 큰 당이다. 일제 강점기인 1925년 4월에 처음 결성됐을 때는 지하당이었다. 살인적 탄압을 받으며 몇 차례나 해체되는 모진 시련을 겪었다. 그럼에도 줄기차게 독립운동을 벌였다. 당원들의 감옥살이를 모두 더하면 6만 년에 이를 정도다. 박헌영은 일제와 맞서 세 차례 투옥됐다. 마지막 출소 때도 감시망을 따돌리고 지하로 들어갔다. 광주 벽돌공장에 가명으로 취업해 노동하며 지며리 조직 활동을 벌였다. 바로 그래서다. 해방을 맞아 곧장 조선공산당 재건을 이끌 수 있었다.

진철은 공산주의에 흔쾌히 동의할 수 없었다. 일찌감치 동학의 영향을 받은 까닭이다. 고향인 파주에서 보통학교를 다닐 때다. 할아버지의 젊은 시절 친구라는 분이 찾아왔다. 진철에게 천도교 경전을 선물하고 갔다. 책을 좋아했던지라 정독했다. '사람이 곧 하늘'이라는 말에 매혹됐다. 서울로 와서 한성상업학교에 다니며 종로를 오갔다. 할아버지의 뜻이기도 했다. 도심에 우뚝 선 천도교 중앙대교당을 꼬박꼬박 다녔다. 본디 학구적이라 상업학교 도서실의 붙박이였다. 천도교 교당에 갈 때도 그랬다. 언제나 자료실에 들렀다. 천도교 월간지 『개벽』과 『신인간』을 창간호부터 탐독했다. 이돈화 편집인이 소개한 니체를 비롯한 서양철학자들의 사상을 읽었다.

그러던 어느 날이다. 교당 자료실에서 자주 뵙던 노인이 다가왔다. 필사본을 건네주었다. 표지에 '단재학당 강의록'이라 적혔다. 진철은 책을 앞뒤로 살폈다. 누가 썼는지 저자가 없다. 늙으신네는 싱긋이 웃으며 일러주었다.

"우리 천도교를 일군 손병희 선생님 알고 있지? 그분의 비서로 일했던 이가 정리한 강의록이란다. 중앙교당에서 일하다가 뜻을 세우고 고향으로 갔지. 소백산맥이라고 들어보았겠지? 그 가운데 민주지산 아래서 학당을 열고 자네 같은 젊은 이들을 가르쳤어. 그 내용이란다. 잘 간수해서 읽고 돌려다오."

강의록 내용이 자못 깊었다. 먼저 동학사상의 알짬을 천도교의 인내천으로 간추리고 맑스 철학의 고갱이를 소개했다. 두 사상이 독립혁명의 철학이 될 수 있다고 적었다. 강사의 이름이 최사인이고 그가 끝내 일제 경찰에 체포되어 고문으로 죽음을 맞은 사실은 해방되고서야 알았다. 최사인의 강의록을 되풀이해 읽으며 철학에 눈뜬 진철은 맑스와 동학의 종합을 자신의 화두로 삼았다.

해방을 맞아 조선공산당은 합법적으로 활동했다. 서울의 중앙방송이 박헌영의 라디오 연설을 내보낼 때 깊이 공감했다. 친일파 청산은 단순한 과거가 아니라 미래의 문제임을 깨달았다. 당 기관지 〈해방일보〉도 종종 읽었다. 서울과 평양에 각각 천도교청우당이 만들어졌다는 소식 또한 반가웠다. 진철은 사람을 하늘처럼 섬기는 동학과 맑스 사상을 본격적으로 공부하고자 철학과의 문을 두드렸다. 일제가 세운 경성제대의 후신, 미국인 선교사가 세운 대학, 한민당의 친일 지주가 교주인 대학 모두 꺼렸다. 그나마 친일 색채가 엷고 한성상업학교와도 가까운 연희대를 선택했지만 입학하고 보니 그 또한 친일파들이 빠르게 접수해갔다.

수철과 지혜도 조선공산당을 잘 알고 있었다. 그 당과 박헌영의 항일 투쟁은 대학생들 사이에 화제였다. 서울에서든 평양에서든 정당으로서 가장 컸다. 노동조합 대부분이 지지했다. 농민단체도 그랬다. 민족반역자인 친일파 청산과 38선 해소에 가장 적극적으로 나선 당이기도 했다. 다만 수철은 기독교 신자다. 내색하지 않았지만 공산당에 '깊은 멍울'도 있었다. 지혜는 불교철학에 끌렸다. 아무래도 진철에 견줘 '박헌영 체포령'의 파장은 약할 수밖에 없었다.

하지만 노동운동은 분노했다. 조선노동조합전국평의회(전평) 결성 이후 내내 미군정에 협조해왔기에 더 그랬다. 미군정이 조선공산당을 불법화하고 박헌영에 체포령을 내린 다음 수순은 분명했다. 노동운동 전면 탄압이었다. 실제로 그랬다. 미군정은 '노동의 합리적 관리'를 내걸었다. 먼저 철도노동인 25퍼센트 해고에 나섰다. 임금도 월급제에서 일급제로 전환하겠다고 일방적으로 발표했다. 제법 구체적 수치를 근거로 제시했다. 합리적 판단으로 포장할 꿍꿍이다. 해방 전에는 철도 1킬로미터당 14~16명이 필요했으나 이제 8명이면 충분하단다. 으르딱딱대면서도 왜 그러한지는 설명이 흐리멍덩했다. 철도노조로선 선택지가 없었다. 대량 해고를 비롯한 노골적인 탄압을 막아내지 못하면 노동조합이 존폐 위기를 맞을 수밖에 없기에 투쟁을 결의했다. 미군정의 철도 행정기구에 친일파들이 들어가 저마다 한 자리씩 차지하고 있어 더 그랬다. 친일파들은 반민족 세력 청산에 가장 앞장서온 노동운동을 눈엣가시로 여겼다. 아니 그 이상이다. 자신들의 명줄을 위협한다며 몸을 잔뜩 도사렸다.

세 청년이 연희능선 마루를 아지트 삼을 무렵이다. 철도노동조합이 단체행동에 들어갔다. 아침부터 3700여 명이 작업을 중단했다. 대량 해고와 일급제 강행에 해명을 요구했다. 매클라인 철도국장이 무마에 나섰다. 하지만 강행 뜻이 여전했다. 노동조합은 단계적 태업에 들어갔다. 그나마 경성공장 공장장 김노수는 '선처'를 약속했다. 하지만 실권자인 미군정의 운수부장은 전혀 달랐다. 무슨 깜냥일까. 배불뚝이 푸른 눈은 조합원들을 을러대며 자극했다.

"지금 인도 사람들은 굶고 있다. 그런데 조선 사람들은 강냉이를 먹고 있지 않나. 행복한 줄 알라."

전국철도노조는 총파업에 들어갔다. 미군정은 공장 폐쇄로 답했다. 전평이 9월 24일 '총파업투쟁위원회'를 조직하고 파업에 나섰다. 전평은 민주적 노동법령을 요구했다. 아울러 "민주주의운동의 지도자에 대한 지명수배와 체포령 즉시 철회"를 촉구했다. 정치 지도자 박헌영 체포령은 민주주의에 어긋난다고 강조했다.

언론 자유도 큰 쟁점으로 불거졌다. 언론을 노골적으로 탄압해서다. 미군정은 이미 5월에 〈해방일보〉를 폐간했다. 대학이 개강할 때인 1946년 9월에는 〈조선인민보〉와 〈현대일보〉, 〈중앙신문〉을 무기 정간했다. 사실상 폐간이다. 발행 부수가 가장 많은 신문들이었다. 편집 간부들도 무더기 체포했다. 미군정에 불신을 조장하는 기사들을 내보냈다고 둘러댔다. 진철은 그 '명분'에 코웃음이 나왔다. 불신 조장 사례에 '콜레라 창궐' 기사도 들어 있었다. 그런데 콜레라가 퍼지면 보도해야 옳지 않은가. 콜레라에 좌파 우파가 있단 말인가. 〈해방일보〉는 조선공산당 기관지이니까 좌파 신문이라 치자. 하지만 〈조선인민보〉, 〈현대일보〉, 〈중앙신문〉은 굳이 따지면 중도다. 반민족 세력 청산은 중도에게도 마땅히 시대적 과제였다. 그 신문들의 올곧은 보도를 친일파들은 두고 볼 수 없었다. 발행 부수 가장 많은 세 신문을 콕 집어 탄압한 까닭이다. 그 결과 남쪽 언론계는 미군정의 도움으로 뒤늦게 복간된 〈동아일보〉와 〈조선일보〉 세상이 되었다.

진철과 수철은 물론 지혜도 공분했다. 발행 부수 1, 2, 3위 신문들을 즉시 복간해야 옳았다. 구속한 언론인들을 석방하라는 노동운동의 요구에 대다수 학생들이 공감했다. 총파업 동참자가 무장 늘어났다. 서울에서만 3만여 명이 파업했다. 전국에서 25만~26만여 명이 가세했다. 1만 6000여 학우들이 동맹 휴학에 들어갔다. 철학과 1기생들은 휴학에 찬반이 갈렸다. 그런데 교수들이 강의실에 들어오지 않았다. 논란은 자동으로 해소됐다. 진철은 분개했다.

"교수들이 생존권에 위협을 받는 노동인들 파업을 적대시하지 않았던가. 일하기 싫은 사람들이라는 말도 했지. 그런데 정작 자신들은 강의 노동을 하지 않고 있네?"

진철은 교수들의 행태를 '역겨운 기회주의'로 비판했다. 수철과 지혜는 지나친 매도라며 동의하지 않았다.

미군정은 강경 진압에 나섰다. 수도경찰청장 장택상이 앞장섰다. 9월 30일 한밤에 장갑차를 동원했다. 소총으로 무장한 경찰 2000여 명이 뒤를 따랐다. 용산의 철도노조 파업 현장을 포위했다. 그런데 기습에 들어갈 선두가 아무래도 수상했다. 경찰이 아니다. '우익'을 자처한 대한민주청년동맹(대한민청)과 대한독립촉성노동총연맹(대한노총)이다. 더러는 권총을 뽑았다. 심지어 기관총을 들기도 했다. 깜깜밤중에 막무가내로 현장에 난입했다. 파업하던 조합원 두 명이 바로 총에 맞아 숨졌다. 수 십 명이 부상했다. 깡패 두목 김두한이 가장 나댔다. 대한민청의 감찰부장을 자임했다. 파업하는 노조원들에게 다가갔다.

"지금 당장 일터로 복귀하지 않으면 가솔린으로 죄다 불태워 죽이겠다."

눈 부라리며 매섭게 협박했다. 조직폭력배의 개입은 의분을 일으켰다. 철도노조 파업 현장으로 민중들이 달려왔다. 하지만 저들은 경찰의 묵인 아래 무지막지한 폭력을 휘둘렀다. 무따래기들의 살벌한 만행에 한강 백사장까지 밀려났다.

총파업이 한풀 꺾이는 듯했다. 그러나 아니었다. 10월 들어 민중항쟁이 활활 타올랐다. 대구를 비롯해 전국 곳곳에서 일어났다. 미군정은 대대적 탄압에 나섰다. 전평을 비롯한 민중운동과 민족운동을 적으로 규정했다. 동시에 대한노총은 깡패들을 대거 받아들였다. '빨갱이 타도'를 내건 폭력 단체들을 미군정은 내놓고 지원했다.

철학과 첫 학기인 그해 초가을 풍경이다. 그럼에도 세 청년은 가능한 학업에 몰입했다. 해방 공간의 소용돌이에서 초연코자 했다. 겨레와 인류가 나아갈 길을 밝히는 철학적 탐색을 우선으로 삼았다. 하지만 물살이 너무 거셌다. 세 청년이 감당하기 버거웠다. 커다란 괴물이 어둠 속에서 벅벅이 한 걸음, 한 걸음 내딛고 있었다. 모든 것을 산 채로 우악스레 삼킬 기세다.

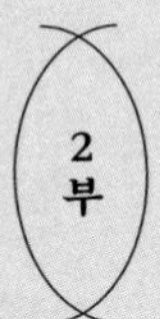

불타는 섬으로

5장

자유의 여신이 망치와 모루를

멀찌감치 월미도가 한눈에 들어온다. 한성상업학교 시절 수학여행 간 유원지다. 진철과 바다 수평선을 바라보던 순간이 바로 어제 일처럼 생생하다. 오늘은 정반대다. 그때 본 수평선에서 월미도를 본다. 통통배 탄 어부들이 고기 잡던 푸른 바다와 판연히 딴판이다. 통통배 대신 대규모 전함이 떠 있다. 항공모함을 비롯해 구축함, 순양함까지 261척이다. 그물을 든 어부들 대신 미군 7만 5000명이 총을 들고 있다. 그들의 최우선 공격 목표가 월미도다.

문득 진철이 그립다. 수학여행에서 자유·시간이 주어졌을 때다. 학우들 대부분은 유원지에서 동물원을 둘러보았다. 더러는 소문 짜한 요정 용궁각을 손가락질했다. 별별 공상을 다 하곤 시시덕댔다. 진철은 홀로 바닷가에 서 있었다. 수철이 옆에 다가서자 슬픈 눈으로 말없이 수평선을 가리켰다. 수철은 친구가 실연이라도 했나 싶었다.

"너 저 수평선에 어떤 의미가 있는지 아니?"

"의미? 수평선 바라보고 막힌 게 뚫리는 기분이 들면 그것 그대로 좋은 거 아니니? 혹시 잊어야 할 일 있으면 저 수평선 너머로 날려버리고."

"그렇지 않아. 잊을 수 없어. 아니 잊어서도 안돼."

"와, 너 정말 실연한 거니?"

"1876년이니 어느새 60년이 더 흘렀네. 일본 제국주의자들이 저 수평선에 군함을 타고 나타나 침략을 시작했거든."

친구의 얼굴은 비장했다. 수철은 부끄러움이 퍼져 아무 말도 못 했다. 더구나 처음 듣는 사실이다. 조선인임에도 자신을 일본인으로 믿는 학우도 적잖았다. 그런데 진철은 역사적 사실과 현재를 이어서 생각할 줄 알았다. 동급생이지만 존경심을 느꼈다.

1950년 9월 15일. 먼동이 부유스름 텄다. 수철은 수평선 군함에서 월미도를 바라보며 생각에 잠겼다. 인생은 정말 한치 앞도 내다볼 수 없는 걸까. 삶은 숨과 다음 숨 사이에 있다던

지혜의 말이 새삼 떠올랐다. 동트는 오늘 하루 얼마나 많은 삶이 갑작스런 죽음을 맞을 것인가.

군함에 서 있는 수철의 옆에는 진철도 지혜도 없다. 미군과 국군 해병대가 있다. 미국은 침략자가 아니라 자유를 찾아주러 왔다고 되뇌었다. 우리 민족의 자유를 짓밟은 일본과 정반대 아닌가. 설령 눈앞에 진철이 있어도 자신 있다. 얼마든지 당당하게 토론할 수 있다고 확신했다.

수철은 미군 종군기자로 자부심을 갖자고 다짐했다. 나흘 전이다. 미국의 군 기관지 〈성조지(Stars and Stripes)〉의 종군기자로 급작스레 파견되어 전함에 올랐다. 군 기관지답게 편집자와 기자들 모두 군인이다. 다만 상대적 자율성은 지녔다. 기자로 일하는 군인들은 상급 지휘관이나 군 방침이 늘 옳지는 않다고 보았기에 때때로 충돌이 불거졌다. 종군기자를 군인으로만 꾸리지 않고 민간인을 끌어들인 까닭이다.

38선에서 공산군이 남침한 직후였다. 수철이 일하던 주한미대사관은 긴급히 일본으로 옮겨갔다. 대사관에서 공보 업무를 보던 수철은 미군의 요청을 받은 대사관의 결정으로 〈성조지〉 종군기자로 파견됐다. 9월 11일 요코하마에서 전함에 올랐다. 다음날 전함이 부산항에 들어갔다. 미 해병 제1사단의 제5연대와 한국군 해병 제1연대가 가세했다. 종군기자 이수철은 그들이 탄 전함으로 옮겨 탔다. 맥아더가 있는 지휘함에는 〈성조지〉의 군인 종군기자가 승선했다.

전함이 부산항을 떠났지만 어디로 가는지 알 수 없었다. 목적지를 군 기관지의 종군기자에게도 일러주지 않았다. 상륙작전이 벌어질 것은 틀림없다. 하지만 심지어 국군 해병대 작전장교도 상륙 지점을 몰랐다. 모두들 막연히 군산이 아닐까 짐작했다. 수철은 전함에서 내내 온전히 잠을 이루지 못했다. 멀미까지 겹쳐 몽롱했다. 그런데 9월 15일 새벽 3시를 막 넘어서다. 종군기자들에게 함대가 집결한 곳이 통보됐다. 월미도 앞바다라는 사실을 듣자마자 머릿살이 팽팽해졌다.

희끄무레 날이 밝아왔다. 서둘러 갑판 끝으로 갔다. 해안을 보며 감상에 젖었다. 진철과 함께한 수학여행 추억에 젖어 있을 때다. 바다를 뒤흔드는 굉음이 고막을 찢듯이 잇따라 터졌다. 두 손을 귀마개로 올렸다. 효과가 없다. 쉼 없이 귀청을 때린다. 전함들의 모든 포문이 터졌다. 포성이 울부짖을 때마다 강철 포신들이 번쩍 번쩍 섬광을 일으킨다. 시뻘건 불줄기를 마구 뿜어댔다. 월미도 곳곳에 포탄이 작렬했다. 검붉은 화염과 흙먼지 기둥이 잇따라 치솟았다. 수철은 급히 시계를 확인했다. 취재 수첩을 꺼내 적었다.

"9월 15일 새벽 5시 정각 상륙 작전 개시."

전함들이 40분 넘도록 대포알을 쏘아댔다. 월미도는 이미 불천지다. 번갯불 포격이 잠시 멈추는 듯싶었다. 아니었다. 곧장 제15항모부대의 F4U 콜세어 열 대가 출격했다. 5시 45분이다. 잽싸게 날아가 폭탄을 쏟아부었다. 섬 전체가 불바다에 잠겨갔다. 포격과 폭격을 내내 지켜보아서일까. 온몸이 서늘해왔다. 수철의 머릿속으로 회오리바람이 몰아쳤다. 감상을 떨쳐버리려 애썼다. 스치는 생각을 수첩에 빠르게 메모했다.

"저 불벼락은 인간의 오만에 내리는 징벌. 분수를 모르고 역사를 뒤넘스레 재단한 죄. 하나님 몫인 심판을 감히 넘본 자들의 처벌. 주님의 뜻."

그렇게 결기를 세우며 불바다를 응시했다. 폭탄이 가없이 떨어진다. 바벨탑이 무너질 때도 먼지 기둥이 일었으리라. 수철 옆에서 망원경으로 내내 살피던 미 해병 1사단의 5연대장이 어깨를 으쓱 추어올렸다. 머레이(Raymond Murray) 중령은 그를 에워싸고 있던 대대장들에게 쌩글빵글 웃으며 자신 있게 말했다.

"흠! 섬 높이가 적어도 2~3미터는 낮아졌겠군. 좋았어. 자, 그럼 우리도 슬슬 시작해볼까?"

'슬슬'이라는 말이 떨어지기 무섭게 대대장들이 흩어지며 뛰었다. 선봉을 맡은 3대대가 어느새 상륙정 일곱 척에 옮겨

탔다. 정각 6시. 신호가 떨어졌다. 마치 어뢰처럼 바다를 가르며 나아갔다. 하늘로는 항공모함에서 뜬 전투기들이 날아갔다. 상륙 예정 지점에서 45미터 전방까지 기총 사격으로 샅샅이 훑었다. 작살비처럼 총알을 퍼부었다. 미군이 '그린 비치'로 부른 월미도 북쪽 해안에 닿은 시간은 6시 33분. 작전 계획에서 딱 3분 늦었다.

상륙한 미군은 수시로 전황을 보고했다. 종군기자들에게도 전달됐다. 수철은 승리를 굳게 믿었다. 미군의 화력은 상상을 초월했다. 포탄, 폭탄, 네이팜탄을 숨 쉴 틈 없이 쏟아부었다. 가공할 불지옥에서 방어란 가당찮아 보인다. 공산군들의 운명을 짐작하고도 남았다. 섬 전체가 불탄 월미도는 잿더미가 무릎까지 올 정도로 쌓였다. 얼마나 많은 생명이 죽었을까. 전황 보고를 들으며 헤아렸다. 그때 머릿속에서 왕왕대는 왕방울 소리가 처음 들렸다. 진철이 자칫 우리 산하 전체가 불길에 휩싸일 수 있다고 걱정했던 목소리도 희미하게 울렸다.

보고가 속속 이어졌다. 6시 55분 성조기가 언덕바지에 게양됐다. 그럼에도 포격과 폭격에서 살아남은 공산군은 후퇴하지 않았다. 끝까지 저항하며 간간이 수류탄을 던졌다. 하지만 이미 상륙한 전차가 포신을 돌려 공산군 참호에 직격탄을 쏘았다. 공산군 가운데 더러는 미리 파놓은 동굴로 들어가 항전했다. 미군은 그들에 맞서 전투를 벌이지 않았다. 함께 상륙한 불도저를 동원했다. 잘강잘강 껌을 씹으며 동굴을 무너트리고 나아갔다. 동굴 안에 있던 공산군들을 생매장한 셈이다. 섬 골골샅샅을 쥐 잡듯 뒤졌다. '말끔한 소탕작전'이다.

아침 8시 정각. 해병대가 기함에 보고했다. 점령 완료. 가죽 재킷을 입은 맥아더는 선상의 회전의자에 앉아 내내 파이프를 물고 망원경으로 지켜보았다. 점령 소식에 회심의 미소를 지으며 "지금 이 순간이 내 인생에서 가장 행복한 순간"이라고 외쳤다. 속속 보고가 들어왔다. 인민군의 널브러진 시신에 생매장까지 더하면 적어도 200~300명을 죽였단다. 월미도에서만 그랬다. 다음 목표는 소월미도. 전차와 보병 전투단이 남쪽 제방으로 진격했다. 공산군 진지는 이미 초토화되었다. 해병 전투기 폭격과 박격포가 쏟아진 까닭이다. 오전 11시 15분 점령을 마쳤다.

다음은 인천항. 잼처 항구를 집중 포격했다. 한창 함포 사격을 할 때 상륙 부대가 준비를 마쳤다. 5연대 1대대와 2대대다. 국군도 동참했다. 해병 제1연대와 육군 제17연대다. 손원일 해군참모장이 나타났다.

"제군들! 오늘 상륙 작전은 불법 남침한 공산군을 분쇄하고 위기에 처한 조국과 민족을 위해 정의와 자유를 회복하는 계기가 될 것이다!"

훈시가 사뭇 엄숙했다. 수철은 역사의 현장에 더 다가서고 싶었다. 5연대장에게 함께 상륙하겠다고 말했다. 머레이 중령은 위험하다고 만류했다. 종군기자들은 맨 마지막에 합류하는 것이 관례란다. 하지만 수철이 미소로 경례하며 상륙정으로 내려가자 가로막지 않았다. 이윽고 바다를 가르며 인천항으로 나아갔다. 함포 포격이 멈췄다. 상륙정의 해병들 모두 긴장했다. 더러는 푸들푸들 떨었다. 아무도 말문을 열지 않았다. 더러는 목에 건 십자가에 손을 댔다. 기도하며 저마다 웅얼웅얼 입안말을 했다. 수철은 자유를 되찾게 해달라고 기도했다. 이어진 기도가 더 간절했다. 공산군이 점령한 서울에서 지혜가 무사하기를, 재회해서 함께 축복받기를 빌었다. 상륙을 앞두고는 워치포켓에 깊숙이 찔러둔 색동지갑 속 금반지를 옷 위로 쓰다듬었다.

오후 6시. 상륙정이 인천항에 들어섰다. 초연이 자욱했다. 매캐한 화약 냄새가 진동했다. 수철에게 곧바로 로페즈 중위의 전사 소식이 들렸다. 현장을 찾았다. 시신이 성조기 아래 놓였다. 선두에서 사다리를 타고 방파제에 오른 직후란다. 공산군의 기관총 진지에 수류탄을 던지려 했다. 그 순간 가슴과 어깨가 관통됐다. 던지려던 수류탄이 떨어졌다. 그 위로 중위가 쓰러졌다. 해두보를 마련하는 과정에서 미군 21명이 전사했다. 그 전황 보고에 전투 현장을 취재하려던 수철의 의지가 슬그니 움츠러들었다. 마침 밤으로 접어들며 총성과 폿소리가 가직이 들렸다. 수철은 5연대 지휘소에 머물렀다. 미군과 국군 해병대는 계속 전진했다. '레드 비치'로 부른 해안에서 시내 들목에 이르는 교두보를 확보했다.

다음날 아침. 종군기자들이 상륙했다. 함께 온 미 해병 1사단장은 흥분했다. '맥아더 원수의 탁월한 전략적 승리'라고 부르댔다. 현장을 지켜본 기자들 대부분은 생각이 달랐다. 허를 찌른 기습은 분명 적중했다. 하지만 그 못지않게, 아니 그 이상으로 미군의 가공할 화력을 중시했다. 공보장교가 준비한 자료를 나눠주었다. 확인하듯 큰소리로 읽어갔다. 인천상륙작전에 전쟁사의 고전적 승리 비법인 '망치와 모루의 원리'를 적용했다고 밝혔다. 상륙한 군대가 '모루'를 만들고 낙동강 전선에선 망치를 휘둘러 반격하면 공산군은 망치와 모루 사이에 놓인다고 으스댔다. 그때 섬멸은 식은 죽 먹기라고 장담했다. 작전을 십분 이해한 수철은 상륙하며 취재한 현장을 더해 기사를 썼다. 종군기자로서 첫 기사 첫 문장이 돋보이고 싶었다. 붓방아를 찧다가 힘주어 썼다.

"자유의 여신이 망치와 모루를 들다(The Statue of Liberty held a

hammer and anvil)."

미 해병 1사단은 미군의 최정예 부대다. 그 가운데서도 정예인 5연대가 시내 소탕에 들어갔다. 전차와 불도저를 앞세웠다. 화력이 공산군에 절대 우세다. 공산군은 인천 도심에서 시가전을 펴며 항전했지만 정예부대가 아니었다. 거의 모든 군사력을 낙동강 전선에 투입한 상태였다.

"김일성. 그자가 소련군 대위 출신이라면서요? 고작 중대 규모만 지휘하던 자가 전면전을 펼치다니 너무 가소롭지 않은가요. 세계 최강인 우리가 이미 7월 초부터 참전했는데도 병력을 한 곳에 몰아넣고 있다니 그런 바보가 어디 있을까."

머레이가 콧방귀도 안 나온다는 듯이 김일성을 내놓고 비웃었다. 지휘소 막사에서 수철에게 위스키를 따라주며 단언했다.

"우리 공군과 해군력은 물론 지상군 화력도 압도적이므로 김일성에겐 미래가 없어요. 끝났다고 단정해도 결코 지나치지 않아요."

수철은 고개를 끄덕였다. 머레이는 위스키 잔을 들고 한반도 지도를 가리켰다.

"수철 리, 미군의 종군기자 아닌 한국인에게 묻고 싶어요. 사적인 질문이라는 거죠. 해도 될까요?"

무슨 물음일까 싶어 선뜻 긍정했다.

"만일 우리 미군이 서울을 수복한 뒤 어디까지 가면 좋을까요? 38선까지만 진격할 수도 있고, 우리가 마음만 먹으면 중국 국경까지 갈 수도 있는데. 한국의 지성인으로서 어떻게 생각하죠?"

신경이 곤두섰다. 수철은 그때까지 미군 목표를 '38선 회복'으로 이해하고 있었다. 미군 수뇌부가 38선을 넘어 북진을 구상하고 있다는 심증이 굳어졌다. 걱정이 앞섰다.

"그건 다른 문제라고 생각해요. 38선을 넘는 즉시 미군은 국제 사회에서 침략군으로 규정되겠지요. 미국이 38선 이남을 포기하지 않듯이 소련도 38선 이북을 잃고 싶지 않을 게 틀림없어요. 그럼 전쟁이 언제 끝날지 모를 국면으로 접어들겠지요. 너무 많은 사람이 죽지 않을까요? 반대로 9월 말까지 38선을 회복할 수 있으면 전쟁이 석 달여 만에 끝나는 거잖아요. 그 이후의 상황은 어찌됐든 남과 북이 각각 평화적으로 풀어가야겠지요."

수철은 연대장을 비롯해 대사관의 미국인들과도 영어로 대화를 나눌 때 자유로웠다. 한국어와 달리 영어는 존댓말과 반말의 구분이 엄격하지 않아서다. 장단점이 있겠지만 수철은 소통하기 편했다. 다만 모든 대화를 반말로 옮기는 것은 적실하지 않다. 영어에 명령어가 있기 때문이다. 명령어 외에는 모두 존댓말로 보는 것이 오히려 적절하다.

"오, 뜻밖인데요. 보기와 달리 이상주의자로군요."

"아니, 나는 철저히 현실주의자입니다. 친한 친구가 이상주의자이지요."

"그래요? 그 친구는 지금 어디서 뭐하는가요?"

"전쟁이 일어나면서 연락이 끊겼어요."

수철은 그렇게 둘러댔다. 실제로 어디 있는지 모르기도 했다. 낯선 미군 중령에게 시시콜콜 늘어놓고 싶지도 않다. 그만큼 진철과의 우정을 소중히 여겼다. 마침 연대장에게 포병장교가 찾아왔다. 그는 수철이 팔에 찬 '기자 완장'을 호기심 어린 눈으로 살폈다. 더 엮이고 싶지 않은 수철은 위스키를 소주처럼 비우고 막사를 나왔다.

국군 해병대는 시내 곳곳에서 전투에 들어갔다. 미 해병대가 펼치는 '잔적 섬멸작전'에 걸음을 맞췄다. 수철은 미 해병대를 바짝 따라갔다. 머레이의 경고를 받으면서도 그랬다. 미군은 불도저 투입을 즐기는 듯했다. 공산군은 곳곳에서 벙커와 함께 생매장 당했다. 화염방사기에 온몸이 불붙어 팔다리를 버둥대기도 했다. 참혹히 죽어가는 공산군을 마주칠 때마다 어금니를 악물었다. 마음을 모질게 다졌다.

불탄 창고 앞을 지날 때 수철의 눈이 멎었다. 목 아래가 모두 새까맣게 탄 주검이다. 화염에 그슬린 옆얼굴을 본 순간 심장이 철렁했다. 아무래도 진철 같았다. 머릿속은 이미 하얘졌다. 뛰어가려 했다. 하지만 마음뿐이다. 두 다리가 휘청댔다. 가까스로 다가섰다. 시신 앞에 무릎 꿇고 앉았다. 떨리는 두 손으로 옆얼굴을 천천히 돌렸다. 제발 친구가 아니기를 기도했다.

얼굴이 드러나는 순간 툭 소리가 났다. 목이 떨어졌다. 보이지 않았던 얼굴 반쪽은 거의 숯덩이였다. 커다란 눈망울이 흘러나와 구멍이 뚫렸다. 수철은 자신도 모르게 머리를 내동댕이쳤다. 뒤로 엉덩방아 찧었다. 공포감에 젖은 채 옆으로 누워 구역질을 했다. 전투식량으로 급히 먹은 통조림 쇠고기가 식도를 치받았다. 설사하듯 웩웩 게웠다. 그럼에도 엉금엉금 기어갔다. 내동댕이친 얼굴을 두 손으로 감싸 올렸다. 미치광이처럼 목 잘린 얼굴을 들고 요모조모 살폈다. 화염방사기에 직격된 듯하다. 한참 바라보던 수철이 히죽히죽 웃었다. 다행히 친구가 아니다. 눈과 눈 사이가 친구와 달리 좁다. 안심했음에도 얼굴을 몸통에 바투 내려놓을 때 울컥했다. 국군 해병 하나가 다가와 일으켜 세웠다. 그러지 않았다면, 수철은 마치 저주라도 받은 것처럼 얼어붙었을 터다.

그때부터다. 수철은 일쑤 두통에 시달렸다. 공산군 시신을 볼 때마다 머리가 어찔하고 속이 메슥메슥 울렁댔다. 몹시 궁금했다. 친구는 지금 어디서 무엇을 하고 있을까.

6장 삶이란, 역사란, 우주란

수철과 진철의 우정은 말 그대로 '난초와 지초 섬'에서 싹텄다. 한성상업학교 1학년 때 봄소풍을 간 곳이 난지도다. 강물 찰랑찰랑하는 모래톱에 둘러앉았다. 학우들 저마다 자기소개를 했다. 고향이 서로 맞닿은 연천과 파주라는 사실로 둘은 친밀감을 느끼기 시작했다. 한탄강이 흘러든 임진강은 연천과 파주를 이으며 흐른다.

수철은 연천군 전곡의 중소지주 외아들이다. 어머니가 자신을 낳다가 숨진 사실을 소년기에 처음 들었다. 크게 상처받았다. 다행히 아버지가 곰살궂었다. 타고난 애처가였지만 할머니의 집요한 강요로 재취했다. 그런데 후처마저 아기를 사산하며 숨지자 더는 계처를 들이지 않았다. 하늘의 뜻이라 여기고 아들을 정성으로 키웠다. 수철은 어릴 때부터 셈을 잘했다. 아버지는 아들의 장래를 숙고했다. 대지주가 되고픈 욕망으로 아들을 경성(서울)의 상업학교에 유학 보냈다. 앞으로 땅을 더 많이 사들이려면 은행에 들어가 금융을 익혀야 한다고 속계산했다.

진철은 파주군 탄현에서 태어났다. 일찍 부모를 잃었다. 할머니마저 보통학교 들어갈 때 돌아가셨다. 임진강 어부인 할아버지와 단둘이 살았다. 탄현 앞에서 한강이 임진강과 만난다. 두 강이 하나 되는 지점에 오두산이 솟아 있다. 고구려 광개토대왕이 친정을 올 만큼 전략적 요충지로 일찌감치 관미성이 자리했다. 어린 진철은 집 뒷산이기도 한 오두산 마루에 즐겨 올랐다. 임진강과 한강이 몸 섞는 모습을 신비롭게 보았다. 그때만 하더라도 임진강이 국토를 남북으로 갈라놓는 살피가 될 줄은 상상조차 못 했다.

할아버지는 큼직한 황복을 잘 잡기로 소문이 자자했다. 황복은 코가 짤막하고 돌출했다. 영락없는 '개구쟁이 물고기' 모습이다. 어름치, 강준치, 황쏘가리 두루 소년의 호기심을 끌었다. 진철이 가장 좋아한 동물은 임진강 자라다. 할아버지가 잡아온 자라를 처음 보았을 때다. 얼굴과 목이 푸르죽죽한 등딱지 속으로 순식간에 사라졌다. 볼수록 신기했다. 자라를 넋 나간 듯 살피는데 어느새 다가온 할아버지가 머리를 쓰다듬으며 물었다.

"너, 자라를 좋아하는구나. 어마어마하게 큰 자라가 우리 마을에 있는 거 알고 있니?"

"예? 정말요? 어디 살아요?"

"지금 당장 볼 수 있단다."

"와, 할아버지가 잡아놓았구나. 보여줘요."

할아버지는 진철의 꼬막손을 잡고 집 뒤쪽 언덕에 올랐다.

"자, 이제 눈을 감고 걸으렴."

"우와, 여기 잡아둔 거예요?"

기대감과 설렘에 눈을 감고 걸었다. 서너 걸음마다 살그니 실눈을 떴다. 자라 보일 기미가 전혀 없어 아직 멀었나 싶을 때다.

"자, 이제 눈을 뜨고 저기를 보거라."

"어디요? 어디?"

"저 오두산을 잘 살펴보라. 강 쪽으로 바위가 자라 머리처럼 불거져 있지? 얼마나 큰 자라겠니? 그래서 자라 '오(鰲)' 자를 넣어 오두산이라 부르는 게지. 자라는 저 산처럼 아주 강한 녀석이란다. 자기를 지켜야 할 때와 공격할 때를 잘 알거든. 지킬 때는 등딱지 속으로 확실히 들어가지. 실제로 오두산에는 오래전부터 성이 있었단다. 자라가 공격할 때는 쇠붙이도 부러뜨릴 이빨과 톱날 같은 발톱을 앞세우지. 작지만 무적인 셈이야. 참을성도 대단하단다. 한두 해 정도는 아무것도 먹지 않아도 살 수 있어."

처음엔 실망이 컸다. 하지만 할아버지 이야기를 들으며 점점 산처럼 커다란 자라가 보였다. 자라가 지켜야 할 때와 공격할 때를 잘 안다는 게 흥미로웠다. 그 사실만으로도 자라와 오두산에 한결 정을 주었다. 진철은 몰랐다. 그 말을 들려줄 때 할아버지는 죽은 아들이 사무쳤다.

보통학교를 마칠 때다. 담임 교사가 집으로 찾아왔다. 서울 유학을 권했다. 할아버지는 평소와 달리 성내며 도리머리했다. 담임이 돌아간 뒤 진철은 금세 시무룩했다. 할아버지는 손주의 표정을 놓치지 않았다. 더 공부하고 싶은 손자의 마음을 읽었다. 그럼에도 더 배우면 제 아비 꼴이 날까 걱정하지 않을 수 없다. 정반대로 일본 놈들 밑에서 관리 따위로 살아선 더욱 안 될 일이다. 밤새 고심하고 다음날 아침에 진철을 불렀다.

"공부를 더 하고 싶은 게야?"

"예, 할아버지!"

"좋다. 서울로 유학 보내주마."

"정말요?"

"그런데 조건이 있다. 첫째, 상업학교로 가거라. 학교 가면 담임 선생님께 똑똑히 상업학교 허락을 받았다고 말해야 한다. 둘째, 서울 종로에 천도교 교당이 있는데 찾기 쉬울 거다. 거기도 다녀야 한다."

진학한 진철은 내내 우등생이었다. 하지만 만족할 수 없었다. '인생이란, 역사란, 우주란 무엇인가'라는 물음이 가슴을 파고들었다. 학교 도서관과 천도교 교당의 자료실을 자주 찾았다. 손에 닿는 대로 책을 읽었다.

상업학교를 졸업할 무렵이다. 일제가 징병제를 추진했다. 이미 지원병으로 조선 청년들을 끌어 모은 터다. 지원제를 징병제로 바꾼 까닭은 분명하다. 전쟁이 확대되면서 더 많은 '총알받이'가 필요했다. 징병을 앞두고 중등학교 이상에 현역 장교를 파견했다. 군 복무에 필요한 자질을 단련한다며 군사교육에 들어갔다. 보통학교 졸업생은 청년훈련소, 그도 수료 못 했으면 청년특별훈련소로 보냈다. 1944년 4월부터 징병에 들어갔다. 20만 명이 검사를 마쳤다. 신체검사에서 갑종 판정 받은 청년부터 징집했다. 끌개로 쓸어 담듯이 무더기로 끌어갔다. 공포의 징집 영장이 하필 붉은색이어서 '아카가미(赤紙)'를 '죽음의 초대장'이라 불렀다. 징집은 다음다음 이어졌다. 상업학교 졸업반 사이에 정보가 으밀아밀 오갔다.

전문학교 선배들의 무용담이 퍼져갔다. 학병을 거부하고 입산한 이야기가 많았다. 집단 생활을 하면서 무장 투쟁을 준비한단다. 일제의 총알받이로 곧 끌려갈 학우들에겐 감동 이상이다. 희망이다. 일본 유학생 출신 하준수가 영웅으로 꼽혔다. 그는 지리산으로 들어갔다. 징용 징병 기피자 73명을 모았다. 보광당을 조직했다. 일제의 후방을 교란하는 게릴라전을 펼쳤다. 보광당에 그치지 않았다. 뜻있는 청년들이 소백산맥 곳곳에 아지트를 마련했다. 수철과 진철은 연천에서 상대적으로 가까운 금강산에도 청년들이 모여들어 무장 투쟁을 준비한다는 소식에 고무되었다. 중국에 투입된 학병들 소식도 들려왔다. 전선에서 탈영해 독립군이 된단다. 가슴 뭉클했다. 열여덟 살 두 친구는 다짐했다. 설령 강제 징집 당해도 일본 군복을 입고 싸우진 않겠노라고. 그 결심은 생각 있는 학우들 사이에 공유되었다.

수철은 졸업하고 연천에 돌아왔다. 이웃 해동농장에 낭산이 관리자로 살고 있었다. 김준연은 본디 남도 사람이다. 연천에 온 낭산을 토박이 지주 아버지가 환대해주었다. 그 인연을 맺은 덕택이다. 수철은 농장에서 경리를 맡았다. 최대한 징집을 미룰 수 있었다. 수철에게 낭산의 이력은 어마어마했다. 그는 도쿄제국대학 법학부를 졸업했다. 이어 독일 베를린대학으로 유학했다. 정치와 법학을 공부하다가 〈조선일보〉 모스크바 특파원으로 일했고, 귀국해서는 〈동아일보〉 편집국장을 맡았다. 신간회와 조선공산당에 깊이 관여해 7년이나 복역했다. 출감하고 〈동아일보〉 주필로 복귀했다. 그 시기에 손기정이 베를린올림픽에서 마라톤 금메달을 땄다. 손기정 시상 사진이 전송되어 왔다. 당시 〈조선중앙일보〉가 사진에서 일장기를 지워 보도했듯이 〈동아일보〉 이길용 기자도 그렇게 했다. 일제는 바로 탄압에 나섰다. 주필이 사주 대신 최종 책임을 졌다. 사주 김성수는 자리에서 물러난 낭산을 해동농장으로 보내 달랬다. 대지주답게 풍광 좋은 연천에 매입해놓은 토지다. 한탄강이 주상절리 언덕을 감싸며 흘렀다.

수철은 농장에서 성실하게 일했다. 일주일이 지나서다. 낭산이 영어사전을 선물했다. 틈날 때마다 단어를 익히라고 닦달했다. 일본은 곧 미국에 망할 수밖에 없다고 호언했다. 긴가민가했지만 영어 잘하면 여러 기회가 생긴다는 말은 솔깃했다. 바지런히 외웠다.

청년들은 곰비임비 입산했다. 경찰주재소를 습격해 무장한 사례도 늘어났다. 충주 청년들은 월악산 유격대를 결성해 친일파를 응징했다. 속초의 젊은이들은 설악산에 들어갔다. 산악대 이름으로 일경에 맞섰다. 연천과 맞닿은 포천과 철원에서도 길보가 날아들었다. 수철은 너무 반가워 들떴다. 학병 거부자들이 경찰주재소 무기를 탈취해서 산으로 들어갔다. '조선민족해방협동당'을 결성했다. 협동당은 1100미터 넘는 국망봉과 이어진 산들을 근거지로 삼았다. 미륵불을 자임한 궁예의 한이 서린 산이다. 일본 유학생 김종백이 이끌었다. 광주산맥으로 이어진 금강산 무장대와도 소통하며 전국에서 당원을 모아나갔다.

수철도 결단할 날을 맞았다. 징집 영장을 받았다. 낭산과 상의하고 협동당을 찾아갔다. 협동당은 군사 · 조직 · 선전 · 학생부를 두고 별동대로 산악대를 운영했다. 무장봉기를 준비하는 핵심 조직이다. 200~300명으로 구성했다. 징용과 징병, 학병, 보국대에서 탈출한 청년이 많았다. 국망봉에만 동굴을 12개 팠다. 낮에는 군사 훈련을 하고 짬짬이 밭을 갈았다. 밤에는 정세를 토론했다. 이론 학습도 중시했다. 자본주의와 공산주의를 모두 비판하며 사유와 국유를 결합하는 제도를 지향했다. '협동' 이념에 기초한 이상 사회를 추구했다.

수철은 선전부에 편입됐다. 영어에 능통해서다. 오키나와에서 중계하는 '미국의 소리(VOA)' 방송을 청취했다. 정보 수집에 그치지 않았다. 이론 학습과 정세 토론으로 시야를 넓혀갔다. 협동당의 당면 목표는 두말할 나위 없이 민족해방, 곧 독립이다. 결정적 시기를 준비했다. 국외에서 항일 무장 세력이 진공해 올 때 그에 호응해 무장봉기를 일으킬 계획을 세웠다. 무기를 제작하고 확보하며 일제 군사시설과 군수산업이 들어선 주변을 조사했다. 협동당은 여러 갈래의 국외 무장 세력 가운데 재편된 광복군을 염두에 두었다. 항일 무장 투쟁을 벌여온 김원봉의 조선의용대가 1942년 임시정부의 광복군에 합류했기 때문에 가장 미더웠다. 세력을 키워가던 협동당은 경성제대 의대생 당원의 술자리 말실수로 치명타를 입었다. 1944년 12월부터 석 달에 걸쳐 120여 명이 체포됐다. 당수 김종백은 야만적 고문을 받아 해방을 앞두고 옥사했다.

수철은 체포 그물을 용케 벗어났다. 때마침 함박눈이 펑펑 쏟아졌다. 눈보라에 몸을 숨기며 산속을 달렸다. 전곡에서 국망봉으로 당을 찾아갔던 산길을 거꾸로 밟았다. 쌓인 눈을 먹으며 8시간에 걸친 잰걸음으로 소요산에 이르렀다. 칼바람을 피해 화전민 농가의 헛간에 숨어들어 짚더미 속에 지친 몸을 파묻었다. 잠시 쉬어가려 했는데 그만 깊은 잠에 빠져들었다. 이튿날 화전민 사내가 깨워 화들짝 놀랐다. 사정을 듣고는 선뜻 밥상까지 차려주었다. 우걱우걱 보리밥을 비웠다. 밥그릇 바닥까지 숟가락이 닿을 때, 화전민의 어린 딸 눈망울과 마주쳤다. 몹시 부러운 듯 바라보았다. 목이 메여 더는 먹을 수 없었다. 수철은 지니고 있던 비상금을 모두 털어 내밀었다. 두툼한 솜옷과 감자를 챙길 수 있었다. 다시 후미진 산길로 3시간을 더 걸었다. 감악산에 도착했다. 전곡의 낮은 산들과 이어진 검푸른 산악으로 은신하기 좋았다. 감악산 북동쪽 산 아래가 전곡과 이어진 늘목이다. 아버지 소작인 가운데 늘목 출신이 있었다. 수철은 소작인의 친척을 찾아 집에 연락할 수 있었다. 소작인을 통한 아버지의 뒷받침으로 은둔 생활을 이어갔다.

감악산은 삼국시대부터 격전지로 의적 임꺽정이 피신한 곳이기도 했다. 정상에 서면 남쪽으로 삼각산, 서쪽으로 송악산이 보인다. 수철은 등성이를 오가며 몸을 단련했다. 등짐에 넣어 온 영어사전도 틈틈이 외웠다. 정상에서 남서쪽으로 임진강 하류와 파주가 보인다. 그 어딘가에 있을 친구 진철이 못내 그리웠다.

진철도 졸업하고 고향에 왔다. 할아버지는 일본군에 보낼 뜻이 결코 없었다. 오두산의 검단사 주지가 진철을 선뜻 받아주었다. 할아버지는 주지와 잘 어울렸을 뿐만 아니라 황복을 줄곧 보시해왔다. 진철은 망설임 없이 삭발하고 승복을 입었다. 주지가 건네준 『금강경』도 읽었다. '사람이 곧 하늘'이라는 동학에 심취했기에 모든 사람에게 불성이 있다는 불법을 쉽게 이해했다.

해방과 함께 연천은 남북으로 갈렸다. 수철의 집은 38선을 흐르는 한탄강 북쪽이다. 감악산에서 무사히 내려오자 아버지는 잔치를 벌였다. 마을 사람들을 모두 불렀다. 아들이 독립운동가라고 짝짜그르 소문을 냈다.

서울에서 조선공산당 재건 소식이 들렸다. 평양도, 연천도 지방 조직을 세웠다. 재건된 조선공산당의 지도자는 박헌영이다. 그런데 소련군은 평양의 김일성을 밀고 있다는 풍문이 파다했다. 날이 갈수록 38선을 넘으려는 사람들이 부쩍 늘었다. 전곡 바로 앞의 한탄강만 건너면 38선 이남이다. 중소지주인 아버지도 흔들렸다. 월남하는 사람들로부터 곧 토지개혁이 시행된다는 말을 들었다. 하지만 믿을 수 없었다. 설마 했다. 그런데 실제로 토지개혁이 단행됐다. 아버지는 대대로 물려받은 땅을 한순간에 잃었다. 소작인들과 균등히 배분받았다. 울뚝밸 치민 아버지는 남아 있는 살림살이를 암시장에서 모두 처분했다. 1946년 3월에 한탄강을 건넜다.

서울로 들어와 애고개에 낡은 집을 구입했다. 아들이 한성상업학교 졸업할 때 살펴본 학교 주변이다. 토지개혁의 된서리를 이겨내지 못하고 날마다 폭음했다. 몸태질해서일까. 애고개에 정착하고 겨우 보름이 지난 다음날이다. 아버지는 아침에 쓰러져 끝내 일어나지 못했다.

수철은 난감했다. 망설이다 낭산에게 연락했다. 그는 한국민주당의 상무집행위원으로 활동하고 있었다. 동아일보사 사주 김성수를 중심으로 창당한 당이다. 낭산은 아버지의 비보에 한숨을 토했다.

"그럼 자네 앞으로 어찌 살아가려는가?"

"아버님의 뜻이기도 해서 은행에 취업할 생각입니다. 졸업장이 있으니 여기저기 알아보려고요."

"그것도 좋은데, 자네 나를 돕지 않겠나?"

바로 그날부터 수철은 한민당 경리부에서 일하기 시작했다. 한민당은 서북청년단(서청)과 긴밀한 연관을 맺었다. 당 기관지를 공언한 동아일보사 사옥에 청년단 사무실이 들어와 있었다. 이북에서 월남한 청년들의 모임인 서청과 동아일보는 토지개혁을 반대하며 반공을 주장한다는 점에서 이해관계가 같았다. 서청은 경리부에 있는 수철을 주시했다. 연천의 보통학교 선배인 강유연이 다가왔다. 논밭을 빼앗긴 게 억울하지 않느냐며 서청 가입을 강권했다. 하지만 그가 고향에서 행실 고약하기로 악명 높았기에 거리를 두었다.

아버지를 여읜 슬픔은 쉽게 사라지지 않았다. 외로움을 타던 수철을 교회가 따뜻하게 품어주었다. 기독교인들이 한탄강 건너 월남할 때 수철이 안내해준 인연이 작용했다. 상업학교 시절에 진철을 따라서 천도교 교당에도 가보았지만 솔직히 내키지 않았다. 친구가 존경한다는 녹두장군도 결국 패하지 않았던가. 기독교는 다르다. 서양 문명을 이끌며 세계를 주도하고 있지 않은가. 함께 월남한 선배들도 수철에게 교회를 권했다. 교회를 찾아야 모든 일이 순조롭게 풀린다고 훈수했다.

교회는 수철의 삶을 바꿨다. 한탄강에서 월남을 도와준 교인들은 아버지를 잃은 수철을 위로했다. 한민당에 취직해서 경리로 일한다고 밝히자 두루 기뻐했다. 전문대학들의 대학 승격이 예고될 때다. 교회 목사와 장로들이 수철을 불렀다. 더 공부해서 큰일을 해야 한다고 강조했다. 장학금을 마련해줄 테니 진학하라고 권했다. 교회에선 연희대 신학과를 권했다.

대입 원서를 내러 갔다가 교문에서 진철과 재회했다. 누가 먼저랄 것 없이 와락와락 부둥켜안았다. 문학관 앞 잔디밭까지 함께 걸었다. 상업학교를 졸업한 뒤 살아온 이야기를 오순도순 나눴다. 진철이 철학과에 지원한 사실을 알고 흔들렸다. 목사를 다시 찾아갔다. 친구가 일러준 대로 신학을 깊이 공부하기 위해 먼저 철학을 폭넓게 알고 싶다고 말했다. 바로 허락을 얻었다. 친구와 재회하면서 세상을 다채롭게 볼 수 있었다. 다만 진철이 공산주의를 두남두어 이야기할 때는 부담스러웠다. 아버지는 물론 연천의 논밭을 잃은 탓이다. 친구가 공산주의에 전적으로 몰입해 있지 않다는 사실에 안도했다. 굳이 자신의 상처를 드러내고 싶진 않았다.

수철은 미처 의식하지 못했지만 점점 낭산의 영향을 받았다. 대학에서도 구메구메 영어를 익혔다. 낭산은 1948년 5월 제헌선거에 나섰다. 한민당 후보로 고향인 영암에서 당선됐다. 마지막 학기를 앞둔 수철은 낭산의 권고를 따라 1949년 12월에 〈동아일보〉 기자가 되었다. 대학 입학 전에 한민당 경리부 직원으로 일했던 사옥이었다. 그때와 달리 서청은 경찰과 군, 대한청년단에 조직적으로 들어가며 자진 해산해서 더는 동아일보사 사옥을 들락거리지 않았다. 수철은 자유와 민주주의를 구현하는 기사를 쓰며 틈날 때마다 철학을 공부할 생각에 부풀었다. 하지만 편집국 분위기는 예상보다 더 경직되어 있었다. 친일파를 청산하자는 사람들을 '빨갱이'로 몰아가는 고위 간부들의 말과 글에 회의가 짙어갔다. 친일을 한 지주들이 철학까지 지배하지 못하도록 최선을 다하겠다고 연희산등에서 지혜와 진철에게 다짐했던지라 더 그랬다.

기자로 석 달 넘었을까. 주한미국대사관이 공보실 직원을 채용한다는 정보를 들었다. 한민당의 기관지와 낭산의 그늘에서 벗어날 기회라고 판단했다. 편집국 고위 간부들은 암살된 백범 김구가 그럴 만한 잘못을 저질렀다며 '빨갱이' 운운했다. 이승만 정부 아래서 서청 출신들이 임의로 저지르는 잔혹한 폭력을 두남두거나 모르쇠 놓는 친일파들에 질리기도 했다. 그들이 당과 신문사에서 어험스레 행세하는 모습을 더는 견디기 어려웠다. 수철은 대사관에 원서를 냈다. 최종 면접을 거쳐 전격 이직했다. 1950년 4월부터 대사관 공보실로 출근하며 낭산에게 아무런 연락도 하지 않았다. 대사관에서 일하며 기회를 보아 미국에 유학할 계획을 세웠다.

그런데 예상 못한 전쟁이 일어났다. 바로 다음날 대사관은 미국인 가족들을 일본으로 보냈다. 무초(John J. Muccio) 대사와 직원들은 6월 27일 수원비행장에서 일본으로 떠났다. 대사관 일을 돕던 한국인들은 탑승 명단에서 거의 제외되었다. 수철은 공보실 필수 요원으로 분류되었다. 비행기 창밖으로 태워달라고 아우성치는 한국인들을 보며 착잡했다. 일본으로 옮겨간 대사관 공보실에서 일하다가 갑작스레 미군 기관지에 파견되어 전함에 올랐다. 〈동아일보〉 기자에서 〈성조지〉 기자로 널뛴 셈이다.

7장

소나무 아래서 붓다와 예수를

철학과에 함께 입학한 수철과 진철의 우정은 한결 도타워 갔다. 그해 시월 중순에 우정은 절정에 이르며 변곡점을 맞았다. 늘 그랬듯이 수철이 다시 나섰다. 중간고사가 끝나는 금요일 오후에 '아지트 회동'을 제안했다. 굳이 말하지 않았지만 붉은 술을 확보했음에 틀림없다. 진철과 지혜 모두 선뜻 동의했다. 세 청년은 시험지를 제출하고 강의실을 가든가든 나왔다. 홀가분한 마음으로 반비알진 길에 들어섰다. 진철은 수철과 지혜에게 둘만의 시간을 주고 싶었다. 느럭느럭 걷던 평소와 달리 앞서 걸어갔다.

앞서 걷던 진철이 갑자기 깨금발로 펄쩍 뛰었다. 지혜는 뱀이라도 나타났나 싶었다. 수철이 나란히 걷던 지혜 표정을 훌금 살폈다. 궁금증을 풀어주는 척 슬근슬쩍 딴죽을 놓았다.

“지혜 씨 걱정 마소. 틀림없이 개미를 발견했을 겁니다. 저 친구는요, 예전부터 뭔가를 골똘히 생각하며 고개를 푹 숙이고 다녔다오. 그러다가 아주 작은 개미라도 눈에 띄면 밟지 않으려고 화들짝 피했소. 강인해 보이지만 아주 여린 친구랍니다.”

“여려 보이지만 강인한 친구가 아니고요?”

“하하, 그런가요? 맞소……. 그렇겠소.”

수철은 너털너털 웃으며 답했다. 언짢음을 감출 의도였다. 지혜의 마음이 무신론자인 친구에게 기울고 있다는 심증이 짙어졌다. 찜찜하고 허허했다. 어미산 단풍에 눈을 돌렸다. 시월의 산잔등은 가을색이 완연했다. 성크름한 갈바람을 깊숙이 들이켰다.

소나무 아래 둘러앉았다. 술잔을 꺼내 붉은 술을 따랐다. “철학을 위하여” 건배하고 잔을 부딪쳤다. 수철은 첫 잔을 비우며 진철과 지혜를 살폈다. 더 늦기 전에 승부수를 던질 때라고 생각했다. 지혜를 교회로 끌어들이면 모든 일이 순조롭게 풀리지 않을까. 기독교에 우호적인 ‘소문난 대지주’도 염두에 두어왔다. 벼름벼름하며 준비한 질문을 나볏이 던졌다.

"지혜 씨, 솔직히 물어보아도 되겠소?"

"그럼요, 우리 모두 철학적 우정을 위해 언제나 정직해야지요."

"저는 지혜 씨처럼 아름다운 여성이 왜 우상을 숭배하는지 모르겠소."

"무슨 말씀을 그리……."

"정직한 심경이오."

"면전에서 아름답다느니 그런 말은 실례인 거 아시죠? 그건 접어두죠. 워낙 폭탄을 터트렸으니까요. 제가 우상을 숭배한다니, 무슨 뜻인가요?"

예상 밖으로 올찬 반문이다. 숫기 좋은 수철도 일순 곤혹스러웠다. 하지만 쭈뼛쭈뼛 귓불만 만지작댈 순 없었다. 사내로서 매력이 없어질 터다. 지혜와 소나무 아래서 붓다와 예수를 논하리라 예상은 했지만 어딘가 엇나가는 듯했다. 그럼에도 '남성다운 자신감'을 보이고 싶었다. 의도적으로 거쿨지게 답했다.

"그게 실례인지 몰랐소. 아름다워 아름답다고 했을 뿐인데…… 어쨌든 그 말은 접겠소. 내가 우상 숭배라고 말한 것은…… 불상을 만들어놓고 거기에 절을 하잖소? 그게 하나님이 섬기지 말라고 경고한 우상 숭배라오."

"수철 씨도 참, 그건 수철 씨가 믿는 예수교 시각이죠."

"그리 생각할 수 있겠소. 하지만 특정 종교가 아닌 보편적 문제라 생각하오. 인간이 신적인 존재가 될 수 있다고 자만하는 것이 바로 인간이 지닌 원죄라오. 가령 성불하겠다는 서원은 신적인 존재가 되고자 하는 욕망 아니겠소?"

"계속 예수교 입장에서 말하는 것 같은데, 적어도 철학도라면 예수교도 여러 종교 가운데 하나로 보아야 옳지 않을까요? 저는 기독교보다 예수교라는 말이 더 와 닿던데 그래도 되는 거죠?"

"뭐……, 괜찮소."

"예수교 사람들이 불상을 신이 경고한 우상으로 보거나 유일신을 가정하지 않는 불교철학을 두고 인간이 신이 되고자 한다는 비판은 축구 경기를 배구 규칙으로 해설하는 꼴이 아닐까요?"

"그렇소? 그럼 제가 종교를 떠나 철학도로서 묻겠소. 지혜 씨의 신앙인 불교에 우상 숭배 아닌 가치, 그러니까 20세기 중반을 살고 있는 우리 현대인들에게 주는 메시지가 있소?"

"음, 먼저 분명히 밝혀두죠. 저는 철학도이자 무신론자이기에 '신앙'이 없습니다. 불교를 예수교인들처럼 신앙으로 떠받들고 있는 것이 아니라는 거지요. 수철 씨처럼 철학도로서 답하면, 저는 불교가 어느 철학보다 더 철학적이라고 생각합니다. 유럽의 소크라테스보다 150여 년 전에 아시아의 싯다르타가 철학적 사유의 문을 열었거든요. '철학' 하면 곧 '서양철학'으로 등식화하는 선입견은 말끔히 버릴 필요가 있어요. 철학자 싯다르타를 존경하는 사람들이 그를 '붓다'로 불렀는데요. 소크라테스와 견주어 오히려 사유가 더 풍부하고 깊어요. 적어도 철학도라면 그가 남긴 말들을 신앙의 대상이나 법문 이전에 철학으로 들여다볼 필요가 있습니다. 서양철학이 현대에 이르러 '왜 아무것도 없지 않고 무언가 있는가'라는 물음을 던지고 있는데요. 그 물음과 붓다의 철학이 흥미롭게도 상통해요."

평소 말을 아끼던 자태와 달랐다. 명료한 논리적 설명에 두 청년은 매혹되었다. 수철은 어슴푸레 아는 불교를 섣불리 들먹인 '전술'에 후회감이 들었다. 하지만 내친 참이다.

"불교가 철학이라면 우리 기독교와 양립할 수도 있소?"

"물론이지요. 다만 그 답은 불교가 아니라 예수교인들에 있습니다. 예수교는 자기들의 유일신 외에 다른 종교나 종교적 가르침을 사탄화하잖아요? 그렇게 자기와 다른 것을 억압하고 배척하는 것은 제국주의자들의 논리와 다를 바 없지요."

"그건 너무 심한 비약 아니오?"

"어느 지점이 너무 심한 비약이라는 건가요?"

"잠깐, 두 사람의 토론이 다소 과열되는 듯싶은데…… 논리적 비약인지 아닌지 따지기에 앞서 자네 물음에 지혜 씨의 답을 마저 들어보는 게 어떨까. 아까 불교의 가치라고 했던가, 현대인들에게 주는 메시지를 물었고 지혜 씨는 아직 그걸 이야기하지 않았거든."

"그럼 같은 내용이지만 질문을 고쳐보겠소. 지혜 씨는 붓다의 철학적 고갱이가 무엇이라 생각하시나요?"

수철은 따따부따했던 언행을 무르고 싶었다. 자세를 바로하고 깍듯이 물었다. 지혜도 조금은 지나쳤나 싶어서일까. 미소를 보냈다. 그러면서도 흐트러짐 없이 말을 이었다.

"붓다 철학의 고갱이는 무아라고 생각해요. 제법무아(諸法無我), 그러니까 존재론적으로 '나를 포함해 세상의 모든 것이 고정불변의 실체가 없다'는 뜻이지요. 무아이기에 공(空)인 거죠. 붓다는 세상의 모든 것이 독자적인 존재가 아니라 더불어 있으며 서로 영향을 주고받는 관계에 있고 그럴 만한 조건이 있어 생긴 것으로 파악해요. 연기(緣起)라고 하죠. 붓다는 여든 살까지 하루도 쉼 없이 걸으며 거리의 민중을 만났어요. 그들이 제법무아의 진리를 알아차릴 수 있도록 도왔지요. 흔히 소크라테스를 거리의 철학자라고 하는데요. 그보다 더 앞섰고 더 오래 활동한 거리의 철학자가 붓다랍니다."

지혜는 수철과 진철을 번갈아 보며 말했다. 눈빛이 맑았다. 진철은 나름 불경을 읽었노라 했던 자신이 부끄러웠다. 명쾌하게 설명하는 지혜의 눈을 깊이 응시하며 물었다.

"무아라는 철학 개념이 참 흥미롭습니다. 흔히 부처님이라고 하는데 그것을 철학자 붓다로 말씀하시니까 새롭게 보이는군요."

"감사합니다."

진철과 지혜의 정담에 수철은 마음이 급했다. 또 선수를 뺏긴 느낌이 들었다. 대화의 중심을 자기에게 가져오고 싶었다. 다소 도발적으로 이야기할 필요가 있다는 생각이 앞섰다.

"내가 보기엔 제법무아……, 아무래도 너무 관념적이지 않소?"

"그렇게 볼 수도 있어요. 그런데 그 정도가 관념적이면 신이 있다는 주장보다 관념적인 게 세상에 또 있을까요?"

수철의 딴죽에 지혜가 맞받았다. 진철은 빙시레 웃었다. 지혜와 눈길 주고받는 시간을 가능한 늘리려는 수철의 깜냥이 읽혔다. 그런다고 친밀해질 수 있을까. 상대가 지혜인지라 어림없을 성싶다.

"지혜 씨, 그건 좀 다른 이야기 같은데 아무튼 좋소. 하지만 세속에 사는 사람들이 무아를 선뜻 받아들일 수 있겠소? 가령 일본인이 있고 우리 조선인이 있잖소? 독립운동 경험으로 판단컨대 일본제국이 우리를 강점하고 있을 때 어느 조선인이 무아를 주장한다면 그건 투항주의 아닌가 싶소. 아무래도 허무주의 냄새가 나오."

수철은 초롱초롱 말하는 지혜가 사랑스러웠다. 그래서 더욱 도드라지고 싶었다. 하지만 토론 들머리부터 내내 밀리고 있다는 생각을 떨칠 수 없었다. 조선민족해방협동당 경험을 은근슬쩍 드러낸 까닭이다.

"사람들이 무아를 선뜻 받아들이지 못할 것이라는 데는 동의해요. 하지만 오해하듯이 무아가 허무나 염세, 투항주의는 아니어요. 자신을 포함해 모든 것에 고정불변의 실체가 없기 때문에, 깨달은 사람은 언제 어디서든 오히려 주체가 될 수 있거든요. 수처작주(隨處作主)가 곧 그 말이지요. 그래서 독립운동에 온몸을 던질 수 있어요. 그러면서 자신을 비울 수도 있고요. 반면에 '나'를 고정불변의 실체로 여길 때 자아에 집착하기 쉽고 탐욕에 매몰되기 십상이지요. 이기적이다 보니 변절도 쉬워요. 무아는 제국주의에 반대하는 투쟁은 물론, 현대인이 직면한 사회 경제적 위기를 넘어서는 과정에서도 적실한 가르침을 담고 있다고 생각해요. 물론 저는 독립운동에 나서서 제국주의와 싸우지 못했지만요. 깨달음이 부족했던 거죠. 그래서 허무감도 말끔히 벗어나지 못했을 거예요. 인간이 사회적 존재임을 잊을 때 허무감이 스며든다는 말에 제가 공감했던 까닭이기도 합니다."

지혜를 외모만으로 좋아하진 않았다. 그럼에도 붓다의 철학에 조예가 깊을 줄은 미처 몰랐다. 수철은 조급했다. 주변에 흔한 출세주의적 기독교인과 자신은 다르다는 진실을 어서 전하고 싶었다.

"그럼 이제 내 생각을 말해보겠소. 예수님의 참모습을 모르는 사람들이 많아 몹시 안타깝다오. 하나님의 아들인 예수님을 철학자로 소개하는 것은 적절하지 않소만, 그렇다고 예수님의 가르침에 철학이 들어 있지 않다는 뜻은 결코 아니라오. 3년이라는 짧은 시간 동안 예수님이 일러준 가르침을 종교적 체계로 만든 사람은 바울이오. 예수님의 가르침이 없었다면 그것을 종교로 만든 바울도, 철학적 개념화에 나선 유럽의 중세철학도 없었을 것이오."

"그럼 수철 씨는 예수의 가르침에 철학적 핵심을 무엇이라고 생각하세요?"

지혜는 부러 질문했다. 수철의 표정이 경직되어 보여서다. 과연 지혜의 질문에 다소 어두웠던 수철의 얼굴이 환해졌다.

목소리가 신바람 난 듯 명랑했다.

"예수님 가르침의 고갱이는 사랑이고, 자비라오."

"거기서도 자비라는 말을 쓰는군요."

"그렇소. 예수님은 '너희의 아버지께서 자비로우신 것같이, 너희도 자비로운 사람이 되어라'며 자비를 강조했소. 자비의 영어 'mercy'는 'compassion'을 포함하오. compassion을 어원으로 분석하면 '아픔을 함께한다'는 뜻이오. 예수님은 전염병자, 창녀처럼 천시당한 사람은 물론, 세금을 거두는 세리처럼 미움 받던 사람들 손까지 기꺼이 잡아주셨소. 예수님은 누구라도 자신의 도움을 필요로 하는 사람에게 조건 없이 다가갔소. 모든 차별, 모든 장벽을 넘어, 고통당하는 사람들의 아픔을 함께 나누는 자비를 실천했다오."

"자비는 참 아름다운 말이지. 불교만이 아니라 기독교에서도 중시하니 더 그렇잖은가. 그런데 나는 기독교에서 강조하는 부활을 도저히 받아들이지 못하겠더군."

"그거 참 좋은 질문일세. 먼저 자네 생각을 이해할 수 있다는 말부터 하고 싶네. 기독교인 아닌 사람들에게 가장 낯설게 다가오는 대목이 부활이거든. 하지만 예수님은 오늘을 살아가는 우리가 부활의 참된 의미를 깨칠 수 있도록 말씀을 남겼다네. 부활한 자신을 어디서 만날 수 있는가를 확연히 일러주었거든. 많은 이들이, 심지어 신학자들조차 가볍게 여기고 있지만, 성경에 나오는 한 대목을 소개하겠네."

가방에서 성경을 꺼내며 지혜에게 눈을 돌렸다. 어젯밤 지혜에게 들려줄 말씀을 찾느라 꼭두새벽까지 성경을 뒤적이고 또 뒤적였다. 시험공부까지 접었다. 갓밝이가 되어서야 지혜가 끌릴 대목을 찾았다. 수철은 '기적'처럼 발견했노라며 스스로 감탄했다.

"지혜 씨, 예수님이 심판의 날에 지옥으로 보낼 사람들에게 내린 말씀이오. 성경에 나온 그대로 읽어드리리다. '너희는 내가 굶주렸을 때에 먹을 것을 주지 않았고, 목말랐을 때에 마실 것을 주지 않았으며, 나그네 되었을 때에 따뜻하게 맞이하지 않았다. 또 헐벗었을 때에 입을 것을 주지 않았으며, 병들었을 때에 돌보아주지 않았고, 감옥에 갇혔을 때에 찾아주지 않았다.' 예수님이 그렇게 판정하자 지옥행 심판을 받은 사람들은 '주님, 저희가 언제 주님에게 그렇게 했나요?'라며 그런 적이 결코 없기에 억울하다고 하소연했소. 그때 예수님은 분명히 말하오. '너희가 가장 보잘것없는 사람 하나에게 해주지 않은 것이 바로 나에게 해주지 않은 것'이라 했소. 성경은 거듭 강조하오. 예수님이 천국으로 갈 사람들에게 '너희는 내가 굶주렸을 때에 먹을 것을 주었고, 목말랐을 때에 마실 것을 주었으며, 나그네 되었을 때에 따뜻하게 맞이하였다. 또 헐벗었을 때에 입을 것을 주었으며, 병들었을 때에 돌보아주었고, 감옥에 갇혔을 때에 찾아주었다'고 했소. 그러자 천국으로 갈 사람들은 '주님에게 그렇게 한 적이 없다'고 정직하게 고백했다오. 그러자 예수님은 '분명히 말한다. 너희가 가장 보잘것없는 사람 하나에게 해준 것이 바로 나에게 해준 것'이라고 밝혔소."

"성경에 그런 대목도 있군요. 처음 듣는데요?"

"그러시죠? 나는 그 대목이 바이블의 진수라고 생각하오. 그런데 지혜 씨, 사랑을 가르친 예수님이 혼자 부활한 뒤 2000년 넘도록 전지전능한 신 옆에 그저 앉아만 있다면 그게 더 이상하지 않겠소? 예수님의 가르침에 충실하려면 당장 우리 주변에 있는 '가장 보잘것없는 사람들'을 '부활한 예수'로 모시며 사랑해야 하오."

"감명 깊게 들었네. 두고두고 새길 만한 가르침일 성싶군. 가장 보잘것없는 사람들을 예수로 모시라는 이야기는 동학의 사인여천(事人如天) 사상과도 이어지겠어. 그런데 그 가르침을 현실에서 실천하는 기독교인이 얼마나 된다고 생각하나? 일본제국주의 신사에 참배하는 기독교인들을 수없이 보아왔기에 하는 말일세."

"그건 동학이나 불교 모두 마찬가지 아닌가?"

"이 문제가 공연히 종교적 갈등이 될 필요는 없어 보여요. 저는 붓다의 철학, 예수의 철학으로 서로 이해하면 어떨까 싶어요. 수철 씨가 말한 예수의 가르침은 정말 인상적이네요. 진철 씨가 동학 이야기 했지만 비슷한 생각과 실천이 붓다의 철학에도 있는데요. 나와 남이 둘이 아니라는 자타불이(自他不二), 모든 사람이 불성을 지닌다는 평등주의 철학이지요. 나를 위하듯이 남을 위하라는 가르침이거든요. 그런 말은 예수의 말과도 이어지는 것 같죠? 다만 저로선 전지전능한 신을 상정하는 철학 또는 종교가 서양 중심의 배타적 세계관으로 제국주의 침략을 뒷받침했다는 사실을 놓치고 싶지는 않아요. 수철 씨가 할 말이 많겠지만, 다른 생각을 서로 존중키로 해요. 그럼 이제 진철 씨의 생각을 들어볼 차례군요."

8장

서쪽의 맑스, 동쪽의 수운

진철은 부끄러움이 앞섰다. 은근히 수철은 물론 지혜까지 지적으로 자신보다 한 수 아래로 여겨왔다. 하지만 아니었다. 두 사람 모습이 새삼 아름답고 푸르렀다. 고마움부터 솔직히 토로했다.

"지혜 씨와 수철 군의 생각 잘 들었습니다. 무아의 철학, 예수 부활의 참뜻을 오늘에서야 비로소 이해했네요. 많이 배웠습니다. 다만 내 생각은 조금 결이 다른데요. 두 사람 생각과 이어지기도 하지만 굳이 차이를 부각해서 말하자면, 붓다도 예수도 인류를 구원하겠다고 했는데 정작 그들이 살아가던 시대에 엄존했던 신분제도를 가볍게 보았다는 점을 제기하고 싶습니다. 신분제는 그 자체보다 그것으로 말미암아 인류의 대다수인 민중들이 고통받았다는 사실이 중요하지요. 그러다 보니 결국 붓다의 철학이나 예수의 참뜻이 실현되기는커녕 되레 지배 세력의 이데올로기로 작동해온 것이 역사적 진실 아닌가 싶어요. 물론, 자비도 사랑도 다 아름다운 말임에 틀림없습니다. 하지만 실제로 불교는 왕과 귀족의 권위를 뒷받침해주었고 예수교는 로마제국의 국교 아니었나요. 그 시대에 노예제, 농노제나 천민제와 같은 신분제가 왕을 정점으로 한 계급 구조로 분명히 존재했지요. 인류의 대다수는 그 구조 속에서 때로는 노예나 머슴으로 때로는 농노나 소작인으로 비참하게 살다가 죽어갔습니다. 그런데 그들이 과연 사랑이라도 마음놓고 할 수 있었을까요?"

진철이 말을 끊고 열기 품은 눈으로 지혜와 수철을 둘러보았다. 두루 공감하는 눈빛을 살피곤 힘주어 말했다.

"지금 자본주의 사회도 마찬가지지요. 제국주의 아래서 얼마나 많은 민중이 고통받았나요. 그럼에도 당대의 지식인은 물론 종교인, 철학자까지 노동인과 민중의 참상에 모르쇠를 잡고 있었어요. 맑스는 친구 엥겔스를 통해 상공인들이 주도한 근대 자본주의 사회에서 민중이 얼마나 비참한 삶을 살고 있는지에 눈떴고, 엥겔스는 맑스의 철학적 사유를 통해 인간과 역사의 본질을 통찰했습니다. 두 사람은 철학사에서 보기 드문 '학문적 우정'을 평생 이어갔지요."

"자본가 집안의 엥겔스가 맑스의 생활비를 책임졌다는 게 사실인가?"

수철이 불쑥 물었다. 진철은 친구의 의도가 무엇일까 헤아리면서 가볍게 받았다.

"그렇다네. 어떻게 보면 경제가 하부구조라는 맑스의 명제는 두 사람의 우정에도 해당된다고 볼 수 있겠지. 물론 농담이네만……."

"그런데 자네나 나는 모두 가난하지 않은가. 지혜 씨는 좀 다르지만 그래도 자네와 나의 우정은 이어가야겠지?"

"그러세. 다만 자네도 나도 그리 가난한 건 아닐세. 지금 편하게 대학에 들어와 공부하고 있지 않은가."

이어 다시 지혜를 보며 말했다.

"아무튼 철학자 맑스는 전통적인 철학의 지평을 혁명적으로 바꿉니다. 기나긴 철학사에서 처음으로 일하는 사람들, 억압과 고통을 받으면서도 사회에 꼭 필요한 생산을 도맡아온 사람들 관점으로 철학을 한 거죠. 철학이라는 말을 알 기회조차 없이 일생을 살았던 절대 다수의 인류를 처음 철학으로 끌어들인 겁니다. 더구나 그들을 '역사의 주체'로 불러주었잖습니까. 정치권력과 경제력을 지닌 사람들에게 답작답작 부닐며 사유해온 그때까지의 철학사에 새로운 지평을 연 거죠."

"그럼 자네에게 맑스는 붓다보다 예수님보다 위대한 건가?"

수철이 다시 말결을 채고 나섰다. 딱히 궁금해서는 아니었다. 진철이 계속 존대어를 쓰며 지혜만 의식했기 때문이다. 더욱이 지혜도 내내 지나치게 다소곳이 경청했다. 어떻게 해서든 진철의 말을 끊고 싶었다.

"자네, 아까부터 농담을 하는구먼. 내가 너무 딱딱하게 말하고 있나? 나도 우스개로 답해야 할 텐데……."

진철이 가볍게 받았다. 수철은 다소 불편했다. 농담 아니라고 날을 세워 반박하려 했다. 그런데 진철이 눈웃음 띠며 우스갯소리를 했다.

"맑스가 붓다보다 예수보다 위대한가, 또는 붓다와 예수 중에 누가 거룩한가와 같은 질문은 사실 코흘리개에게 '엄마와 아빠 중에 누가 더 좋아'를 묻는 것과 같지 않은가. 내가 철부지도 아닐 텐데……."

"자네도 나도 엄마 아빠 없는 고아 아닌가."

수철은 아차 싶었다. 성마를 뿐 아니라 유치한 몽니였다. 지혜가 흠칫하며 조심스레 진철을 살폈다. 진철은 아무렇지도 않다는 듯 말을 이어갔다.

"누가 더 위대한지는 잘 모르겠고, 그들의 가르침을 따른다고 했던 사람들에 대해선 확실히 말할 수 있을 것 같네. 아무래도 예수를 내건 사람들 가운데 흉악한 자들이 훨씬 두드러져 보이네. 십자가를 앞세운 백인 제국주의자들이 그렇지 않은가. 그런데 붓다, 예수, 맑스 못지않게 우리가 중시해야 할 철학이 있다고 생각하네."

"동학 말씀하시려는 건가요?"

"그렇습니다. 수운 최제우도 불평등한 선천의 시대와 달리 평등하고 정의로운 후천의 시대를 여는 개벽을 예고했거든요. 서쪽에 맑스가 있다면 동쪽에 수운이 있는 거죠. 물론 맑스처럼 자본주의에 대한 체계적 분석을 내놓지는 않았습니다. 하지만 맑스에서 찾을 수 없는 사유가 있어요. 동시대 인간의 고통을 해소할 사회 변혁을 사유하면서도 인간에 대한 우주적 성찰을 놓치지 않았거든요. 맑스 철학과 수운의 동학을 잘 버무리면 새로운 정치철학의 기반이 될 수 있다고 봅니다."

진철의 눈빛이 빛났다. 이어 수철에게 고개를 돌렸다. 지혜만 본다는 오해를 친구에게 받고 싶지 않았다.

"어느새 하나님 하면 마치 기독교 이야기인 줄 많은 이들이 알고 있네만, 사실 우리 민족에게 전통으로 내려온 하느님이 있다는 건 자네도 알 거야. 수운은 하늘을 우러르는 '경천(敬

天)'을 고갱이로 사유한 철학을 동학으로 제시했네. 지금 우리가 여기 산등성이를 좋아하는 것처럼 수운은 대자연과 호흡하며 깊은 산을 찾아 철학적 사색에 들어갔지. 그 과정에서 민중의 비루한 삶을 목격했거든. 우리도 당장 이 능선 아래 판자촌 실골목에서 민중의 암담한 생활상을 만날 수 있지 않나. 누구나 천주, 곧 하늘을 자기 안에 모시고 있기에 사람은 모두 평등하다는 수운의 논리는 신분제에 맞선 혁명적 철학이라네."

"철학이라 부르기엔 너무 비과학적 사상 아닌가?"

"글쎄, 나는 그렇게 생각하지 않네. 가령 수운이 '하늘에서 소리가 들리는 경험'을 했다는 이유로 일부 윤똑똑이들은 동학을 마치 '미신'처럼 낮춰 보던데 자네는 설마 그 정도로 생각하진 않으리라 믿네. 그런데 정작 그들이 모세가 들었다는 소리나 소크라테스의 '다이몬'에는 온갖 해석을 늘어놓더라고. 유럽 철학의 언어나 그 번역어로 생각하는 방법만이 진정한 종교이고 철학이라 여긴다면, 송나라 주자학을 사대한 조선 왕조의 선비 철학 나부랭이들과 하등 다를 바 없잖은가. 수운의 평등주의 철학은 그것을 실천에 옮긴 혁명가로 인해 더 역사적 의미가 있다네. 예전에 자네에게 말했던 전봉준, 녹두장군 말일세. 굳이 비유하자면 맑스와 레닌의 관계가 최제우와 전봉준의 관계라 할 수 있겠지."

"지혜 씨, 이 친구는 상업학교 시절부터 전봉준 이야기를 학우들에게 들려주었답니다. 그런데 진철 군, 레닌은 성공해서 소련을 건설했지만 녹두는 성과는커녕 나라가 망했잖은가."

"역사에서 성공과 실패를 짧게 보고 싶지 않네. 긴 호흡으로 역사를 본다면 수운과 동학은 실패하지 않았다고 보네. 맑스 철학도 동학도 아직 진행 중이잖은가."

세 청년은 드러내지 않았지만 서로의 사유에 적잖이 놀랐다. 철학의 향연을 자축하듯 붉은 술을 마지막 한 방울까지 비웠다. 그러고도 아무렇지 않다는 듯 산책에 나섰다. 마치 묵언 수행처럼 조용히 걸었다.

수철은 왜 지혜, 진철과 어울리면 자신이 엄부럭 부리는가를 짚어보았다. 그만큼 지혜를 사랑해서가 아닐까. 그렇다면 몽니 부린 걸 바로바로 만회하자고 생각했다. 실제로 자신의 내면이 얼마나 진지하고 웅대한 사람인가를 보여주고 싶었다. 문학관이 다가올 즈음에 말문을 열었다. 우리 세 사람이 즐겨 찾는 이 산잔등에 이름을 붙이면 어떨까, 물음을 던지고 반응을 살폈다. 뜻밖에도 지혜가 선뜻 동의했다. 바라던 바다. 진철도 수긍했다. 소나무 아래로 되돌아가 앉았다. 지혜가 먼저 '사색의 에움길'을 내놓았다. 웃음 머금은 수철의 생각은 '지혜의 길'이다. 진철은 '철학의 산실'로 의견을 냈다. 결국 '철학의 길'

로 합의했다. 앞으로 철학과에 해마다 들어올 후배들을 의식했다. 그들에게도 사색의 공간이 되도록 쉽게 붙이자고 뜻을 모았다.

수철은 다음 단계로 넘어갔다. 작명한 참에 철학도로서 다짐을 명문화해보자고 제안했다. 세 청년의 순수한 열정에 붉은 술이 가세해서일까. 열띤 토론이 오래 이어졌다. 그동안 주고받은 이야기의 고갱이를 담아 간추렸다. 궁동산 위로 샛별이 빛날 즈음 드디어 세 가지를 합의해 결의했다.

"하나, 우리는 붓다와 예수가 가르친 자비와 사랑, 수운이 일러준 경천의 세상을 세우는 데 힘 모은다.

둘, 우리는 지배계급 없는 사회를 실현하는 데 힘 모은다.

셋, 우리는 우주에서 겨레와 인류가 살아갈 새로운 철학을 정립하는 데 힘 모은다."

언약하고 산등에서 내려올 때다. 어둑어둑한 '철학의 길'에 달빛이 은은히 내렸다. 지혜가 하나둘 나타나는 별들과 진철을 슬쩍슬쩍 바라보았다. 여싯여싯 망설이더니 살포시 물었다.

"수철 씨 집안 이야기는 제가 들었는데 진철 씨 상황은 몰랐어요. 진철 씨도 부모님을 일찍 여의셨나요?"

진철이 머뭇거렸다. 발밤발밤 따라오던 수철이 나섰다. 자신이 적극 나서는 편이 낫다고 판단했음 직하다.

"아, 지혜 씨 모르셨소? 진철의 아버지는 의열단원이셨소."

"어머, 그러세요? 진짜 독립운동 하시다가 순국하신 거네요. 어머님께서 고생 많이 하셨겠어요."

감동하는 기색이 역력했다. 진철은 다소 수줍은 듯했다. 수철은 '진짜 독립운동'이라는 말이 못내 듣그러웠다. 이내 두 사람이 주고받는 대화에 귀 기울였다.

"어머니는 아버지가 돌아가셨다는 소식을 듣고 충격에 쓰러져 시난고난 앓다가 넉 달도 안 되어 세상을 뜨셨어요."

"아, 미안해요. 그럼 어떻게……?"

진철은 할아버지가 키워주셨다고 말했다. 이어 옛이야기 하듯 담담하게 들려주었다.

"어부이신 할아버지 배려로 한성상업학교에 진학했어요. 수철 군과 같은 학교 다닌 거죠. 그때 천도교 중앙대교당을 다녔어요. 지금은 교당에 나가지 않고 동학과 맑스 철학의 창조적 접목을 모색하고 있습니다."

수철은 참견하고 싶어 입이 근질댔다. 그런데 틈이 없다. 친구의 '과거사'가 끝났나 싶었는데 아니다. 개인사까지 털어놓았다.

"할아버지가 고기잡이로 한푼 두푼 모아 장만해둔 전답을 처분하시더라고요. 저에게 모갯돈을 건네주셨지요. 왜놈들이 쫓겨났으니 이제 대학에 가도 좋다 했습니다. 제 얼굴이 점점 아버지를 빼닮아간다며 애틋이 바라보던 눈길이 그립습니다. 할아버지는 해방된 나라에서 훌륭한 일을 하는 것이 젊은 나이에 죽은 아비의 한을 풀어주는 길이라는 유언을 남기셨습니다. 돌아가시고 나서야 어렴풋이 짐작되었는데 할아버지가 젊은 시절에 혹시 동학혁명군이 아니었을까 싶더군요. 생전에 여쭤보지 못한 것이 한이 됩니다. 사실이라면 할아버지로부터 더 많은 것을 배웠을 텐데요."

동학혁명군이라는 추정은 수철도 처음 듣는 말이기에 귀가 쫑긋했다. 진철은 사실인지 아닌지 모를 이야기를 비롯해 굳이 할 필요가 없는 말까지 주절주절 이어갔다. 북문 주변에 방을 얻었다며 단칸방 위치까지 시시콜콜 알려주었다. 수철은 저도 몰래 눈살을 찌푸렸다. 그럼에도 짐짓 미소를 머금었다. 자신이 옹졸하다는 느낌이 들어서만도 아니다. 조금 전까지 자신이 주도해서 '붓다와 예수가 가르친 자비와 사랑, 수운이 일러준 경천의 세상을 세우자' 해놓고 질투심에 사로잡힌 모습이 스스로 씁쓸했다. 하지만 '짐짓 미소'도 결코 오래가지 않았다. 옥생각이 가시지 않았다. 진철의 사사로운 이야기를 지혜가 무슨 진리라도 듣는 듯 열중해 더 그랬다. 그날 지켜본 지혜의 쏠리는 모습은 두고두고 수철을 괴롭혔다. 그럴수록 친구와의 관계는 시나브로 버성기어갔다.

9장

너희들 세상 온 것 같지

그날 이후 세 청년은 철학에 한층 열정을 쏟았다. 저마다 '철학의 길 언약'에 충실했다. 지혜는 붓다, 수철은 예수, 진철은 맑스와 수운이 살아 있다고 가상했다. 각각 그들이 오늘날을 어떻게 인식할까, 그래서 무엇을 해나갈까를 사색했다. 세 청년은 자신감 넘쳤다. 흩어져서 사색한 각자의 생각을 내놓고 토의해가면 벅벅이 새 길을 내리라 믿었다. 시대의 어둠이 깊을수록 더 빛나는 별이고 싶었다. 그 욕망이 세 청년의 가슴에 철학적 소명으로 꿈틀꿈틀 댔다. 그런데 이듬해 봄이다. 진철에게 해괴한 사건이 일어났다. 그 일로 철학적 사색에 몰입하던 진철의 삶이 크게 흔들렸다. 지혜에게 파릇파릇 움 돋던 연

정도 주춤주춤했다.

진철은 약산 김원봉을 존경했다. 아버지가 의열단으로 독립운동에 목숨을 바쳤기에 아무래도 단장인 약산을 남달리 볼 수밖에 없었다. 더구나 약산은 귀국한 뒤 파주 탄현까지 할아버지를 찾아왔다. 대뜸 '아버님'이라 부르며 큰절을 올렸다. 할아버지는 김원봉의 두 손을 꼭 잡았다. 아들을 잃은 한을 풀었노라고 통곡했다. 돌아가시기 두 달 전이다.

약산은 진철에게도 애틋했다. 순국한 동지의 얼굴이 겹친다며 부둥켜안았다. 일제의 간담을 서늘케 했던 의열단장의 뺨에 흘러내리는 눈물이 뜨겁게 볼에 닿았다. 진철은 그의 진정성을 심장으로 느꼈다.

"자네 부친은 훌륭한 투사였네. 상하이에서 아지트를 급습한 일본 형사들과 맞서 총격전을 벌이셨지. 동지들 세 명을 구하기 위해서라네. 부친은 놈들의 총알을 네 발이나 맞으면서도 최후의 순간까지 싸웠네. 그렇게 시간을 벌어준 덕분에 동지들이 무사히 피할 수 있었지. 일본인 형사와 조선인 앞잡이를 사살하며 운명하실 때까지 놈들의 발을 묶어두었네."

약산이 봉투에서 작은 사진을 꺼내들었다. 흑백사진 귀퉁이에 흰 글씨로 '의열단'이 새겨 있었다. 할아버지가 애지중지 보관해온 사진과 분위기가 사뭇 달랐다. 아버지의 비장한 얼굴에 진철은 심장이 쿵 내려앉았다. 그때 약산이 물었다.

"자네 꿈은 무엇인가?"

"딱히 꿈이랄 것은 아닙니다만 사회철학을 공부하고 싶습니다."

약산이 사려 깊은 눈으로 진철을 바라보며 힘주어 말했다.

"진학을 하든 일터에 가든 서울에 오면 언제든 찾아오게나. 자네는 내 아들과 다름없으니……."

약산이 쪽지에 거처를 적어주었다. 일 년 남짓 흘러 연희대에 입학했다. 하지만 약산에게 연락하진 않았다. 도서관에서 그의 자료들을 찾아보았다. 민중이 직접 혁명에 나서 '민중의 고유한 조선'을 이루자고 결의한 의열단 선언을 정독했다. 그 '조선혁명선언'을 단재 신채호가 썼다는 사실을 뒤늦게 알았다. 의열단원으로 활동하신 아버지를 새삼 사무치게 흐놀았다. 아버지 그리울 때마다 약산을 돕고 싶었다. 도서관에서 자료를 살펴볼수록 끌렸다. 일제가 임시정부 주석인 김구보다 높은 현상금을 약산에 걸었다는 글도 읽었다. 자그마치 100만 원으로 현상금 1위다. 천도교 중앙대교당을 건축할 때 27만 원이 들었다고 했다. 그 간명한 사실에 비춰보아도 알 수 있었다. 일제가 약산의 위상을 어떻게 평가했는가를. 또 얼마나 '위험 인물'로 여겼는가를.

의열단은 1938년에 조선의용대로 새 출발했다. 일본군과 맞서 무장투쟁을 벌였다. 약산의 아내이자 동지인 박차정도 전투에 나섰다. 곤륜산에서 부상당했는데 쫓기느라고 제대로 치료를 받지 못했다. 끝내 눈을 감았다. 조선혁명군사간부학교의 교관으로 일할 때 박차정은 "울어도 소용없는 눈물 거두고 결의를 굳게 하라"고 독려했다. '소용없는 눈물'에 잠기지 않으려면 더 큰 조직이 절실했다. 조선의용대를 이끌던 약산은 명망가 중심의 임시정부와 손잡는 결단을 내렸다. 임시정부의 힘은 약화되어 있었다. 1941년 6월 조선의용대가 결단을 내리고 기꺼이 광복군 아래로 들어갔다. 약산은 지청천이 사령관이던 광복군의 부사령관을 맡았다. 1944년에는 임시정부 국무위원 겸 군무부장이 되었다. 약산은 광복군의 국내 진공작전을 세웠다. 백범에게 누누이 작전 실행을 건의했다. 하지만 백범과 임시정부 주류는 꾸물댔다. 군무부장의 작전계획을 내리 유보했다. 더 심각한 것은 그 이유다. 그들은 '사회주의자들과 함께할 수 없다'고 으밀아밀 속닥댔다.

결국 미루적미루적하다가 해방을 맞았다. 진공작전을 펴지 못한 약산은 가슴 치며 통분했다. 그럼에도 미군정은 그 임시정부조차 견제했다. 해방이 되어 곧장 귀국 못 한 까닭이었다. 약산은 넉 달이 지난 1945년 12월이 되어서야 들어왔다. 임시

정부 국무위원의 한 사람으로 귀국한 약산은 주요 정치 세력들의 연대를 호소했다. 두 달 만인 1946년 2월 '민주주의민족전선(민전)'을 결성했다. 강령에 친일파 처단, 토지개혁, 8시간 노동제를 담았다. 민전은 모든 정치 세력의 화해와 통합을 내걸었다. 물론 반민족 행위를 저지른 친일파는 제외했다. 몽양 여운형을 비롯한 5명의 공동 의장에 약산도 선출됐다.

진철은 민전에 십분 공감했다. 의열단장 시절부터 그가 걸어온 길을 톺아보았다. 약산의 선택이 늘 옳았기에 좌우합작을 애면글면 벌이는 활동을 조금이라도 돕고 싶었다. 수철에게 약산을 어떻게 보는지 넌지시 물었다. 시국 문제라 지혜에 겐 말 꺼내기 조심스러웠다. 수철은 조선민족해방협동당이 떠올랐다. 국망산에서 무장투쟁을 준비하며 광복군의 국내 진공을 기다렸다.

"사실 협동당은 약산이 추구하는 협동전선과 이어지네. 마땅히 지지해야 옳지. 하지만 자네도 알다시피 이미 나는 낭산 선생 일을 돕고 있어. 우스갯말이네만 복분자술을 슬쩍할 수 있는 것도 그래서라네. 실제로 학비에 생활비까지 그분의 도움을 받고 있는 형편이네. 미안하이."

"잘 알겠네. 그런 상황이라면 나도 부담스럽겠어. 그런데 최근에 낭산이 친일파를 비호하더군. 자네가 전해준 견결한 민주주의자의 모습과 조금 다른 것 같네."

"맞아, 사실 나도 그 부분이 실망스러워 요즘 고심하고 있네. 아무렴 내가 무조건 낭산을 지지하겠나. 친일파들에 대해 낭산의 태도가 점점 흐려지고 있어 회의를 느끼고 있네. 다만 그렇다고 지금 내가 그 곁을 떠날 입장은 아니라네. 이해해주게."

"나보다 자네가 더 고민이 많겠군."

"아무렴 그러겠나. 하지만 상황이 그럴수록 우리 '철학의 길'로 매진하세나."

"그러세. 나도 좀 더 생각해보겠네."

진철은 1946년 11월 서릿가을에 홀로 약산을 찾아갔다. 약산은 진철을 반색하며 맞아주었다. 귀국해서 파주로 할아버지를 찾아왔을 때의 헌걸찬 생김 그대로다. 하지만 얼굴 어딘가 수심이 깊어 보였다. 머리칼도 훨씬 더 희끗희끗했다.

"늦게 찾아뵈어 죄송합니다. 철학 공부에 매진해왔는데요. 철학을 대학 안에서만 공부할 때가 아니라는 생각을 지울 수 없었습니다. 작은 일이라도 선생님을 돕고 싶습니다."

약산은 진철의 철학적 문제의식을 존중했다. 매주 두 차례 정도 들러 자료 정리만 도와달라며 기록의 중요성을 강조했다. 민중이 나중에라도 어떤 기억을 하느냐가 역사의 흐름을 좌우할 수 있다는 말을 깊이 새겼다.

1947년 3월 그날도 수업을 마치고 약산에게 갔다. 항일투쟁 영상물 상영을 방해한 난동을 정리했다. 통영 민중들이 조선의용대의 기록영화를 보고 있을 때다. '광복청년단원'을 자처한 20여 명이 극장에 난입했다. 해설자에 몰매를 퍼붓고 영화 필름까지 빼앗았다. 쓰러진 해설자를 경찰에 끌고 갔다. 폭력을 제멋대로 휘두른지라 경찰에 체포되어 마땅한 자들이다. 그럼에도 폭행자들이 피해자인 해설자를 외려 경찰에 넘긴 희한한 사건이다. 경찰은 폭행당한 해설자를 나흘이나 구금했다. 더구나 미군정의 검열을 받고 상영 허가를 받은 영화다. 진철은 사건을 첫 보도한 〈자유신문〉 기사와 통영에서 보내온 보고서들을 묶어 편집하고 있었다. 그 순간 황당한 일이 일어났다. 느닷없이 경찰 다섯이 들이닥쳤다. 셋은 방안까지 구둣발로 휘젓고, 둘은 좌우에서 진철의 혁대를 잡아챘다. 편집하던 서류들을 모두 압수했다. 혁대를 잡힌 진철은 꼼짝달싹할 수 없었다. 그때 콧수염에 가죽 외투를 입은 자가 미간을 잔뜩 찌푸리고 들어섰다. 감발저꿔 얼굴로 경멸하듯 여기저기 흘기죽죽 보았다. 진철에게 다가오더니 권총을 뽑았다. 총구로 진철의 턱을 거칠게 들어 올리고 훌닦았다.

"김원봉이 어디에 숨었나? 셋을 셀 동안에 불지 않으면 총알이 네깟 놈 대가리를 부숴버릴 거야. 난 두말하지 않는 사람이다. 딱 셋이다."

진철은 동요하지 않았다. 다만 약산의 존함을 함부로 입에 놀리는 자가 궁금했다. 그가 '하나' '둘'까지 소리 질러도 물끄러미 바라만 보았다. 그때 샅샅이 살피던 형사의 의기양양한 목소리가 들려왔다.

"여기 있습니다."

"어디야?"

"변소에서 일보고 있는 것 같습니다."

'가죽외투'가 차가운 웃음을 머금었다. 권총 손잡이로 진철의 이마를 딱 갈기고 돌아섰다. 뚜벅뚜벅 구둣발 소리를 의도적으로 크게 냈다. 해우소 앞으로 다가서서 형사에게 살천스레 물었다.

"안에 있는 자가 김원봉인지 어떻게 알아?"

"틈으로 보니 확실합니다."

"그런데 뭐하고 있는 거냐, 지금?"

"아, 네. 볼일 다 보길 기다리고 있습니다."

"뭐? 볼일? 똥 누는 게 볼일이냐? 이 새끼야. 너는 볼일이 없어? 빨갱이 잡는 일에 기다리긴 뭘 기다려?"

왕왕대는 동시에 구둣발을 올려 해우소 문을 힘껏 찼다. 우지끈 부서졌다. 약산이 고의춤도 온전히 올리지 못한 채 엉거

주춤 일어났다.

진철은 순간 너무 참담했다. 권총 손잡이에 맞아 찢어진 이마가 절로 숙여졌다. 하지만 피 흐르는 얼굴을 바로 들었다. 등 돌리고 서 있는 가죽외투에게 뛰어갔다. 그의 등짝을 주먹으로 힘껏 갈겼다.

"어쭈? 이놈 봐라?"

빗맞은 가죽외투가 비틀대다가 균형을 잡았다. 진철을 에워싸고 주먹이 날아들었다. 괴춤을 다 올린 약산이 나섰다. 진철에게 뭇매 날리는 형사들 사이를 비집고 들어오며 소리쳤다.

"이놈들아! 무슨 짓이야?"

형사들은 듣는 둥 마는 둥 했다. 약산의 손을 우악스레 잡아 수갑을 채웠다. 진철은 피투성이 된 채 끌려갔다. 지프차를 타고 수도경찰청에 들어섰다. 약산이 의자에 꽁꽁 묶이는 현장을 지켜볼 수밖에 없었다. 온몸이 떨리도록 부아가 치밀었다. 거만스레 앉아 있는 가죽외투로 눈을 돌렸다. 책상 위 자개 명패에 새겨진 이름을 보았다. '수사국장 노덕술' 아닌가. 약산도 명패를 보고 벼락 내리듯 호통쳤다.

"너, 이놈! 혹시 했더니 노덕술이 맞구나!"

뱀처럼 차가운 수사국장 얼굴이 일그러졌다. 벌떡 일어났다. 독기를 잔뜩 머금고 약산에게 직진했다. 살천스런 걸음에 진철은 불안했다. 아니나 다를까, 약산의 뺨을 갈겼다.

"놈이라니? 빨갱이 두목 새끼가 여기가 어디라고 함부로 입을 놀려? 해방이 되었다고 너희들 세상이 온 것 같지? 천만에! 나 노덕술이 살아 있는 한 어림없어. 김원봉? 내가 한때는 너를 거인으로 보았다만 가까이서 보니 세상 물정 모르는 멍청이, 맞아, 영락없는 '빠가야로 조센징'이로군. 네놈이 그렇게 믿는 조선 민중은 어디 있는가 말이다. 과거에도 없었고 지금도 없어. 그걸 모르고 민중, 민중 떠벌이며 설쳐대면 내가 장담하지. 넌 영원히 패배자일 거야. 조선에 네가 생각하는 민중은 없어. 있는 건 오직 권력이야, 권력!"

"바로 그래서란다. 너, 노덕술을 우리 민중들이 개라고 부르지."

노덕술이 도끼눈을 부릅떴다. 다시 뺨을 때리러 손바닥을 어깨 위로 올렸다. 약산은 수갑을 차고 의자에 묶인 채였다. 조금의 동요도 없었다. 씨근덕씨근덕 대는 노덕술을 차분히 응시했다. 도끼눈의 손이 허공에서 멈칫했다. 약산의 기에 눌린 낯이다. 치켜뜬 눈이 풀어졌다. 가자미눈으로 힐끔 진철을 보았다. 꿍짱꿍짱 다가섰다. 피 흐르는 진철의 왼뺨과 오른뺨을 번갈아 때렸다. 진철은 넘어졌지만 바로 일어났다. 흘러내리는 코피도 훔치지 않았다. 말없이 쏘아보았다. 욕설과 구둣발이 다시 얼굴에 날아왔다. 진철은 그만 실신했다. 누군가 찬물을 끼얹었다. 가까스로 눈을 떴다. 현실이 믿어지지 않았다. 노덕술이 약산을 체포한다? 그것도 해우소에 앉아 있을 때? 더구나 뺨을 때린다?

종로경찰서 고등계 형사 노덕술. '왜놈 앞잡이'로 악명 높은 자다. 독립투사를 세 명이나 고문 끝에 살해했다. 어느 독립 운동가는 "노 놈! 노 놈!"을 울부짖다가 숨을 거뒀다. 그 이야기가 한성상업학교에도 퍼졌을 정도다. 노덕술의 이름은 무지막지한 살인적 구타, 고춧물 먹이기, 전기고문, 혀 잡아당기기, 엄지손가락 묶어 매달기와 이어졌다. 잔혹한 고문을 이겨내고 출감하더라도 후유증으로 이내 숨졌다. 해방을 맞아서도 친일파가 떠세 부린다는 말은 익히 들었다. 하지만 미군정이 일제 경찰들까지 채용했다고 하더라도 설마 노덕술만은 아니리라, 아니 감옥에 있으리라 막연히 생각했다. 반민족 행위자이자 연쇄 살인범 아닌가. 그 최소한의 믿음마저 산산조각 났다. 너무 순진했을까. 그가 해방된 나라의 수도경찰청에서 핵심 간부로 군림하고 있을 줄은 몰랐다. 더구나 일제가 가장 두려워한 독립투사를 감히 체포하고 급기야 뺨까지 갈겼다.

진철은 노덕술 따위에게 맞아 실신한 자신이 코푸렁이처럼 못나 보였다. 비단 노덕술만이 아니다. 수도경찰청 간부 대부분이 일제에 부닐던 경찰 너부렁이들이다. 진철은 지난해 대구에서 봉기한 민중들의 절절한 심경을 단숨에 체감했다. 죽어가면서도 왜 '친일 경찰 처단'을 외쳤는지 사무치게 절감했다.

노덕술은 약산의 주변을 이 잡듯이 뒤졌다. 하지만 '빨갱이 혐의'를 찾을 수 없었다. 비판 여론이 빗발쳤다. 결국 약산과 함께 진철도 풀려나왔다. 집에 돌아온 약산은 진철의 어깨를 토닥여준 뒤 조용히 방안으로 들어갔다. 곧이어 신음하듯 통곡이 들려왔다. 일본제국주의자들이 가장 위험시한 독립운동의 상징, 일제가 사상 최대의 현상금을 걸었으면서도 끝내 잡지 못한 전설적인 민족혁명가, 그가 해방된 조국에 돌아와 악질 친일 경찰에게 온갖 수모를 당한 사실이 새삼 진철을 분개케 했다. 약산의 피울음에 진철은 자신도 몰래 뜨거운 눈물을 쏟았다. 도무지 믿을 수 없는 현실과 마주한 약산으로선 겨레의 암담한 내일을 읽지 않았을까. 노덕술은 친일에서 친미로 갈아탄 부라퀴들의 한낱 끄나풀 아닌가. 노덕술 따위를 졸개로 부리는 저들이 민족과 민중의 운명에 어떤 비극을 불러올지 예감하지 않았을까.

노덕술과 경찰의 폭행으로 진철은 이마가 찢어지고 온몸에 피멍이 들었다. 시뻘겋게 피가 진 멍울로 약산의 피울음이 난

타해왔다. 골수까지 파고든 그 아픔은 고요한 사색을 좋아한 철학도의 삶을 송두리 바꿔놓았다. 무엇보다 철학과 수업에 회의가 짙어졌다. 교수들은 민족반역자들에 침묵하거나 동조했다. 일제에 부닐던 '학자'들이 미군정에서 한 자리씩 차지했다. 연희대학을 비롯해 여러 대학의 총장 자리를 꿰찼다. 강의 내용도 문제가 컸다. 우리 삶의 현실과 너무 동떨어졌다. 유럽과 미국 철학자들의 생각을 전달하는 곳이 철학 강의실이란 말인가. 그렇다면 계속 머물 이유도 여유도 없잖은가. 진철은 철학과에서 들은 강의들을 톺아보았다. 교수들에게 무엇을 배웠는지 감감했다.

강단 철학보다 대학 밖의 시국 강연회에서 철학의 시야를 넓혔다. 연희전문 철학과 졸업생들 사이에 전설로 불린 선배 이야기도 흥미로웠다. 이진선. 그는 일본에 유학해 철학을 공부하고 돌아와 지리산에 들어갔다. 무장투쟁을 준비하며 조직 활동을 벌이던 중에 해방을 맞았다. 모교의 교수직도 제안 받았다. 일제의 차별적인 교육정책으로 교수 인력이 부족한 상태였다. 하지만 혁명운동에 나섰다. 진철은 그 선배를 만나진 못했다. 입학했을 때, 이미 수배당해 있었다. 박헌영을 수행해 월북했다는 말도 들었다. 그가 남겼다는 "지금은 철학을 수업할 때가 아니고 철학을 실천해야 할 시대"라는 말이 가슴에 맴

돌았다.

진철은 고심하며 '철학의 길'을 산책했다. 솔숲 곳곳에 진달래꽃이 봄바람에 동실동실했다. 궁동산 하늘을 노을이 붉게 물들였다. 고개 숙여 꽃 속의 암술, 수술을 들여다볼 때다. 등 뒤에서 청아한 목소리가 들렸다. 지혜였다.

"진달래와 이야기 나누시나 봐요?"

"아, 네. 꽃빛이 뭉클해서요."

"진분홍색을 좋아하세요?"

"딱히 진분홍색이라기보다는 진달래 분위기 때문인데요, 피어난 모습이 아름다우면서도 처연하지 않습니까? 마치 조선 민중의 정한이 담긴 듯해요."

"진달래에서 그런 철학을 읽으셨군요."

"놀리시는군요. 그런데 지혜 씨는 언제 왔습니까?"

"놀린 게 전혀 아니고요. 아까부터 멀찌감치 떨어져 따라오고 있었어요. 아, 오해는 마세요. 집에 가다가 노을을 보고파 들렀는데 우연히 진철 씨를 발견했을 뿐이고 사색을 방해하고 싶지 않았던 거니까요."

"오해는요."

"저도 진달래를 좋아해요. 그러고 보면 우리가 공통점이 많은 것 같군요."

진철의 가슴이 도근거린다. 봄 산등에서 지혜와 단둘이 마주하기는 처음이다. 진달래를 좋아한다는 지혜가 반가우면서도 내심 '공통점이 많다'는 뜻을 새길 때다.

"진철 씨 이야길 짚어보니 진달래꽃은 민중이 지닌 정과 한을 고스란히 지닌 꽃 같아요. 시인 소월도 진달래를 그렇게 노래했죠?"

"지혜 씨, 소월 시를 좋아하시는군요. 소월의 시에는 「초혼」도 있지요."

"어머, 그 시, 저도 애송해요. '산산이 부서진 이름이어'로 시작하죠."

"그렇죠. 그 시에는 이곳 석양이 지는 철학의 길과 어울리는 대목도 있어요."

"어떤 구절이죠? 낭송해주세요."

진철은 궁동산 노을을 바라보며 낮은 목소리로 입술을 열었다.

"쑥스럽지만…… 소월은 이렇게 노래하죠. '붉은 해는 서산마루에 걸려 있다/ 사슴의 무리도 슬피 운다/ 떨어져 나가 앉은 산 위에서/ 나는 그대의 이름을 부르노라.'"

"그 시 마무리 구절도 좋지 않나요? '부르는 소리는 비껴가지만/ 하늘과 땅 사이가 너무 넓구나/ 선 채로 이 자리에 돌이 되어도/ 부르다 내가 죽을 이름이어/ 사랑하던 그 사람이어.'"

"저보다 시를 훨씬 잘 낭송하십니다."

"무슨 말씀을요, 어쨌든 고마워요. 그런데 시어가 너무 감상적 또는 감성적이라 진철 씨가 좋아하다니 다소 뜻밖인데요?"

"소월이 슬피 부른 그 이름을 '조선'으로 생각하면 달라집니다."

"아, 그런가요?"

"그냥 제 생각입니다."

"진철 씨 말처럼 '조선'으로 생각하면 시가 한결 비감해지네요. 지난달 노덕술에게 연행되었을 때도 '조선'을 걱정하신 게지요?"

"꼭 그런 것은 아니지만 철창에 갇혀 있을 때 소월 시도 떠오르긴 했어요. 지혜 씨, 수철 군과 함께 걸은 이 길이 그리웠나 봐요. 더구나 지금도 외세가 이 땅을 38선으로 쪼개놓았잖습니까. 아마 소월은 해방을 맞은 조선이 두 동강 나리라고 상상도 못 했을 겁니다."

"그렇군요. 그런데 저는 소월의 시어들을 '조선' 아닌 '사랑하는 사람'으로 새겨도 좋더라고요."

"공감합니다. 어찌 풀이하든 그의 시어엔 민중의 정한이 숨쉬고 있으니까요."

"그런데요. 진철 씨에게…… 오래전부터 물어보고 싶은 게 있어요."

"네, 편하게 말씀하십시오."

"진철 씨는 왜 저와 자꾸 거리를 두려고 하시죠?"

예상치 못한 기습에 진철은 당황했다. 지혜의 진솔한 눈빛과 마주쳐 더 그랬다. 마구 흔들린 나머지 평소 의식했던 그대로 불쑥 답했다.

"수철 군이 지혜 씨를 많이 사랑해요."

"그래서요?"

"네?"

"그래서 어떻다는 건가요?"

"……."

진철은 어름어름했다. 지혜의 눈에 물기가 비친다. 돌아서서 종종걸음으로 해 저무는 산등을 밟아 갔다. 지혜의 하얀 손이 눈에 들어온다. 분홍빛 진달래꽃 두 송이가 살랑살랑 봄바람에 흔들린다.

10장

'작은 스탈린' 아래 살래?

진철은 강단 철학과 결별을 최종 결심했다. 1947년 7월 19일 몽양 여운형이 대낮에 암살당하면서다. 몽양이 탄 승용차가 서울 혜화동로터리에 다다를 때다. 그곳 파출소 앞에 서 있던 대형 트럭이 난데없이 앞을 가로막으며 들어왔다. 동시에 괴한이 나타났다. 다짜고짜 몽양에게 권총을 들이밀었다.

'탕 탕 탕'

세 발을 쏘았다. 동승했던 경호원이 범인을 쫓았다. 그런데 경호원의 발목을 다름 아닌 경찰이 잡았다. 버젓이 제복을 입은 경찰이다. 함께 범인을 쫓을 섟에 되레 경호원을 체포해 유치장에 가뒀다. 암살 배후가 경찰 조직을 장악할 권력이 없다면 불가능한 일이다. 애통하는 열기가 높아갔다. 닷새가 지나서다. 경찰은 열아홉 살 한지근을 단독범으로 발표했다. 평안도 영변의 지주 아들로 월남한 청년이다. 그에게 미제 45구경 권총을 건넨 배후 수사는 흐지부지됐다. 수사를 지휘한 검사는 '가족 모두 몰살시키겠다'는 협박까지 받았다.

몽양과 약산은 현실 인식이 거의 같았다. 두 사람은 좌우합작운동의 상징이었다. '양심적인 자본가와 지주'와도 손잡고 광범위한 민족전선을 만들고자 애썼다. 친일파들에겐 두 사람이 처음부터 골칫거리였다. 소련과 확실한 선을 긋고 있었기에 빨갱이로 매도할 수도 없었다. 그만큼 갈수록 더 '위험한 존재'였다. 기실 몽양은 해방 직후부터 암살 위협을 받았다. 계동집에 폭탄이 던져지기도 했다. 12번째 테러에서 끝내 암살당했다. 누가 봐도 다음 차례는 약산이다. 민전이 경호할 청년을 급히 파견했지만 안심할 수 없다. 진철은 위급한 상황이 벌어지면 자기라도 몸을 날려 막겠다고 결기를 곧추 세웠다. 약산의 수행원으로 일하기 시작했다.

수철은 친구의 결단을 듣고 처음에 멍멍했다. 철학을 사랑한 진철 아닌가. 자퇴가 무슨 의미인지, 그 결정이 친구의 인생을 어떻게 바꿀지 충분히 짐작했다. 지혜는 알 수 없는 살매가 불길한 미소를 짓는 듯해 잠을 이루지 못했다. 수철이 주선

해 소나무 아래서 긴급 회동했다. 수철과 함께 먼저 온 진철은 능선을 올라오는 지혜를 잔잔히 바라보았다. 늘 다사롭고 슬기롭던 눈 밑이 거무스름했다. 심장이 아릿아릿하며 뻐근해왔다.

"약산이 당한 수모를 도저히 잊지 못하는 겐가? 그건 나도 분개했잖은가. 약산도 풀려났고……. 그러니까 우발적인 사건이라고 생각하는 것이 합리적이지 않겠나. 노덕술과 같은 악질은 앞으로 청산되리라 믿네. 나도 그놈을 용서할 수 없다네. 내가 몸담았던 협동당 김종백 당수도 종로경찰서에서 고문당해 순국했거든."

"누가 어떻게 청산한단 말인가? 자네가 너무 낙관적으로 보는 것 같아. 저 사람들을 보게. 몽양을 기어이 암살했잖은가."

"자네가 몽양도 가슴에 품고 있는 줄은 몰랐네."

"누가 누구를 품는 문제가 아닐세. 생각해보게. 다음 차례는 누구이겠나? 노덕술 뒤에는 이승만이 있어. 무서울 게 없는 자일세."

"글쎄, 몽양 암살 배후가 이승만이라는 건 확인되지 않은 뜬소문 아닌가. 철학하는 사람이 어느 한쪽에 너무 쏠려 있으면 안 되네."

"너무 쏠려 있다? 그럼 이건 어떤가. 일제가 만주의 독립운동을 소탕하겠다며 조선인만으로 조직한 간도특설대, 자네도 알 걸세. 워낙 악명 높았잖은가. 상업학교 다닐 때 자네도 그들을 '버러지만도 못한 놈들'이라 했었지? 그런데 그놈들이 국내에 들어와 미군이 만든 군사영어학교를 다니곤 국방경비대로 들어갔다네. 이미 장교로 행세하고 있어. 반면에 임시정부 국방장관을 한 약산은 온갖 수모를 당하고 있네. 이 현실이야말로 쏠려 있는 극한 아닌가?"

"지금 우리 민족이 우왕좌왕하는 모습은 평양이라 해도 다를 게 없잖은가."

"거기서 평양이 갑자기 왜 나오나? 자네, 이북이 잘못했으니 이남도 잘못해도 된다는 논리를 펼 셈인가? 더욱이 우리는 평양에서 무슨 일이 일어나고 있는지도 잘 모르잖은가."

"물론, 그렇지. 하지만 일어난 사실을 놓고 이야기해보세. 철학은 어떤 사물에 이름 붙이는 명명을 중시하잖은가. 자네, 김일성대학을 어찌 생각하나? 어떻게 인민을 대변한다며 공산주의자를 자처하는 사람이 대학을 세우면서 남세스레 자기 이름을 학교명으로 삼는가 말일세. 더욱이 대학 아닌가? 나는 그런 움직임이 있다는 보도를 보며 설마 했지만, 그 이름으로 결국 개교하는 모습을 보고 새삼 공산주의는 개인 숭배로 귀결된다고 확신했네. 스탈린 체제가 평양에도 세워진 셈이지.

나는 이북의 공산당 회의나 집회 현장에 스탈린 초상화가 걸려 있는 것도 너무 우스꽝스러워."

"나도 김일성대학 이름을 이해하기 어렵네. 스탈린 초상화도 그래. 하지만 평양에선 적어도 노덕술 따위의 인간이 판치지는 않잖은가. 일제 앞잡이가 약산 같은 독립투사에게 뺨을 때려도 좋은가. 그놈이 여전히 경찰 고위 간부로 행세하는 꼴은 가벼운 문제가 아니라고 보네. 우리 민족사에 두고두고 큰 후환이 될 걸세."

"과연 그럴까. 노덕술이나 간도특설대 장교들은 1인자가 아니잖은가. 앞으로 노덕술이나 일본군 출신 따위는 얼마든지 통제할 수 있겠지만, 김일성은 누가 통제할 수 있지? 그가 스탈린처럼 자신을 신격화한다면 우리가 어떤 나라에 살게 될까 걱정하지 않을 수 없네. 남조선로동당은 공산당에서 이름만 바꿨을 뿐 언행이 어금버금하지 않은가. 내가 보기에 남로당 사람들이든 북조선로동당 사람들이든 스탈린이 혁명 동지였던 트로츠키를 망명지까지 쫓아가 도끼로 살해한 사실을 너무 가벼이 넘기는 것 같아. 하지만 그런 야만이 버젓이 저질러졌고, 앞으로 그들이 이 땅을 지배하면 여기서도 비슷한 일이 벌어지리라고 충분히 예측할 수 있을 걸세."

"스탈린주의에 대한 우려는 나도 생각이 같아. 그런데 자네,

내가 선물한 『조선 인민에게 드림』이라는 박헌영 선생의 저서 읽어보았겠지?"

"아직은 다 읽지 못했네만……."

"그 책에서 '조선은 한 계급이나 한 당파나 한 인물의 전제가 되어서는 안 된다'고 강조하고 있잖은가. 물론 지금 박헌영보다 김일성의 힘이 더 커지고 있긴 하네. 남과 북의 진보 세력이 함께 협의하고 보조를 맞춰 풀어가야 할 문제를 김일성이 38선 이북에서 일방적으로 추진하고 있는 문제점도 크지. 바로 그래서 나는 물론 약산도 평양과는 선을 긋고 있어. 그런데 몽양을 대낮에 한길에서 암살하는 저들의 살기를 보면, 약산도 같은 운명을 피할 수 없을 것 같아 불안하다네. 끝없이 암살 위협을 받던 박헌영이 38선을 넘지 않았으면 어찌 됐을 것 같나. 몽양보다 일찍 살해되지 않았을까. 자네는 이 모든 것을 받아들일 수 있나? 이건 아니지 않은가."

"그러니까 진철 군, 바로 그래서 우리 철학도들이 할 일이 있는 걸세. 스탈린주의로 치달은 공산주의를 분명히 배제하고 새로운 철학을 만들어내야 하네. 우리 이미 그러기로 다짐했잖아."

"알아, 다만 그런 철학을 한답시고 지금 현실에서 벌어지고 있는 명백한 잘못을 방관하고 싶지는 않다네. 그리고 자네도 알다시피 스탈린주의와 맑스 철학은 다르지 않나? 예수교가 저지른 잘못이 예수의 책임은 아니잖은가."

"자네 주님까지 들먹이는 걸 보니 나로선 감당하기 어렵구먼. 지혜 씨, 이 친구 말려야 하오. 정의감이 너무 강해서 학교를 그만두겠다는 건데……."

"그러게요. 하지만 제가 어떻게 말릴 수 있겠어요. 진철 씨 뜻이 그런데요."

"아니, 그럼 우리가 저 친구를 그냥 전장으로 내보내도 되겠습니까?"

"전장은 아니지. 너무 현실을 과장하진 말게나."

"전장이지! 자넨 지금 전장에 나가면서 그걸 전장으로 인식하지 못할 만큼 순진한 거라네. 실제로 반민족 세력과 싸우겠다고 학교를 접는 것 아닌가."

"내 성격을 잘 알잖아?"

"물론, 알아. 자넨 길 가다가 개미를 발견해도 발걸음을 조심하니까. 스탈린주의에 자네가 동조하지 않는 이유도 들려주었잖은가. 어떻게 사람을 그리 쉽게, 심지어 동지까지 죽이느냐고 자네 입으로 말했지? 하지만 지금 자네의 선택은 그 막돼먹은 소굴로 자진해서 들어가는 꼴이라네. 마치 불나방처럼 말일세. 다시 묻지. 자네는 사상이 다른 사람에게 총을 쏠 수 있겠나?"

"그렇게 못 하는 건 자네도 마찬가지 아닌가?"

"맞아, 우리 둘 다 그럴 위인이 결코 못 돼. 그래서 나는 나서지 않는 걸세. 아니 나서지 못하는 거지."

"수철 군. 모든 청년이 그리 생각하다가 1910년에 나라가 아예 사라졌잖은가. 지금 38선 남쪽과 북쪽이 하나로 새로운 나라를 만들지 못하면 앞으로 얼마나 큰 참극이 벌어지겠는가."

"자네가 이렇게 나선다고 될 일이 아닐세. 우리가 힘을 길러야 하네."

"힘을 길러야 할 때가 아니라 모아야 할 때 아닐까?"

"제 생각에 진철 씨는 남과 북이 각각 나라를 선포해서 정말 전쟁이 벌어지기 전에 그것을 피할 수 있도록 최선을 다하자는 생각 같아요."

"지혜 씨가 제 마음을 정확히 읽으셨군요. 자네도 들었지?"

수철의 얼굴이 굳어졌다. 그것을 스스로 의식해서일까. 곧바로 수철은 목에 더 힘을 주어 진철의 선택이 잘못된 판단임을 강조했다.

"최선? 자네와 내가, 지혜 씨까지 우리 셋이 최선을 다한다고 세상이 달라지나? 젊은 우리가 현실에 책임을 지기엔 너무 이르다는 생각은 해보지도 않은 겐가? 물론 우리는 현실에 문제의식을 가져야 하지. 다만 우리가 기성세대가 되었을 때 현실에 책임져야 한다고 생각하네. 자네나 나는 아직 청년일세. 대체 철학 공부를 그만두는 것이 어떻게 사려 깊은 청년 정진철에게 최선이란 말인가? 이러다가 어찌될까 생각해보게나. 아무런 문제의식도 고민도 없이 서양철학자들을 노량으로 입에 올리며 난 체하는 부잣집 자식들이 우리 학과에 태반이지 않은가. 그들 가운데 누군가 철학 교수가 되어 후학들을 길러내면 대관절 어쩌려고 그러나."

"자네 말도 일리가 있어. 우리가 기성세대 되었을 때 현실에 책임져야 한다는 생각 존중하네. 나는 수철 군과 지혜 씨가 그 길을 걷기를 바라고 있어. 자네나 지혜 씨가 있는 한 이기적으로 제 앞가림만 하는 동기들이 우리 과 교수가 되지는 않겠지. 그런데 나로선 하루이틀 고민한 게 아니라네. 사실 민중들은 쌀을 달라, 해고하지 말라며 생존권 싸움을 벌이고 있는데, 대학에서 공부하고 있는 것만으로 이미 우리는 큰 특혜를 받고 있는 걸세. 물론, 철학도라면 그 삶의 무게를 견디며 폭넓고 깊게 보아야 한다고 자네는 생각하겠지. 그 말이 맞아, 다만 나는 말일세. 지금 현재 잘못 전개되고 있는 상황을 도저히 좌시할 수 없어. 첫 단추를 잘 끼워야 한다는 말도 있잖은가."

"자네는 너무 마음이 여려서 문제일세. 나는 자네 날카로운 지성이 안타까운 걸세. 이 나라 철학계를 올곧게 세우자고 우리 언약하지 않았나. 나는 우리의 뜻을 모은 언약이 딱따구리 부작으로 끝나서는 안 된다고 생각하네."

"나도 그래. 철학의 길에서 결의한 언약을 잊은 건 아닐세. 다만 나는 현장에서 철학을 해나갈 생각이네. 자꾸 '다만'이라는 말을 써서 미안하네만, 아까 지혜 씨도 지적했듯이 만약 이승만 주장처럼 38선 남쪽만으로 나라를 세운다면, 그에 질세라 김일성이 38선 북쪽에서도 나라를 선포하겠지. 그때는 정말 두 나라 사이에 전쟁이 일어날 가능성이 크게 높아질 걸세. 자네도 이승만이나 김일성의 주장을 신문에서 읽었을 게야. 바보가 아니라면 얼마든지 예상할 수 있지 않은가. 자칫 우리 산하 전체가 불길에 휩싸일 수 있네. 그때 조선반도는 아무도 탈출할 수 없는 섬, 불타는 섬이 될 걸세."

"자네, 약산의 영향을 받아서인지 너무 부정적이 되었어."

"부정적? 언제부터 현실적인 판단이 부정적인 게 되었나? 정말이지 나도 예상이 빗나가길 바라네. 다만 부정적 미래와 만나지 않으려고 현실의 부정적 요인을 짚는 거라네. 그래 맞네. 약산 선생께 많이 배우고 있네. 그런데 낭산이든 약산이든 누구에게 배우느냐가 문제가 아니라 그 배움이 옳은지 그른지가 핵심 아닐까. 세계대전에서 생생히 보았듯이 현대전의 무기는 가공할 만큼 파괴적이네. 이승만과 김일성 뜻대로 38선 남과 북에 두 나라가 세워지고 누군가 통일을 이루겠다며 전쟁을 일으키면 조선 반도가 불타는 섬이 될 것은 불을 보듯 뻔하지 않은가. 얼마나 많은 민중이 목숨을 잃겠나. 더욱이 그 가장 일차적인 피해자는 누구겠어? 바로 자네와 나 같은 20대일 거야. 나는 앉아서 당하고 싶지 않아."

지혜는 두 사람 다 일리가 있다고 생각했다. 따따부따 할 자신이 없었다. 침묵을 이어간 까닭이다. 그런데 자칫 진철의 선택을 지지한다고 오해받을 수 있지 않을까. 마주친 진철의 눈길을 피하지 않으며 힘주어 말했다.

"다 맞는 말이군요. 다만, 저도 '다만'이라는 조건을 달게요. 수철 씨도 이야기했듯이 현실에 책임을 떠맡기엔 우리가 아직 철학을 정립하지 못했고 모아야 할 힘도 약하지 않나요?"

"거봐, 지혜 씨 충고 잘 새겨야 할 거야. 그리고 여기까지 이야기 나온 참에 거듭 강조하고 싶은 게 있어. 나는 자네가 공산주의 국가에서 자유가 없는 현실을 일부러 외면하는 건지 아니면 정말 모르는 건지 솔직히 알 수가 없네."

"뜬금없이 또 공산주의를 들먹이는 건가."

"자네가 위험해 보여 그래. 철학의 길에서 우리는 붓다와 예수가 가르친 자비와 사랑, 수운이 일러준 경천의 세상을 세우는 데 힘을 모으기로 언약했잖은가. 그런데 자네가 너무 맑스주의에 기울고 있는 것 같아 하는 말일세."

"우리 두 가지를 명확히 해두세. 첫째, 약산을 돕겠다는 것은 그가 공산주의자라고 생각해서가 아니네. 만일 그렇다면 나는 자퇴 안 할 걸세. 노덕술 따위가 약산 선생의 뺨을 때린다? 이것은 사상이나 이념의 문제가 아니라 그 이전의 정의와 민족정기 문제라네. 둘째, 철학의 길 언약을 내가 파임낸 듯이 이야기하는데 천만에, 그렇지 않아. 오히려 놓친 것은 자네 아닌가 싶어. 철학의 길 언약에는 지배계급 없는 사회 실현에 힘을 모은다가 분명 있지 않은가. 지금 보게나. 친일 반민족 행위자들이 해방된 나라에서 지배계급으로 자리를 굳혀가고 있어. 자리를 잡으면 바꾸기는 정말 어렵다네."

"우리가 직접 정치에 나서자고 언약한 건 아니잖아?"

"정치가 정치로 끝나지 않아. 이미 언론은 저들의 입맛에 맞게 틀 지워졌고 중고등학교는 물론 대학마저 야금야금 먹어가고 있어."

"진철 씨 고민 잘 알겠어요. 딱히 할 말이 없을 정도로 구구절절 옳아요. 그럼에도 두 분이 각각 언약 첫째와 둘째를 강조하셨으니 저는 마지막을 상기할게요. 우주에서 인류와 겨레가 살아갈 새로운 철학을 정립하는 데 힘을 모은다, 두 분 다 기억하죠?"

"지혜 씨가 잘 지적했습니다. 이보게, 진철. 자네는 공산주의에 대해 매우 관용적인데 나는 그게 매우 위험해보이네. 다시 강조하지만 스탈린을 보게. 우리가 과연 이 땅의 '작은 스탈린'들과 함께 일할 수 있겠어? 그 점에서 자네도 심지어 약산도 무척이나 순진해 보이는 걸세. 우리 인류에게, 우리 겨레에게, 아니 자네가 늘 강조하는 우리 민중에게 자유는 소중한 거란 말일세."

"나도 공감해. 자신의 삶을 선택할 자유는 우리 인간에 정말 중요하지. 그런데 그런 자유가 지주와 자본가들만의 자유이어서는 안 되잖아? '목구멍이 포도청'이라고 가난한 노동계급이나 농민들이 얼마나 자유로울 것 같은가?"

"좋아, 그럼 평등을 내세운 소련을 보게. 노동계급 독재가 아니라 공산당 독재, 스탈린 개인의 독재가 되지 않았나. 당원과 민중 사이가 평등한가?"

"제 짧은 생각에는, 아참 그런 표현은 쓰지 않기로 했던가요? 아무튼 진철 씨와 수철 씨 생각을 함께 아우를 수 있을 것 같아요. 자유 없는 평등도, 평등 없는 자유도 안 된다고 하면 둘 다 동의하겠죠? 평등 없는 자유는 자본계급의 독재로, 자유 없는 평등은 공산당 독재로 귀결된 것이 지금까지 현실이니까요. 그래서 다시 강조하지만 우리는 우주에서 인류와 겨레가 살아갈 새로운 철학을 정립하는 데 힘을 모은다는 철학의 길 언약의 마지막에 충실해야 할 때라고 생각해요. 그래서 여쭙는 건데요. 진철 씨는 지금 자신이 길라잡이로 나설 준비가 되어 있다고 생각하나요?"

"물론 아직 아닙니다. 다만 잘못된 길은 알고 있습니다. 수철 군도 지혜 씨도 조선 반도가 불타는 섬이 될 수 있다는 가능성을 믿지 못하는 것 같은데요. 그 섬으로 가는 길을 막지 않고 볼만장만하면서 나중에 길잡이가 될 수 있을까요? 저는 회의적입니다."

"저는 지혜 씨 생각에 전적으로 동의합니다. 자네는 내 말보다 늘 지혜 씨 생각을 더 존중해왔지. 이번에도 지혜 씨가 건넨 말을 따르게나. 물론 자네가 정 학교를 그만두겠다면 친구로서 나 또한 그 뜻을 존중해야 옳겠지만 말일세."

수철은 그 말을 하는 자신이 낯설었다. 곧 후회했다. 마지막 말을 왜 굳이 했을까. 스스로 의혹이 일었다. 결국 진철에게 선택할 시간을 주자는 말로 끝을 맺었다.

애고개 집으로 서둘러 돌아온 수철은 책상에 앉아 자신을 직시했다. 내면에 있는 또 다른 자기를 불러냈다. 그 수철은 진철의 고집을 잘 알고, 그래서 만류할 수 없음을 이미 간파한 건 아닐까. 그럼에도 지혜 앞에서 적극 반대하는 모습을 보여주며 자신의 식견을 과시한 걸까. 그런데 지혜가 가세하며 상황이 미묘해졌고 어쩌면 진철이 생각을 바꿀 수도 있어 보였다. 그래서 더 끈기 있게 설득하기 싫었던 것은 아닐까. '자네는 늘 지혜 씨 생각을 따랐다'고 은근슬쩍 긁은 이유를 돌이켜보았다. 결국 '친구로서 선택을 존중하자'로 아퀴 지은 게 아닐까. 얼마나 암상스러운가. 죄의식을 느꼈다. 십자가 목걸이를 손에 들고 기도하며 스스로를 돌아보았다. 머리를 싸맨 숙고 끝에 혼란을 메지 지었다. 자신이 꼭 그런 의도는 아니었다고 결론 내렸다. 아울러 친구의 죄가 더 크다고 판단했다. 톺아보니 진철은 오래전부터 속내를 숨겨왔다. 가장 가까운 친구임에 틀림없다. 하지만 이따금 진철이 무슨 생각을 하는지 종잡을 수 없었다. 음흉하다는 느낌마저 들 때가 적잖았다.

수철은 사랑을 우선한 논리를 세워가며 자문했다. 사랑 앞에 우정이란 햇빛 아래 얼음일까. 어차피 둘 중 하나만 지혜와 결혼할 수밖에 없잖은가. 그런데 진철의 사고는 너무 단순한 흑백논리 아닌가. 그렇다면 진철은 지혜를 결코 행복하게 해줄 수 없잖은가. 생각이 거기에 이르자 자신감이 더해졌다.

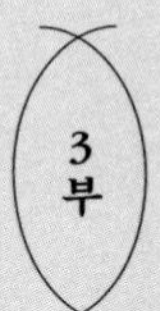

3부

넘나든 한탄강

11장

남과 북이 모두 선망할 나라

진철은 자퇴를 접었다. 지혜의 설득에 휴학으로 타협했다. 학교에 서류를 제출하고 가뿐한 마음으로 약산의 거처로 갔다. 그런데 수도경찰청 차량과 경찰이 집을 에워싸고 있는 살풍경과 마주쳤다. 본능적으로 골목에 몸을 숨겼다. 두 다리가 푸들푸들 떨려왔다. 종아리에 힘을 주고 얼굴을 조금 내밀어 상황을 살폈다. 노덕술이 경찰들을 일렬로 세워놓고 정강이뼈를 구둣발로 걷어차고 있었다. 약산 체포에 실패했다는 뜻이다. 진철은 안도했다. 나중에 알았지만 수도경찰청에 약산을 존경하는 형사가 곧 체포령이 내린다는 사실을 긴급히 통겨주었다.

진철은 골목을 돌아 반대쪽으로 걸었다. 그날 이후 약산은 수배자로 쫓겼다. 진철의 자취방에도 경찰이 들이닥쳤다. 진철은 약산의 의열단 동지들이 마련해둔 은신처로 걸음을 옮겼다. 미행이 붙었을까 우려했다. 뒤를 살피러 부러 빙빙 돌아갔다. 몽양이 암살된 직후에 의열단 동지들이 만일을 대비해 물색해둔 곳이다. 은신처에서 약산과 재회했다. 약산에게 수배생활은 독립운동에 나설 때부터 익숙한 삶이다. 진철은 내내 곁을 지켰다.

한 달쯤 지나서다. 진철은 변장하고 은신처를 나왔다. 파주 탄현의 고향집을 찾았다. 유학하며 사촌형 내외에게 빌려준 집이다. 저녁으로 오랜만에 황복을 먹으며 할아버지 생각에 콧날이 시큰했다. 다음날 산책한다며 검단사를 찾았다. 오랜만에 주지스님께 인사드리고 요즘의 시국을 어떻게 보는지 물었다. 다행히 약산을 높이 평가했다. 딴은 예전부터 할아버지를 통해 의열단 활동을 익히 들었을 법하다. 해방되고 약산이 찾아와 할아버지에게 큰절 올린 모습도 기억했다. 진철은 약산이 숨을 곳을 찾는다고 조심스레 타진했다. 주지의 표정이 일순 굳었다. 눈을 감고 염주를 돌리던 스님이 너그러운 웃음을 지었다. 모든 것이 인연이라며 수락했다.

약산은 검단사에서 회고록을 쓰기 시작했다. 단순한 과거

회상이 아니다. 독립운동 전선에서 불거진 여러 갈등을 복기하며 톺아보았다. 그럼으로써 조선 민족이 나아갈 길을 탐색했다. 경찰의 수배 망이 점점 옥죄어왔다. 진철은 무장 불안했다. 체포되어 재판받고 형무소에 들어가면 차라리 문제가 간단할 수 있다. 하지만 그 과정에서 제복 입은 자의 손에 언제 총을 맞을지 모를 일이었다.

약산이 암살 위기에 무장 내몰릴 때다. 평양에서 연락이 왔다. 이북으로 귀국한 조선의용대 동지들이 월북을 권했다. 약산은 망설였다. 독립투쟁 과정에서 공산주의자들과는 거리를 두었기 때문이다. 약산은 진보적 민족주의자로 일관했다. 공산당의 일당 독재 경향을 경계했다. 소련의 권위도 거부했다. 조선민족혁명당을 만들어 독립운동을 벌이며 늘 강조했다.

"조선 민중은 능히 적과 싸워 이길 힘이 있다. 그러므로 우리가 선구자 되어 민중을 각성시켜야 한다."

해방을 맞아서도 민족혁명당의 강령으로 사람들을 모아갔다. 민주주의는 독선이 아님을 역설했다. 민전 공동의장으로 정치 활동에 나선 목표를 "남북 일체를 규합하여 강력한 통일정부 수립"으로 또렷하게 제시했다. 그래서 남쪽만의 단독정부 움직임엔 결연히 반대했다. 38선을 풀기 위해 온 열정을 쏟았다. 남과 북에 각각 국가를 세우면 민중들이 자칫 서로를 '적국'으로 여길 수 있다고 우려했다. 좌우합작운동을 줄기차게 펼친 이유다. 하지만 수배당해 잠행할 수밖에 없었다. 미군정의 탄압을 받아 민전이 약화된 틈을 타고 단정 수립운동이 세력을 확장했다. 미국은 '유엔'을 움직이는 노회한 전략을 세웠다. 38선 이남에서만 총선을 치르기로 최종 결정했다. 그러자 단독정부 수립에 반대하는 운동이 거세게 일었다. 남과 북의 협상이 필요하다는 공감대가 퍼져갔다.

평양의 초청장을 받은 약산은 고심을 거듭했다. 민족혁명당의 오랜 동지들이 가지 말라고 건의했다. 약산은 자신도 그다지 가고 싶은 곳이 아니라며 털어놓았다.

"그런데 보다시피 내가 지금 남쪽에서 아무런 활동도 못 하고 있소. 이승만과 한민당이 있는 한 나에 대한 수배가 풀릴 가능성은 없어 보이오. 암살자들이 언제 나타날지 몰라 늘 긴장하고 있소. 내가 어떤 선택을 하는 게 옳은지 더 심사숙고하겠소. 너무 걱정들 마오."

진철은 약산의 의중을 읽고 싱숭생숭했다. 월북은 지금과는 전혀 다른 차원의 문제 아닌가. 지혜가 한결 그리웠다. 하지만 만남은 물론 연락조차 할 수 없는 상황이다. 섣부르게 접촉하다가 자칫 지혜마저 연행될 수 있다. 노덕술 따위에게 어떤 고초를 겪을지 모를 일이다. 생각만 해도 머리칼이 곤두섰다.

홀로 오두산에 올랐다. 살을 에는 겨울바람 맞으며 붉은 노을과 마주했다. 그리움과 분노가 뒤섞여 슬픔이 온몸으로 퍼져갔다. 이대로 가다가는 나라가 두 쪽 날 게 분명했다. 전범국인 일본이 분단되어야 마땅함에도 애먼 우리가 갈라진 상황을 걱정하기는커녕 적극 이용하는 자들이 무장 활개치고 있어 통탄스럽다. 한강과 임진강이 하나로 섞이는 모습을 묵묵히 바라보았다. 남과 북의 정당과 사회단체들이 과연 합의를 이룰 수 있을까. 문득 지혜가 일러준 검룡소가 떠올랐다. 태백산 중턱에서 솟아오른 샘물이 강을 이루며 여기까지 흘러왔다면? 남이든 북이든 민중들이 마음놓고 사랑할 수 있는 나라를 세우는 일도 작은 샘에서 출발할 터다. 진철은 작은 힘이라도 보태야 옳다고 생각했다. 검붉은 놀이 스르르 사라지면서 별이 반짝반짝 빛났다. 귓불에 칼날처럼 삭풍이 불어왔다. 언젠가 아버지도 여기에 섰을 성싶었다. 오두산 마루에서 검단사로 아버지가 걸었을 길을 따라 돌아왔다. 기다렸다는 듯이 약산이 불렀다.

"오두산 산책을 다녀온 겐가. 자네도 여러모로 어수선할 거야. 그래도 어찌 생각하는지 듣고 싶군."

"평양 초청장 말씀인 거죠. 워낙 중요한 문제라 감히 말씀드리기 어렵습니다만, 일단 남북연석회의에는 참석하시는 게 좋지 않겠습니까? 이북의 정치 사회는 어떻게 움직이고 있는가를 직접 살펴보실 자연스런 기회로 보입니다. 현장을 보고 최종 판단해도 되니까요."

"음, 그렇다면…… 만일 내가 간다면 자네는 어쩌려는가? 수배가 풀리기는커녕 더 어려운 상황이 올 수도 있을 텐데……."

"저는 걱정 마십시오. 다만, 선생님께서 괜찮으시다면 수행하겠습니다."

"나야 좋지. 그런데 자네 인생이 걸린 문제일세."

"선생님이 좋다면, 가겠습니다. 평양의 공산주의자들이 지금 상황을 어떻게 인식하고 있는지 저도 확인해보고 싶습니다."

그로부터 나흘 뒤다. 평양에서 안내원이 찾아왔다. 저녁 어스름에 오두산 강변에서 통통배에 올랐다. 할아버지가 들려주신 자라의 습성을 되새김질했다. '지금은 약산을 따라 몸을 안전하게 숨길 때'라고 생각했다. 배 뒤쪽으로 오두산 자라목이 보였다. 늘 대견스레 바라보던 할아버지의 주름진 눈매가 새삼 그립다. 한 마리 자라가 되어 강을 거슬러가는 듯했다. 갈수록 고추바람이 매웠다. 38선 언저리에 이르자 강 가장자리가 얼어붙었다. 배에서 내려 강 북쪽으로 얼음판을 걸었다. 살얼음 못지않게 발각될까 긴장했다. 안내원 발자국을 밟으며 갔다.

이윽고 38선을 넘었다. 대기하던 승용차로 다가섰다. 뒷문이 급히 열렸다. 약산의 재혼한 아내와 어린 두 아들이 나타났다. 엄중한 경찰 감시망을 따돌리고 다른 길로 월북해 기다리고 있었다. 평양에 도착해 고급 저택으로 들어갔다. 일제 고위관료가 살던 집이다. 그날 저녁에 곧바로 최용건이 방문했다. 김일성 다음의 실세로 알려진 독립투사다. 그를 비롯해 중국에서 항일투쟁을 함께한 동지들이 모였다. 약산을 열렬히 환영해주었다.

진철은 흔들렸다. 의열단을 이끈 독립투사, 약산을 맞는 서울과 평양의 차이가 커도 너무 컸다. 진철은 약산이 배정받은 저택에 함께 머물렀다. 충심으로 보필했다. 틈날 때면 잘 정돈된 평양 거리를 산책했다. 말 그대로 '산보'는 아니었다. 평양역과 시장을 오가며 민심을 파악했다. 친일파 청산과 토지개혁을 민중들은 환호했다. 한편 김일성 중심으로 정치 질서가 굳어지고 있었다. 우상화 움직임이 나타난다고 약산에게 보고했다.

서울에선 3월에 김구, 김규식, 조소앙, 김창숙, 조완구, 홍명희, 조성환이 7인 공동성명을 발표하고 남쪽만의 단독선거를 반대했다.

"미·소 양국이 군사상의 필요로 일시 설정한 소위 38선을 국경선으로 고정시키고 양 정부 또는 양 국가를 형성하게 되면 남북의 우리 형제 자매가 미·소 전쟁의 전초선을 개시하여 총검으로 서로 대하게 될 것이 명약관화하니 우리 민족의 참화가 이에서 더할 것이 없다."

이윽고 남북 연석회의가 1948년 4월 19일부터 열렸다. '북남 정당·사회단체 대표자연석회의'에 들어설 때다. 약산은 김일성과 박헌영 바로 뒤에서 걸어갔다. 김구는 반대자들이 길을 가로막아 아직 평양에 도착하지 않았다. 처음 본 김일성은 만주에서 무장투쟁을 벌인 투사답게 건장했다. 다만 수철과 '김일성대학' 작명에 비판적인 생각을 나눈 선입견일까. 무시로 젠체하는 언행에 진철은 거부감이 들었다. 최고 권력자임을 틈날 때마다 과시하며 확인받았다. 김일성의 나이 서른여섯. 약산과 열네 살 차이가 났다. 연석회의에 참석한 주요 정치인 가운데 가장 젊다. 그럼에도 상대를 낮춰 보는 투의 너털웃음을 자주 터트렸다. 하대하는 듯한 그 웃음이 진철은 불편했다. 자신이 대범하고 화통한 사람임을 보여주려는 듯했다. 공산당을 재건한 지도자 박헌영이나 남북 통일정부 수립을 모색해온 김원봉은 내내 진지했다. 어찌 보면 그만큼 순진하달까, 순수했다.

진철은 평양의 공산주의자들을 면밀히 관찰했다. 생각보다 문제점이 심각했다. 평양에서 열리는 여러 행사마다 '스탈린 초상화'를 내걸었다. 그런 행태에 아무런 문제의식도 없다. 오히려 김구가 예리하게 문제를 제기했다. 평양의 기자들과 만난 자리였다.

"서울에서도 민중들이 시민대회를 열고 있소. 하지만 미국 대통령 트루먼의 초상을 들고 행진하는 일은 없소. 그런데 평양에선 어째서 스탈린 초상을 들고 만세를 외치며 행진하오?"

평양의 공산주의자들은 성찰할 섟에 빨끈빨끈했다. 그렇지 않아도 껄끄럽던 김구를 '반소 분자'로 몰아세웠다. 그나마 남로당 간부들이 나서서 따독따독해 넘어갔다.

"김구가 민족 자주를 강조하는 민족주의 지도자여서 그런 것이니 이해하오."

백범을 두남두면서 은근히 하고 싶은 말을 건넨 셈이다. 기실 서울에서 활동할 때부터였다. 약산은 소련이 김일성의 경력을 지나치게 부풀린다고 우려했다. 소련으로선 자신의 군편제 아래 있던 김일성이 가장 미더웠을 수 있다.

평양은 대회 내내 이북을 '민주 기지'로 자임했다. 하지만 김일성에게 권력이 지나치게 집중되고 있어 '민주'와는 거리가 있었다. 평양의 움직임을 살펴보면서 수철의 말이 일리가 있다고 생각했다. 김일성은 38선 이북에서 자기 정권을 세우는

데 일차적 관심이 있어 보였다. 그것이 소련의 전략이기도 한 걸까, 의문이 들었다. 어쨌든 참으로 '민주 기지'를 만들어야 남쪽 민중들이 선뜻 동의할 수 있지 않겠는가. 그래야 남과 북을 아우른 통일정부를 평화적으로 세우는 끌차가 될 터다.

연석회의를 마치고 김구와 김규식은 남쪽으로 돌아갔다. 약산은 평양에 남았다. 진철은 약산이 가족을 38선에서 만날 때 이미 예상했다. 자신도 할 일을 찾았다. 약산을 도와 38선 이북에 온전한 민주 기지를 건설하면 평화통일에 기여할 수 있으리라 판단했다. 물론 심적 갈등이 컸다. 지혜가 눈앞을 가렸다. 평양에 남는 이유 또한 의심이 들었다. 약산에 대한 의리감 또는 의무감 아닐까. 그렇다면 민주 기지 운운은 감정에 근거한 결정을 정당화하는 자기기만 아닌가. 아무래도 그건 아니라고 도리질했다. 그렇다고 홋홋이 결정한 것도 아니다. 막상 평양에 남자 지혜가 너무 멀리 있다는 슬픔이 엄습했다. 그리울 때마다 심장이 저릿저릿 아렸다. 비밀스레 떠나와 더 그랬다. 경찰 수사의 불똥이 번질까 우려한 결정임을 지혜가 알고 있을까. 아니라면 못내 서운할 법하다. 하지만 반민족 세력이 행세하는 작금의 상황이 길래 갈 수는 없을 터다. 그래서도 안 되고 그리 되도록 방관하지도 않겠노라 마음 다잡았다.

지혜는 진철의 월북을 늦게야 알았다. 수철을 통해서다. 약산이 월북한 사실을 낭산에게 들었을 때 수철은 단칸방에서 자취를 감춘 친구가 38선을 넘었겠다고 짐작했다. 진철의 고향이 파주 오두산 마을이라 더 그랬다. 혹시 지혜는 알고 있을까. 아니, 미리 알았을까. 궁금했다. 만나서 표정을 살피며 소식을 전했다. 믿지 못하겠다는 눈빛을 읽고 의심을 풀었다. 수철은 짐짓 안타까움을 드러냈다.

"진철 군을 도무지 이해할 수 없소. 그 친구, 공산주의자들과는 또바기 거리를 두지 않았소? 미더운 친구를 잃어 저도 매우 씁쓸하오."

지혜의 반응을 은근히 주시했다. 가슴 아팠다. 지혜의 눈빛은 어느새 애틋함에 잠겨 있었다.

진철은 자신의 선택이 지혜를 위하는 길이라 믿었다. 가끔 그녀가 수철과 맺어지면 좋겠다는 생각도 했다. 마음의 평안을 되찾으려 그렇게 되뇌었다. 하지만 그때마다 어김없었다. 상실감이 심장을 에워싸며 파고들었다. 통증은 드러나지 않았지만 가슴 안으로 피멍이 들어갔다. 그러던 어느 초여름날 모란봉을 올랐을 때다. 솔숲을 나와 부벽루에서 청류벽 아래로 유장히 흐르는 대동강을 내려다보았다. 지혜를 다시 만날 날이 곧 온다고 주문처럼 되새겼다. 신기하게도 통증이 줄어들었다. 그렇게 겨우겨우 아픔을 이겨낼 때다. 기어이 두 나라가 선포됐다.

1948년 8월 15일 서울에 대한민국, 9월 9일 평양에 조선민주주의인민공화국이 들어섰다. 지혜와 만날 날이 자꾸자꾸 멀어만 갔다. 새삼 다짐했다. 북과 남의 모든 민중이 살고 싶은 세상을 건설하자, 그래서 남쪽을 견인해내면 통일되지 않을까, 지혜를 만날 날도 성큼 다가오리라, 자위했다.

약산은 정부를 감사하는 국가검열성을 맡았다. 진철도 약산 보좌 일을 맡아 출근했다. 약산은 국가검열성 사업과 함께 북과 남의 민전이 조국통일민주주의전선(조국전선) 이름 아래 손잡는 데 앞장섰다.

12장

얼마나 많은 동상을 세울까

김일성대학 철학과. 진철은 1948년 가을 학기에 편입했다. 당국이 그해 봄부터 야간 강좌를 개설했다. 학교 이름에 거부감이 사라지진 않았다. 민족과 민중을 위해 더 공부하며 동지도 만들라는 약산의 권고에 토를 달 수 없었다. 철학적 문제의식을 천착하고 싶기도 했다. 연희대 철학과에 1946년 입학한 사실을 약산이 보증해주어서일까. 면접에서 맑스 철학의 기본 개념과 철학사의 흐름를 알고 있다고 확인해서일까. 김일성대학은 진철을 3학년으로 등록했다. 진철은 휴학 사실을 알리려다가 굳이 그럴 필요가 없어 보여 침묵했다. 편입하자 재회의 기쁨이 기다리고 있었다. 연희대에서 논리학을 강의한 함봉석 교수와 만났다. 월북해 김일성대학 철학과 교수로 자리 잡은 그는 연희대 철학과의 전원배 교수가 재임용에서 탈락된 사실을 들려주었다. 그 이유가 씁쓸했다. 전 교수가 맑스 저서를 번역한 탓이란다.

"철학과에 그 정도 사상의 자유도 없어지고 있다니 씁쓸하군요."

"자유를 내세우면서 가장 기본적인 자유를 부정하는 꼴일세. 그런 일을 저지르곤 부끄러움도 몰라."

"선생님, 혹시 연희전문 졸업생 가운데 이진선 선배라고 있다는데 아시나요?"

"그럼 잘 알지. 지금 로동신문 기자로 일하고 있다네."

"그래요? 선배들이 하도 전설처럼 말해서 언젠가 뵙고 싶었거든요."

"그렇겠지. 그런데…… 솔직히 말할 테니 오해는 하지 말게나. 굳이 찾아가서 만나려 하지는 말게."

"어? 왜 그러십니까."

"이진선은 박헌영의 측근으로 평이 나 있네. 자칫 자네가 그쪽으로 분류될 것 같아 그러네. 내 말 허투루 듣지 말게나. 여기는 서울이 아니라 평양임을 명심하게."

진철은 기가 막혔다. 김일성대학도 온전히 자유롭지 않다는 뜻 아닌가. 함 교수는 그걸 의식하지 못하는 건지, 아니면 시치미 떼는 건지 창 너머 먼 산을 바라보았다.

가슴 어딘가에서 불안감 또는 불길한 예감이 스멀스멀 기어올랐다. 함 교수 방을 나와 김일성대학 교정을 걸으며 자문했다. 지금 어디를 걷고 있는 걸까. 자신이 걸어온 길을 톺아보다가 평양의 천도교 움직임이 궁금했다. 1946년 2월에 창당한 북조선천도교청우당을 찾아갔다. "민족 자주의 이상적 민주국가 건설, 사인여천(事人如天)의 정신에 어울리는 새 윤리 수립, 회귀일체(回歸一體)의 신생활 이념에 기초한 경제제도의 실현"을 강령으로 활동하고 있었다. 그런데 어딘가 위축된 느낌이 들었다. 김일성대학 철학과를 다니는 진철이 종종 찾아오는 것을 의아해할 정도였다. 1949년에 들어서면서 동학에 근거한 강령을 큰 폭으로 줄였다. "인내천(人乃天)의 신문화를 발양, 인간창조 및 민족문화의 발전에 노력한다"는 선언적 조항만 고수했다. 그나마 '인내천'이 강령에 남아 위안을 삼았다. 하지만 점점 조선로동당을 그대로 따라가 더는 독자적인 정당으로 볼 수도 없게 되었다.

실망은 김일성대학 학생들로 이어졌다. 철학과 학우들과 토론다운 토론을 할 수 없었다. 토론이 '김일성 장군의 말씀'으로 대부분 귀결됐다. 강의실에서 누가 더 충성하는지 경쟁이라도 하듯 부산을 떨었다. 진철은 월북자로 이미 소문이 짜했다. 국가검열상의 측근이라고 속닥댔다. 슬그니 따돌리거나 함께 어울리기를 경계했다. 그래서 강의실에 들어가면 아예 맨 뒤로 갔다. 동그맣게 앉았다. 교수들의 강의 깊이도 시나브로 얇아졌다. 이대로 가면 조국에 희망이 없어 보였다. 현실은 맑스적 인간이 아니라 스탈린적 인간이 지배할 수밖에 없는 걸까. 과학적 사회주의가 '하늘을 우러러 사람을 사랑하라'는 경천애인(敬天愛人)의 사유와 접목되지 않는다면 그 역사적 소명을 다하지 못하리라 판단했다.

바로 그래서다. 맑스 철학의 기반인 인식론을 재구성하고 싶었다. 김일성대학 중앙도서관에서 레닌이 쓴 『유물론과 경험비판론』을 찾아 정독에 들어갔다. 공책에 주요 내용을 발췌하고 자신의 생각을 적어갔다. 도서관 창밖을 바라볼 때면 '철학의 길'이 그리웠다. 지혜, 수철과 얼마나 자유롭게 토론했던가. 뉘엿뉘엿 저무는 석양의 소나무 아래 붓다와 예수까지 꺼내들며 겨레의 내일을 책임질 철학을 토론했던 풍경이 아련했다. 두 사람은 지금 무엇을 하고 있을까. 두 사람이 사랑을 속삭이는 것은 아닐까. 심장이 욱신대는 상념에 잠기기도 했다. 그리움과 쓰라림이 뒤섞였다. 향수를 느낄 때마다 참된 민주기지 건설을 되새기며 가슴을 추슬렀다.

현실은 갈수록 낯설게 흘렀다. 1949년 11월 평양에 '김일성 동상'이 세워졌다. 서른일곱 살에 자신의 동상을 세우는 배포는 도대체 어디서 나오는 걸까. 진철은 도무지 이해할 수 없었다. 나이가 젊으니 앞으로 또 얼마나 많은 동상을 세울까. 충분히 가늠되었다. 김일성 우상화가 뿌리내리기 전에 북과 남이 하나로 거듭나야 한다고 조바심 냈다. 하지만 가능성이 적어 보여 갑갑했다. 민중 속으로 들어가야 옳지 않을까. 토론다운 토론이 없는 철학 강의실과 작별하고 싶었다. 공장에 들어가 일하며 그 '노동의 용광로'에서 철학을 벼려야 옳지 않을까. 밤을 새워 고뇌했다.

연희대에서 그랬듯이 김일성대 자퇴를 결심했다. 국가검열성에 제출할 사직서부터 썼다. 출근하자마자 약산의 집무실로 들어갔다.

"선생님, 공화국 사업으로 바쁘시지요. 그래서 간단히 말씀드리겠습니다. 아무래도 여기까지 같습니다. 더는 선생님을 모시지 못하겠습니다. 죄송합니다."

"그게 무슨 말인가. 함께 평양에 남기로 한 자네답지 않군."

"김일성대학도 그만두려고 합니다."

"음, 무슨 일이 있는 게로군?"

"연희대 다닐 때 친구가 평양에 김일성대학을 세운다는데 학교 이름을 어떻게 생각하느냐고 저에게 물은 적이 있습니다."

"짐작이 되네."

"저는 이해할 수 없다고 말했습니다. 지금도 그렇습니다. 맑스주의자가 어떻게 자기 우상화에 앞장설 수 있습니까?"

"……."

"그런 제가 지금 김일성대학 철학과에 다니고 있는 겁니다. 물론 선생님께서 김일성대에 가라 하신 뜻 잘 알고 있습니다. 그래서 편입한 건데요. 철학은 근본적인 물음을 던지는 학문임에도 교수들마저 김일성 우상화에 나서고 있습니다. 이제 살아 있는 사람의 동상까지 세우고 있잖습니까. 앞으로 곳곳에 세우겠지요. 더는 대학을 다닐 의미를 찾지 못하겠습니다. 동지를 만들라 하셨지만 이미 저는 편입할 때부터 경계 대상입니다. 저 때문에 선생님까지 공연한 피해를 보실 수 있다는 생각이 들었습니다. 오랜 망설임 끝에 국가검열성을 떠나야 한다는 결론을 내렸습니다."

부러 '선생님'이라는 호칭을 썼다. 사적인 대화임을 전제하고 싶었다. 약산도 그런 의도를 정확히 읽었다. 진철이 '선생님'이라고 부를 때마다 그랬듯이 진지한 얼굴로 응시했다. 이윽고 쓸쓸한 미소를 지으며 목소리를 한껏 낮춰 물었다.

"서울로 돌아가고 싶은가?"

"그렇지는 않습니다."

"서울로 돌아가는 길은 마련해줄 수 있지만 시간문제일 뿐 노덕술에게 체포될 걸세. 자네에게 미안하네."

"아닙니다. 저도 상황을 잘 파악하고 있습니다."

"그럼 어디서 무엇을 하려는가?"

"대학에 오늘 자퇴서를 내겠습니다. 이건 국가검열성 사직서입니다. 정부 중앙기관에서 공장 노동을 자원하면 거의 100퍼센트 받아들여진다고 들었습니다. 공장에서 낮에는 노동하고 저녁에는 철학을 벼려가겠습니다. 서울에서도 그랬듯이 여기 평양에서도 강단 철학에 아무런 미련이 없습니다."

"노동하며 철학하겠다는 생각은 찬성하네. 훌륭하이. 그런데 그와 전혀 어울리지 않는 말을 들은 것 같은데, 자네 때문에 내가 무슨 피해를 본다고 생각하나?"

"선생님, 그렇지 않아도 당이 선생님을 마뜩잖게 여긴다는 걸 알고 있습니다. 그런 상황에서 가까이 수행해온 측근이 김일성 수상에 비판적인 사고를 지니고 있다면 그게 무슨 후과를 불러올지 제가 모를 정도로 순진하진 않습니다."

"좋아. 그런데 자네는 정말이지 나 김원봉을 모르고 있군. 이거 참 섭섭한걸."

"네?"

"이보게. 나도 김일성 개인 우상화가 더 퍼져가면 문제를 제기할 거야. 그게 김원봉이네. 내가 지금 국가검열상 아닌가. 국가기구 전반을 감사하는 일이 내 업무일세. 자네가 피해를 본다고 예단하는 상황은 오히려 평양에 김원봉이 존재해야 할 이유이겠지. 그건 내게 피해가 아니라 정당성을 주는 계기라네."

"아, 선생님."

"나는 자네 부친과 의열단을 할 때도, 동지들에게 혁명 과업을 주어 사지로 보낼 때도, 그리고 지금 여기서 공화국 사업을 할 때도 나 개인을 위해 일한 적이 단 한순간도 없다네. 나는 지금 자네가 자랑스러워. 호랑이가 고양이를 낳지는 않는다는 걸 새삼 깨닫고 있네. 자네 부친도 흐뭇할 걸세."

"감사합니다."

"자네 같은 사람이 우리 당에 필요하네. 김일성대학 그만두고 싶으면 그만두게. 국가검열성 사표도 수리하지. 자네도 나와 독립되어 일할 필요가 있어 보이거든. 대신 자네처럼 제대로 정치의식을 체화한 청년은 당 기관지에서 일해야 하네. 내가 로동신문에 자네를 추천해보겠네. 그쪽에도 우리 조선의용대 출신이 있다네. 이건 연줄이 아닐세. 자네 서울에서 대학 다닐 때 내 사무실에 정기적으로 와서 독립운동과 민중운동을 기록하고 편집하지 않았나. 사건의 핵심을 짚어 서술하는 솜씨가 훌륭하더군. 그러니 기자직이 적재적소이지. 부디 그 올곧은 생각 잃어버리지 말고 로동신문에 들어가 일하게나."

"공장으로 가야……."

"이 사람아, 거기도 공장이야. 신문 공장에 가서 신문 잘 만들어내는 노동을 하게나. 자네가 철학을 벼리는 데도 여러모로 더 좋은 조건이 될 걸세."

며칠 뒤 〈로동신문〉에서 연락이 왔다. 꺼끌꺼끌한 목소리로 약산과의 관계를 꼬치꼬치 캐물었다. 신문사 부주필은 김일성대학 졸업이 한 학기 남았고 야간임을 알고는 잠시 턱을 괴며 생각에 잠겼다. 이어 임시직으로 출근하되 정식 발령은 졸업하고 내도 좋은지 물었다.

그렇게 당 기관지로 출근하게 되었다. 첫날 편집국 각 부서를 돌며 신입 기자로 들어왔다고 신고식을 겸해 인사했다. 내색하지 않고 이진선 기자를 찾은 것은 물론이다. 선입견일까. 과연 따돌림 받는 분위기가 느껴졌다. 마치 그가 컴퍼스로 작도라도 한 듯이 반경 안에 아무도 없이 홀로 앉아 있었다. 다음날 이진선이 앉아 있는 자리로 다가갔다. 하지만 멀리서 진철과 눈이 마주친 선배는 돌연 자리에서 일어났다. 돌아서서 빠른 걸음으로 나갔다. 후배를 보호하려는 너른 마음이 읽혔지만 딱했다. 가끔 사려 깊은 눈길과 마주쳤다. 하지만 그뿐이었다. 진철도 조신하게 처신했다. 예정과 달리 석 달 만에 정식 기자가 되었다.

13장

'조국'이 불러올 혼란

〈로동신문〉 기자 정진철은 1950년 6월 22일 긴급 발령을 받았다. 진남포에서 인민군 제4사단 지휘부를 만나 종군하라는 지시다. 편집국장은 진철을 불러 간결하게 말했다.

"축하하네. 우리는 동무에게 당의 영광스런 위업에 동참할 기회를 부여키로 했네. 동무에 대한 당의 신임이 대단히 두텁기에 가능한 일이라네. 동무도 요즘 남조선 국방군들이 38선을 자주 침범하고 있는 걸 익히 알고 있을 걸세. 그래서 우리 인민군은 국방군이 다시는 월경을 못 하도록 응징에 나서려 하네. 그 전투 현장을 취재하는 종군기자로 동무를 발탁했네. 남조선 출신이라 지리를 잘 알고 있겠고, 평양에도 남쪽에도 가족이 없으니까 종군기자로 딱 좋은 조건일세. 물론 동무가 기사 작성에 탁월함을 보인 것도 발탁 요인이 되었지. 당은 모든 것을 검토해서 동무를 더욱 영광스럽게도 최전선에 배치했네. 당의 배려와 신뢰에 견결한 사명감으로 보답하게나."

진철은 깜짝 놀랐다. 남조선을 친다는 뜻 아닌가. 편집국장실을 나오면서도 심장이 쿵쿵 떨려왔다. 월북해서 이태 전 평양에 남기로 결정한 까닭은 이남의 민중들도 선망할 민주주의 기지를 만드는 데 힘을 보태자는 결심이었다. 그러면 남과 북의 민심이 모아질 수 있으리라 기대했다. 그런데 전쟁을 벌인다? 전면전을 '영광스런 위업'이라고 무람없이 단언하는 편집국장을 도무지 이해할 수 없었다. 종군기자로 떠날 준비에 세 시간만 주는 것도 의아스럽다. 당장은 발령 자체가 기밀인 듯했다. 〈로동신문〉 종군기자는 그날 진철을 포함해 세 명으로 출발했다. 열흘 뒤에는 열두 명으로 늘어났다. 신문사 안에서 따돌림받던 이진선 선배도 합류했다고 들었다.

진철은 약산을 만나 따지기라도 해야 직성이 풀릴 것 같았다. 시계를 보고 다급히 신문사와 가까운 국가검열성으로 들어갔다. '로동신문 기자증'은 만능으로 어디든 출입이 자유로웠다. 더구나 진철이 일했던 곳이다. 곧장 국가검열상 집무실로 들어섰다. 마침 배석자 없이 혼자 서류를 들여다보고 있었다.

"선생님, 인민군을 따라 종군하라는 명을 받았습니다. 아무래도 전면전을 벌이는 것 같습니다. 아니, 전쟁이 시작된 겁니다."

"음, 드디어 그날이 왔군. 자네에게 종군 하라던가?"

"네, 그런데 대체 어떻게 된 건가요. 선생님이 내각 회의에서 전면전은 절대로 안 된다는 의견을 내시겠다고 저와 약속했잖습니까. 그런 말씀을 내각 회의에서 하셨습니까?"

"물론이지. 이 사람아, 내가 자네에게 한 약속을 왜 안 지키겠나. 더구나 민족의 운명을 좌우할 문제 아닌가."

"죄송합니다. 전쟁 발발이 너무 충격적인 일이라서 그만."

"이해하네. 그런데 김일성 수상의 의지가 너무 확고하더군. 자네도 알다시피 수상은 남조선에 아무런 연고가 없잖은가. 그래서인지 남조선을 오직 혁명의 대상으로만 여기는 것 같더군. 남조선 민중을 주체로 묶어내야 할 때인데 정세를 잘못 짚은 걸 모르고 있다네."

"수상이 지닌 사상이 스탈린주의라 경직되어 있는 게지요."

"스탈린에게 지도자로 낙점 받은 셈이니 그렇게 될 수밖에 없겠지. 아직 30대라 그런지 사유의 폭도 넓지 못하더군. 조급하기도 하고……. 그나마 박헌영 부수상이 수상의 성급한 주장들을 견제해왔는데 심히 우려되네. 그런데 자네 어디로 가나?"

"두 시간 뒤 진남포에서 4사단을 따라갑니다. 사단장이 조선의용군 출신이던데요, 아시는 분인가요?"

"그럼, 잘 알고 있지. 4사단이라면 조선인민군의 최정예 부대이네. 아마 서울로 가는 최선봉에 설 걸세. 사단장 이건무는 조선의용군으로 일본군과 전투한 경험이 풍부하다네. 투철한 공산주의자라서 나에겐 거리를 두더군. 이승만의 남조선군 가운데 이건무 사단을 감당할 상대는 아마도 없을 걸세."

"그런가요?"

"하지만 낙관할 수는 없네. 다른 변수가 있거든. 조선의용군이 대륙에서 싸울 때 상대는 일본 제국주의 군대였고 국민당의 장제스 군대였지만, 이제 같은 민족을 상대로 총을 겨누고 싸워야 하니 아무래도 예상 밖의 상황이 벌어질 수 있을 게야."

"어떤 상황이 걱정되십니까?"

"마오쩌둥 군대는 장제스 군대와 내전을 벌이기 전에 중국 땅에서 일본군과 치열하게 싸우지 않았나. 민중들로부터 인정과 신뢰를 듬뿍 받았지. 하지만 북조선 인민군이 남조선 민중들에게 어떻게 다가올까, 과연 우리 편이라는 인정을 받을 수 있을까……. 아무래도 근심하지 않을 수 없구먼. 더구나 중국은 일제가 항복한 뒤 어쨌든 한 국가 안에서 치고받은 내전이었는데 우리는 평양과 서울에 각각 별개의 국가를 세우고 벌써 햇수로 3년째 아닌가. 서로 다른 국기 아래 여러 국가 행사를 치렀지. 남과 북을 각각 자기 나라, '조국'으로 생각하는 사람들이 나타날 수 있을 걸세. 아니, 이미 나타났다고 보아야 하네. 그 말은 상대를 '적국'으로 인식할 수 있다는 뜻이지. 요컨대 전면 전쟁을 일으키는 것은 큰 실책일 수 있네."

"사람들에게 '조국' 또는 '애국'이라는 말이 일으킬 수 있는 혼란이겠군요. 말씀처럼 남쪽에서 인민군을 이질적으로, 적군으로 보는 사람이 많을까요?"

"자네도 나도 이남 출신 아닌가. 자네가 아직 서울에 있다고 가정해서 생각하면 답이 나올 걸세. 자신들이 선거를 통해 주체적으로 풀어갈 문제를 북조선이 군사력을 앞세워 일방적으로 해결한다고 느끼지 않을까. 내가 가장 우려하는 대목이네."

"박헌영 부수상은 어떤 입장이던가요?"

"갑갑할 거야. 남조선 상황이 달라져서 더 그렇지. 지난해까지, 아니 올해 초까지만 하더라도 남로당이 혹독한 탄압을 받았지만 조직이 살아 있었잖은가. 만약 인민군이 38선을 넘어 전면전에 나선다면 남로당이 전국에서 호응해 봉기를 일으킬 것이라고 말할 수 있었지. 소련에 가서도 그렇게 장담했을 걸세. 하지만 그렇게 말할 때와 지금은 몇 달 새 상황이 완전히 달라졌어. 지난봄에 김삼룡과 이주하가 체포되면서 남로당 조직망이 궤멸됐거든. 그 사실을 박헌영은 물론 김일성 수상도 알고 있어. 기실 수상은 애초부터 남로당 조직을 믿고 전쟁을 계획한 것은 아니라네. 오히려 남로당이 봉기해서 남조선을 해방하면 박헌영의 세력이 너무 커지지 않을까 내심 우려했을 걸세. 처음부터 남조선혁명을 조선인민군이 주도해야 한다고 주장했거든. 그걸 박헌영 부수상이 막아왔는데 믿고 있던 남로당 지하조직이 붕괴되어 난감할 수밖에 없겠지."

"선생님. 남로당 조직은 무너졌지만 그렇다고 남조선 민중들이 친일파들 앞에 죄다 무릎 꿇고 있는 것은 전혀 아니잖습니까. 한 달 전에 치른 남조선 총선에서 이승만 도당의 세력이 크게 오그라들었고요. 더구나 조소앙이 사회당을 결성해 서울에서 당선됐습니다."

"그렇지 않아도 지금 그걸 분석한 보고서를 읽고 있었네. 이승만은 선거에 참패했고 반대로 조소앙은 크게 승리했네. 사회당을 내걸고 전국 최다 득표를 한 것은 놀라운 일임에 틀림없어. 조소앙은 유럽의 사회민주주의를 한국 상황에 맞춰 실현하려 할 걸세. 그렇다면 남조선은 남쪽 민중들에게 맡기고 북조선부터 나라를 잘 꾸려가야 옳겠지."

"선생님, 저도 북조선에 남조선 민중들이 부러워할 정도로 살기 좋은 공화국을 건설할 때 평화통일을 이룰 수 있다고 생각해왔습니다. 그렇게 건설적으로 혁명 사업을 펼쳐야 할 때인데 폭력적으로 전면전을 치르려 하다니요."

"우려할 수밖에 없지. 게다가 미군이 개입하면 자칫 남과 북 모조리 잿더미가 될 수 있거든."

"저도 그게 걱정인데요. 철수한 미군이 다시 들어올까요?"

"간단한 문제라고 보네. 38선까지 그어가며 그 이남을 군정으로 지배한 미국의 입장에서 생각하면 답이 나오지 않을까. 태평양전쟁에서 미국 젊은이들이 많은 피를 흘리며 일본군과 싸운 대가로 남조선을 점령한 결세. 자네가 미국의 정치 지도자라면 어쩌겠나. 그 땅을 그냥 순순히 포기할까?"

"그럼 어떻게 되는 건가요?"

"이 모든 문제를 해결한 방법은 딱 하나일세."

"속전속결이겠군요."

"그렇지. 차선 또는 차악이겠지만 그 방법밖에 없네. 내가 전면 전쟁을 내내 반대했지만 이미 돌이킬 수 없는 현실이 됐네. 지금으로선 우리 민중의 희생을 최대한 줄이기 위해 속전속결이 관건일세. 미군이 개입하고 싶어도 할 수 없도록 신속히 진격해야겠지. 자네가 전쟁 현황을 기사로 쓸 때, 가장 눈여겨볼 것도 민중이네. 모쪼록 민중의 관점을 잃지 말게. 비록 당장은 기사화하지 못하더라도 모두 기록해두게. 그 기록이 자네의 인생은 물론 우리 민족에게 큰 도움이 될 걸세."

"그런데 선생님, 속전속결로 통일을 이루면 김일성 동상이 남쪽에도 세워지는 꼴이 되는 건 아닌가요?"

"자네, 기자가 되더니 말이 너무 직설적이군. 그런 말은 함부로 뱉으면 안 되네."

"주의하겠습니다."

"우려하는 건 알겠지만, 내 생각엔 그렇게 되기 어려울 거야. 남쪽 인구가 압도적이지 않은가. 더구나 민주주의 의식이 제법 퍼져 있는 남쪽 민중들을 의식해서라도 이남 출신의 혁명가들과 집단 지도 체제를 형성해야 할 걸세. 물론 우리도 신중히 활동해야겠지. 자네도 보았겠지만 김일성 수상은 공화국 수립 이후에도 박헌영 부수상을 공공연히 따돌리고 있잖은가. 이남의 민중들이 공화국에 전부 들어온다면 박헌영 부수상이나 내가 정치할 공간도 넓어질 수 있을 걸세."

"그런데 속전속결에 실패하면 어떻게 될까요?"

"전쟁에 반대한 나로선 답이 없네. 예상할 수는 있지만 변수가 워낙 많잖은가. 지금 우리가 할 수 있는 일을 생각해보세. 자네는 이왕 전선을 취재하러 나서게 되었으니 두 눈으로 생생하게 기록하게. 무엇보다 몸조심하게나. 아까도 당부했지만 역사의 현장을 민중의 관점에서 잘 살피게. 부디 무사 귀환 하고. 그때 더 이야기 나누세. 이 전쟁에서 자네의 기본 임무가 무엇인지 알겠지? 꼭 살아 돌아오는 거라네."

"네, 그럼 다시 뵐 때까지 건강하십시오."

국가검열성을 나와 진남포 가는 차에 올랐다. 편집국장이 건네준 이건무 사단장의 자료를 꼼꼼히 읽었다. 서른일곱 살. 김일성 수상과 한 살 차이 동년배다. 이건무도 청년 시절에 항일무장투쟁에 나섰다. 그 과정에서 소련으로 건너가 세계 각국의 혁명가들을 위해 설립한 모스크바 동방노력자대학을 다녔다. 1938년 중국에 돌아와 조선의용군에 들어가서 인민해방군과 함께 일본군에 맞서 싸웠다. 1946년 초에 평양으로 귀국해 평안남도 보안부를 맡았다. 조선인민군이 창설되면서 제1사단 제1연대장이 되었고 조선로동당 중앙위원에 선출됐다.

일본군이 물러난 중국에선 공산당과 국민당의 내전이 벌어졌다. 4년에 걸친 싸움에서 공산당이 승리해 1949년 10월 중화인민공화국을 선포했다. 항일투쟁 시기부터 함께 싸우던 조선인들이 속속 귀국했다. 거의 전원이 인민군에 편입됐다. 전역을 원하는 이들은 30대 후반에 한해 다른 직업을 선택할 수 있었다. 조선인민군 제4사단은 전원이 항일전에서 싸운 군인들로 1950년 4월에 이건무 사단장 아래 최정예 부대로 출범했다.

진남포역에 도착하자 지휘부는 이미 탑승하고 있었다. 출발 시각이 임박해 서둘러 기차에 올랐다. 이윽고 남쪽으로 기차가 떠났다. 사단장을 찾아 열차 칸을 이동해갔다. 다소 긴장했다. 사단장과 만나 생각을 듣는 것은 당 기관지 기자의 특권이자 종군기자로서 의무였다. 사단장이 자리한 찻간에 들어섰다. 사진으로 본 이건무 앞으로 걸어갔다. 일제와 맞서 무장 항쟁을 벌인 그에게 경의를 표했다. 사진과 달리 첫 인상이 지적이고 부드러웠다. 예상과 다른 모습에 편안해졌다. 하지만 이건무는 다짜고짜 캐묻기 시작했다.

“동무가 로동신문이 우리 사단에 배치한 종군기자요? 잘 왔소. 그런데 동무는 지금 우리가 무엇을 하려는지 알고 있소?”

“어렴풋이 짐작하고 있습니다.”

“호, 그렇소? 어디 그 짐작한 걸 말해보오.”

“짐작한 것을 말하기보다는 종군기자로 발령받을 때 저에게 주어진 임무만 말씀드리겠습니다. 우리 공화국을 수시로 침범해 온 남조선 군대에 인민군이 내릴 불벼락을 취재하라는 과업을 받았습니다.”

“주어진 임무만 말하겠다, 좋소. 과연 남조선에서 온 동무답게 신중하오.”

"……?"

"동무가 국가검열상을 수행해 월북했다고 들었는데, 맞소?"

이건무는 예기치 못한 의심의 눈길을 보냈다. 마치 검열당하는 모멸감이 차올랐다. 진철은 자신이 사단장으로부터 불신의 시선을 받을 아무런 이유가 없기에 정색을 하고 답했다.

"그렇습니다. 그런데 사령관 동지. 그 사실이 제가 종군기자로 복무하는 데 무슨 관련이 있습니까?"

"음, 남조선 동무들은 발끈하는 게 특기인가 보오."

"사단장 동지!"

"정진철 동무, 감정적 대응은 좋은 버릇이 아니오. 특히 전장에선 그렇소. 더구나 나는 동무가 종군할 부대의 사령관이오. 나는 동무에게 사실 관계를 확인코자 물어보았을 뿐이오."

"그러나 사단장 동지의 눈길과 억양은 거기서 그치지 않았습니다."

"그렇게 느꼈다? 허참, 동무의 주관적 느낌으로 감히 사단장 동지와 대거리하자는 건가?"

사단장 옆에 앉아 있던 고위 군관이 도끼눈 뜨고 목소리 높여 참견했다.

"그럴리가요. 다만 사단장 동지가 솔직하시면 좋겠습니다."

진철은 사단장만 바라보며 또박또박 말했다.

"동무, 김일성대학에서 패기 하나는 제대로 배웠군. 좋소. 김원봉 동지는 내가 잘 아오. 사상이 종종 명쾌하지 않아 동무가 그 영향을 받았을까 걱정되어 한 말이오."

"사단장 동지가 감히 국가검열상의 사상을 의심하는 것은 옳은 처신입니까?"

"뭐야? 이 새끼가 정말!"

군관이 벌떡 일어났다. 이건무가 슬며시 웃으며 손사래 치어 제지했다.

"호, 제법 따따부따하는군."

"남조선 동무들 주특기 아닙니까? 사단장님, 저 동무 내쫓으시라요. 우리가 저런 자발머리없는 동무와 노닥노닥할 상황이 아닙니다."

"아니오. 당 기관지에서 일하는 동무를 그리할 수는 없지. 정진철 동무, 내가 동무를 걱정해서 유의점을 지적한 것이니 오해 없이 잘 짚어보기 바라오. 명심하고 투철한 당성으로 우리가 남조선 반동들에게 내리는 불벼락, 있는 그대로 기록해 주기요. 자, 그럼 인사가 늦었는데 우리 사단의 정예부대부터 소개하겠소. 동무는 지금 이 순간부터 선봉에 설 18연대를 따라 움직이면 되오. 자, 이 동무가 가장 앞장설 연대장이오."

"반갑소, 장교덕이오."

"로동신문 정진철 기잡니다."

"그리고 이쪽은 우리 사단과 함께 전진할 105전차여단장이오. 친일 반민족 분자들을 불바다로 몰아놓을 항일 빨치산 동지라오."

"내래 류경수라오."

말결 달며 눈 부라리던 군관이다.

"정진철입니다. 남조선군은 전차가 한 대도 없는 것이 사실입니까?"

진철은 논란에 개의치 않겠다는 듯 곧장 취재에 들어갔다. 하지만 그는 뒤끝이 만만치 않았다.

"기자로서 묻는 거요? 그들은 우리가 진격할 때 전차를 처음 구경할 것이오. 그런데 그런 질문이 무슨 의미가 있소. 남조선군을 걱정할 정도로 우리가 지금 한가하지 않소."

작전 문서를 들여다보며 퉁명스레 대답했다. 월북자들을 대하는 북쪽 공산주의자들의 까칠함에 진철은 이미 익숙했다. 〈로동신문〉에 들어가 숱하게 경험한지라 성마른 류경수도 으레 그러려니 했다. 다만 이건무엔 실망했다. 사단장 앞에 더 있고 싶지 않았다. 있을 필요도 없었다. 굳이 질문하고 싶지도 않아 일어섰다. 쌀쌀맞은 사단장 시선에 희미한 미소로 답했다. 진철의 의연하고 엄숙한 태도에 모두 말없이 서로를 바라보았다. 18연대장이 따라왔다. 총참모부로부터 '전투명령 1호'를 받았다고 알속해주었다. 장 연대장은 듬직하고 친절했다. 대대장들이 모여 앉은 자리까지 안내해주었다. 간단히 인사를 나누고 뒷자리에 앉았다.

전면전의 들머리에 섰다는 설렘과 함께 끝머리 모를 근심에 휩싸였다. 차창 밖 산하는 눈물겹도록 푸르렀다. 이윽고 기차가 사리원역에 멎었다. 38선 코앞으로 사단 병력을 데려갈 군용 트럭이 줄지어 기다리고 있었다. 밤에 도착해 살펴보니 주둔지가 연천이다. 수철의 고향 아닌가. 주상절리 절벽에서 한탄강 여울을 바라보며 친구가 어디서 무엇을 하고 있을까 짚었다. 수철에게 전면 남침은 용납될 수 없을 듯했다. 그렇다면 국방군으로 나설까, 전장에서 수철과 마주칠 수 있을까, 그때 우리는 서로에게 무엇일까, 단둘이 만난다면 얼싸안겠지만 옆에 누군가가 있다면 어떻게 될까, 여러 상념이 꼬리를 물었다. 그렇게 이틀 밤이 지나고 이슬아침을 맞이하기 전이다. 자우룩한 는개가 자우룩이 내리는 한탄강에 포성이 울렸다. 잔잔하던 강물도 불벼락이 잇달아 비치자 출렁이기 시작했다.

14장 그 길에 마주친 젊은 주검

1950년 6월 25일 새벽 4시 20분. 섬광이 번쩍이며 강철 포신들이 기지개를 켰다. 곧이어 탱크가 38선 철책을 짓뭉개며 넘어갔다. 한탄강 철교를 건너 조선인민군은 마치 봇물이라도 터진 듯 남으로 남으로 진격했다. 진철은 마른침 삼키며 인민군복에 찬 기자 완장을 확인했다. 18연대와 105전차여단을 뒤따랐다. 추적추적 부슬비가 내렸다. 지난밤 이건무 소장의 사뭇 결기 맺힌 말을 상기했다.

"동무, 내일 새벽 우리는 마침내 남조선 해방에 나서오. 우리의 목표는 두 가지요. 하나는 친일 민족반역자들의 지배로부터 남조선 인민 해방이오. 다른 하나는 38선으로 분단된 조국의 통일이오."

탱크가 줄이어 남진했다. 소련제 T34. 제2차 세계대전 때 히틀러의 기갑군단을 무찌른 전차다. 철갑 두께만 11센티미터. 육중한 탱크는 5명을 태우고도 최대 시속 53킬로미터로 달릴 수 있다. '강철 괴물'이 돌진해오자 남조선 국방군의 저항선은 모래성처럼 무너졌다. 진철은 국방군의 무력함이 단순히 탱크 때문만은 아니라 판단했다. 첫 기사에 그 생각을 담았다.

"일본군 장교 출신들이 지휘부에 포진하고 친일파 청산을 요구하는 민중들을 학살하며 숱한 만행을 저질러온 남조선의 국방군은 '인민 해방'의 철학으로 무장한 조선인민군 앞에 제대로 싸우지도 않고 줄행랑치기 바빴다."

종군기자 정진철이 쓴 첫 문장이다. 더구나 국방군은 인민군과 달리 전투 경험이 대부분 없었고 무기도 열악했다. 인민군은 대나무 쪼개듯 동두천으로 나아갔다. 세차게 전진하는 병사들을 따라갈 때다. 길섶에서 참혹한 피투성이 시신을 보았다. 언제나 냉철하던 진철의 가슴이 섬뜩했다. 포탄에 오른쪽 팔다리가 찢기고 목이 꺾인 채 널브러진 젊은 주검을 보자 울랑울랑 매스꺼웠다. 연민은 사치라고 마음을 다잡이했다. 친일파의 행패를 더는 견디지 못해 입산한 민중들을 떠올렸다. 숱한 숫백성이 한라산과 지리산에서 저들 손에 잔혹하게 살해당하지 않았던가.

서울 가는 가장 빠른 길을 맡은 4사단은 동두천으로 곧장 전진했다. 진철은 마음의 매무시를 무시로 가다듬었다. 그럼에도 아니었다. 눈 뒤집힌 시신이 곰비임비 나타날 때마다 심장이 저려왔다. 더러는 탱크에 연거푸 짓눌렸다. 하얀 뼈가 드러난 몸체에 욕지기가 밀려왔다. 바로 허리 굽혀 올딱올딱 토악질을 했다. 저 청년 또한 민중의 아들이라는 생각이 들었다. 일제와 싸우며 전장을 누빈 약산이 전면전을 우려한 까닭을 새삼 헤아릴 수 있었다.

진철은 '속전속결'을 되새겼다. 어금니를 꾹꾹 사리물었다. 반민족 세력을 심판하러 가자고 결연한 자세를 가다듬었다. 버러지보다 못한 노덕술과 그를 앞세워 민중을 탄압하는 친일파들을 떠올렸다. 일본제국에 부닐 때는 제 잇속 챙기려고 누구보다 격렬한 반미를 부르대던 자들이다. 해방되자 반지빠르게 친미로 돌아섰다. 그래놓고 낯 두껍게 '민족주의자'를 자처한다. 민족주의에 대한 모욕, 아니 능욕이다. 그 민족주의자들은 해방 직전까지 '일본인'을 자부했다. 그럼에도 부라퀴답게 눈곱만치 성찰도 없다. 되레 '사냥'에 나섰다. 민족정기나 정의 차원에서 친일파 청산은 당연하다고 주장할라치면 '빨갱이'로 몰았다. 무람없이 죽였다. 백범조차 암살하지 않았던가. 자타가 공인하는 우파 김구마저 죽이는 이승만 도당에겐 우파나 보수파라는 이름도 아깝다.

결기를 세웠음에도 된불은 가시지 않았다. 가슴을 옥죄는 통증이 툭하면 찾아왔다. 지혜와 수철을 다시 만날 기대감으로 전장의 충격을 이겨냈다. 청청한 지혜의 음성과 걸걸한 수철의 입담이 못내 그리웠다. 명치끝이 아릴 때면 주문처럼 '속전속결'을 되뇌었다. 동두천역 역무실에 앉아 기사를 써서 보냈다. '영용한 인민군대가 서울 해방을 눈앞에 두고 있다'로 시작했다. 실제로 의정부도 곧 해방했다. 국방군은 지리멸렬했다. 다만 서울로 들어서는 길목은 예상과 달랐다. 미아리고개에서 완강히 저항했다.

6월 27일이 저물 즈음이다. 장대비가 들이닥쳤다. 선봉 18연대가 빗발을 뚫고 공격에 나섰다. 국방군은 수류탄을 들고 탱크에 달려들었다. 애처로웠다. 수레바퀴에 맞서는 사마귀 아닌가. 반민족적 정권의 거짓 선동에 현혹된 탓이다. 목숨을 버린 청년의 가련한 운명에 애도를 표하며 갈가리 찢어진 몸에 명복을 빌었다. 거센 저항이 이어졌다. 미아리고개를 사수하라는 명령을 받은 듯했다. 18연대장은 공격의 고삐를 늦췄다. 군사지도를 다시 살핀 뒤 전차 두 대와 소대 병력을 고개 동쪽의 홍릉으로 우회시켰다. 국방군은 거니채지 못했다. 돌연 등 뒤에 전차가 나타나자 화들짝 놀랐다. 두 탱크가 국방군 진지에 직격포를 쏘아댔다. 국방군은 대열도 유지하지 못한 채 흩어졌다.

마침내 서울로 진입했다. 6월 28일 새벽 2시. 105전차여단의 1대대가 앞장섰다. 미아리 방어선을 뚫자마자 속력을 높였다. 18연대와 함께 중앙청으로 돌진해갔다. 돋을별이 밝아왔다. 중앙청에 인민공화국 깃발이 나부꼈다. 해방과 함께 서울시임시인민위원회를 구성했다. 오전 11시 30분 시청 앞에 모였다. '서울 해방 기념식'을 열었다. 개전 사흘 만의 개가다. 서울은 조선민주주의인민공화국에게도 헌법에 명시된 수도다. 인민군총참모부는 창경궁, 전선사령부는 중앙청에 자리잡았다.

인민군 4사단을 비롯해 서울에 들어온 인민군 사단들은 연희대 문과 건물인 문학관을 사령부로 활용했다. 연희대 교정 곳곳에 인민군들이 머물 막사가 설치됐다. 사령부는 종군기자들에게 기자실을 제공했다. 다름 아닌 문학관 반지하 7호실과 8호실이다. 이미 수강생 책상과 의자를 모두 복도로 내놓았다. 야전침대와 책상을 각각 두 개씩 넣어주었다. 당 기관지 기자에게 우선권이 주어졌다. 진철은 특권을 전혀 누리지 않아왔지만 이번에는 양보하지 않고 철학과 전용 강의실인 7호실을 먼저 선택했다. 종군기자용 책상과 야전침대도 수업 들을 때 즐겨 앉던 공간에 배치했다. 너무나 비현실적인 현실이 낯설면서도 낯익었다. 모든 것이 운명처럼 다가왔다, 헤겔과 맑스가 갈마들었다. 헤겔은 역사철학에서 '이성의 간계'를 주장했다. 맑스주의는 '전투적 실천'을 중시했다.

책상에 수첩을 꺼내놓고 톺아보니 3년 만이다. 지혜, 수철과 함께한 첫 수업 풍경이 나타났다. 하지만 추억에 잠길 상황은 아니다. 지혜의 집이 바로 옆 아닌가. 들뜬 마음을 가라앉히고 사령부로부터 받은 전황 자료에 서울 해방의 풍경을 더해 서둘러 기사를 작성했다. 인민군이 한강 앞에서 전진을 멈추면서 진철도 개전 이후 처음으로 자유로운 시간을 맞았다. 기사를 제출하자마자 곧바로 문학관, 아니 사령부를 나왔다. 어미산으로 열린 북문 고개를 지났다. 솔숲 오솔길에 들어섰다. 점점 빨리 걷다가 내처 달렸다. 멀리 언덕에 자리한 지혜의 집이 보였다. 누구에게도 입 벙긋 않았지만 한탄강 넘을 때부터 간절히 고대한 순간이다. 지혜를 곧 만난다는 희망에 종군의 피로감마저 느끼지 못했다.

마침내 정겨운 대문이 눈에 들어올 때 뜀박질을 멈췄다. 가빠진 숨을 고르며 걸었다. 궁티 뚝뚝 묻어나는 코흘리개들이 진철이 자취했던 판자촌 골목들에서 올라왔다. 인민군복 입은 진철을 끼룩끼룩 바라보았다. 눈망울엔 호기심이 가득했다. 지혜의 거처는 한결 고즈넉해 보였다. 모과나무 우듬지도 높아졌다. 지혜가 대학에 입학할 때 어머니가 마련한 한옥이다. 지혜는 그 집에서 외숙 가족과 함께 살았다. 판자촌 애옥살이와 달리 구롱은 별장촌이다. 홍제천이 굽어드는 병풍바위와 이어져 풍광이 좋다. 언덕 아래로 숲을 사이에 두고 판자촌이 자리했다. 빈부 차이가 확연했다.

지혜의 외숙은 스님이지만 가족을 이뤘다. 결혼을 허용하는 일본 불교의 영향을 받았다. 어머니는 독실한 불교 신자인 올케에게 지혜를 그늘러달라고 부탁했다. 봉원사와 가까운 한옥을 구입한 까닭이다. 외숙 내외로서도 절 가까운 곳에 살림집을 마련한 셈이다. 돌담 너머로 외숙모가 보였다. 빨래를 널고 있다. 그녀는 인민군복 차림으로 지혜를 찾는 진철을 알아보지 못했다. 통명부려 경계했다. 하지만 널어놓은 하얀 이불 천들을 누군가가 제친다. 곧바로 지혜의 눈부신 얼굴이 나타났다.

눈길이 마주친다. 지혜의 하얀 볼에 선홍빛이 퍼져간다. 나비처럼 날아와 문을 연 지혜도 문 앞의 진철도 눈물이 얇게 어린다. 진철이 내민 손을 지혜는 두 손으로 살부드럽게 감쌌다. 거실로 진철을 이끌었다. 악수한 두 손에서 오른손만 빼고 왼손으로 손을 잡은 채였다. 어색해서 진철이 손을 슬그머니 놓았다. 지혜가 흘끗 살피며 생긋뱅긋했다. 지혜가 가리킨 방석에 앉았다. 차를 내오겠다고 부엌으로 갔다. 진철은 아늑함에 잠긴다. 사방이 철학 책과 불교 경전으로 둘러싸였다. 비워둔 책꽂이에는 미륵반가사유상이 자리했다. 해탈의 미소가 진철을 잔잔히 바라본다. 조금 전까지 무참한 시신들을 보아서일까, 전쟁의 참혹함을 절감하면서도 나름 결기를 곧추 세워서일까. 지혜의 거처가 더없이 평화롭다. 별천지에 온 듯했다.

지혜가 하얀 찻잔을 쟁반에 들고 다가왔다. 성숙한 몸놀림이 우아하다. 마주앉을 때 전에는 미처 느끼지 못한 살내음이 향기롭게 풍긴다. 진철은 입술을 깨물듯 다물었다. 정신을 맑게 가다듬었다. 지혜가 진철의 얼굴을 조심스레 살핀다. 어색한 침묵을 떨치려는 듯 고운 입을 열었다.

"기어이 전쟁이 터지고 말았네요. 일어나서는 안 될 비극이지만 그래도 이렇게 진철 씨를 만나게 되는군요."

"그간 잘 지내셨습니까?"

"그럭저럭요. 근데 팔에 찬 완장을 보니 기자신가 봐요?"

"네, 종군기잡니다. 그나저나 지혜 씨는 예전보다 훨씬……."

예쁘다고 말하려 했다. 하지만 '건강해 보인다'고 바꿨다. 지혜가 진철의 속마음을 읽어서일까. 푸근히 바라보며 농말을 툭 던진다.

"진철 씨 군복 입은 모습이 어울려 보이는데요?"

"그렇습니까? 군복만 걸쳤을 뿐입니다. 종군기자는 군인이 아니거든요."

"다행이네요. 뭐라더라, 평양에 제가 아는 신문은…… 로동신문이라고 있지요?"

"그 신문에서 일하고 있습니다."

"어머, 정말요? 당 기관지 아닌가요? 남조선 출신인데도 발탁되었군요. 딴은 워낙 능력이 출중하니까요."

뜻밖의 '칭찬'이 민망스러워 지혜가 왜 그런 말을 할까 헤아린다. 이해하기 어려움에도 괜스레 어깨가 으쓱하다.

"문학관에 사단 사령부가 들어섰고 종군기자실도 마련되었습니다. 서울에 들어서자마자 문학관으로 들어가 기사를 보내고 오는 길인데요. 종군기자실이 어디인지 아세요?"

"문학관에 있다면…… 음, 저에게 물어보는 걸 보니 설마 우리 철학과 강의실이 종군기자실인가요?"

"과연 감각이 뛰어나시네요. 맞습니다."

"정말요? 진철 씨 감회가 남달랐겠어요. 참, 어찌 그럴 수가……. 학교 모습도 적잖이 바뀌었죠? 얼마 전 졸업식이 있었어요. 수철 씨가 진철 씨 이야기를 많이 했어요."

"모두 졸업했겠군요. 늦었지만 지혜 씨 졸업 축하합니다. 그리고…… 다시 만날 때 꼭 해야겠다고 별러둔 말이 있는데요."

"어머? 무슨 말씀을 하시려고……."

"아, 아닙니다. 그렇게 긴장하실 일은 아닙니다. 지혜 씨에게 인사도 못 하고 떠나 한탄강 넘어갈 때부터 다시 넘어올 때까지 내내 미안했습니다."

"그런 거라면 마음 놓으세요. 진철 씨가 남북연석회의에 참석하며 알리지 않은 상황, 머물게 된 이유, 설명하지 않으셔도 이해해요. 물론 아쉬움이랄까, 야속함이 전혀 없었다면 거짓말이겠지요."

"고맙습니다. 변명으로 들리겠지만 저는 지혜 씨를 다시 만날 수 있다는 육감이 들었어요. 3년째 접어들었지만 지금도 바로 어제 지혜 씨를 본 듯한 느낌입니다."

"감사합니다. 제 육감도 그랬어요. 진철 씨를 영영 못 만날 것 같지는 않았답니다."

"그런데 이수철 군은 지금 어디 있습니까?"

"졸업하기 전부터 동아일보에서 기자로 일했어요. 그러고 보니 진철 씨와 수철 씨는 신문기자가 된 것까지 같군요. 그 뒤 만나지 못했는데 졸업식에 와선 4월 1일부터 미국대사관에서 일한다더군요. 미국에 유학해서 정치철학을 더 공부하려는 것 같아요. 미국인들이 살아가는 일상의 현장에서 민주주의를 연구하고 싶다더군요. 엊그제 봉원사로 전화를 걸어 저에게 전해달라고 했다는데요. 대사관 따라 급히 일본으로 떠난 것 같아요."

다소 놀라면서도 안도했다. 동아일보를 거쳐 미 대사관에서 일한다는 사실에 흠칫했지만 자신이 친구의 곁을 지켜주지 못한 탓이라는 생각도 들었다. 어쨌든 전장에서 만날 가능성은 없어진 셈이라 마음을 놓았다. 지혜가 진철의 생각을 읽었는지 말을 보탰다.

"한편으로 얼마나 다행인지 모르겠어요. 두 사람이 총부리를 겨누는 비극은 없을 테니까요."

"저와 수철 군의 문제보다 이 참극이 어떻게 마무리될지 걱정입니다. 남북의 젊은이들이 서로 총을 겨눠 죽이리라곤 철학과 입학할 때 우리 모두 상상도 못 했잖습니까. 만일 미군이 개입한다면 문제는 훨씬 심각해지겠지요."

"미군의 개입…… 어떻게 전망하세요? 정말 진철 씨가 예전에 우려한 대로 우리 모두 불타는 섬에 갇히게 되는 걸까요?"

"현실이 어찌 전개될지 누구도 예측하기 어렵습니다."

"그렇다 하더라도 최소한 두 사람이 전장에서 맞부딪칠 일은 없는 거겠죠?"

"그렇겠지요. 일단은 제가 군인 아닌 기자거든요."

"제가 자꾸 두 사람 이야기를 꺼내는 건 시야가 좁아서만은 아니어요. 전쟁이 터진 다음날 진철 씨와 수철 씨가 서로 총을 겨누는 꿈을 꾸었어요."

"마음 놓으세요. 전장이 얼마나 넓은데 그런 일이 벌어지겠습니까. 더구나 수철 군은 일본에 있는데요. 게다가 공보 업무라면서요. 그런데 그 친구 이야기보다 사실 지혜 씨가 궁금했어요. 졸업하고 어디로 길을 찾고 있는지요."

"저는 대학원에 진학했어요. 마침 철학과에 대학원이 개설됐거든요. 가을 학기부터 공부할 생각에 부풀었는데 전쟁이 일어났으니 어찌 될지 모르겠네요. 남학생들과 달리 우리 여학생들에겐 취업할 문이 절대적으로 좁아요. 물론 그것 때문에 대학원에 들어간 것은 아니지만요."

"잘하셨어요. 지혜 씨라도 학교에 남기를 소망했습니다."

"꼭 학교에 남겠다는 건 아니어요. 철학의 길 언약을 이어갈 생각이 컸지요. 그런데 딱히 그걸 강단에서 해야 옳은지는 갈수록 의문이 들고 있어요. 진철 씨도 우리가 철학의 길에서 합의하고 결의한 언약을 잊으면 안 되는 거 알죠?"

철학의 길 언약. 진철에게 체화된 결의다. 하지만 그 말을 오랜만에, 그것도 지혜의 목소리로 들으니 새로웠다. 연희산등에 올라 살아갈 길을 언약했던 시공간이 섬광처럼 번쩍였다.

15
장

외침에 늘 강인한 생명력

기자실로 돌아와 야전침대에 누웠다. 지혜와 재회한 순간순간을 톺아보았다. 자신이 지혜를 얼마나 사랑하는지 확인했다. 철학의 길을 언약한 그날 지혜와 마주한 눈빛도 생생하다. 어느새 그날의 언약에서 4년 남짓 지났다. 지혜가 '언약'을 왜 새삼 꺼냈는지 헤아릴 수 있었다. 기실 철학 정립에 머리를 맞대야 할 시간 아닌가. 서로 '적진'에 몸담은 현실은 얼마나 생게망게한가. 전쟁에 휩쓸리더라도 문제의식만은 잊지 말자는 충정일 터다. 어쩌면 그게 아닐 수도 있다. 그날 토론에서 진철과 지혜는 서로 깊숙이 들여다보는 눈을 자주 마주쳤다. 미처 말로 표현은 못 했지만 서로 사랑을 느낀 순간을 상기하고 싫어서일 수도 있다. 아무튼 진철은 지혜 곁을 떠나기 싫었다. 조금 전 만났음에도 더 그립다. 육감적으로 다가와서일까. 지혜와 한 몸이 되는 분홍빛 상상에 잠겼다. 스스로 계면쩍어 지우려 했다. 하지만 그럴수록 더 짙어갔다.

다음날 이른 아침에 눈을 떴다. 간밤에 지혜 꿈을 꾼 듯했다. 포근포근 껴안았던 감촉이 아련히 남았다. 앞뒤 장면을 되살리려 애썼으나 가물가물했다. 비어 있던 옆자리 야전침대에는 낯선 종군기자가 다르랑다르랑 잠들어 있다. 어둑새벽에 도착한 듯했다. 아쉬움을 품고 일어났다. 강의실 창밖으로 그립던 교정이 고요히 들어왔다. 인민군들이 숙소로 머무는 막사들도 아직은 조용했다. 벅찬 가슴으로 철학 강의실, 아니 기자실을 나왔다. 아침 솔숲의 향기도 오랜만에 만끽했다. 하지만 한가로움에 빠질 때가 아니다. 인민군이 해방한 서울 풍경을 기사에 담아야 했다. 기사를 마무리할 때 기상나팔이 들려왔다. 간단히 식사를 마치고 곧장 서울시인민위원회를 찾았다.

진철은 신분증을 내밀고 들어갔다. 둘째 날이라 아직 체계가 잡히지 않았다. 붉은 완장을 차고 인민복 차림으로 청년들에게 지시하기 바쁜 중년의 사내에게 다가갔다. 〈로동신문〉 종군기자라고 밝히자 얼굴이 긴장했다. 노덕술의 행적을 알고 있는지 물었다.

"기자 동지, 그렇지 않아도 우리도 놈의 행방을 추적했소. 놈은 남조선 경찰 간부들과 일찌감치 한강 너머로 토꼈더군요."

"아쉽네요. 정말이지 인민의 심판을 받아야 할 놈인데 말입니다."

"본래 그런 놈들이 더 약삭빠르게 도망치지 않습니까? 하지만 기자 동지! 너무 실망하지 말라요. 놈이 토껴야 벼룩 뛰기일 뿐입니다. 우리가 조국 통일을 이루면 제 깐에 난다 긴다 하겠지만 놈이 조선 천지 어디에 숨을 곳 있겠습니까?"

진철은 미소로 화답했다. 이어 김삼룡과 이주하의 빈소를 찾았다. 국방군은 전쟁이 일어난 바로 다음날 수감 중인 남로당의 두 지도자를 전격 처형했다. 남로당 지하조직을 총괄하던 두 혁명가의 죽음으로 박헌영 부수상이 자신의 장담을 현실화할 가능성, 그나마 남아 있던 실낱 희망은 사라졌다. 김삼룡과 이주하가 감옥에서 살아나온다면 아직 남아 있을 지하조직망을 동원할 수 있을 법했다. 진철이 애도를 표하고 나갈 때다. 누군가 뒤를 따라오며 이름을 불렀다. 돌아보았다. 이진선 선배다.

"여기서 비로소 인사 나누는군요. 로동신문에 들어온 걸 환영해주지 못해 미안합니다."

김삼룡과 이주하의 처형에 눈물을 쏟아서일까. 두 눈 둘레가 모두 불그스름하고 눈초리도 촉촉했지만 눈길만은 더없이 다사롭다.

"아, 아닙니다. 제가 죄송하지요. 선배, 말씀 많이 들었습니다. 그럴 수밖에 없는 사정 알고 있습니다."

"지금도 사실 자유롭진 않아요. 하지만 이제 남조선을 해방하면 당 안팎에서 언론의 자유를 누리는 세상을 만들어가야겠지요. 그래요, 다시 시작하는 겁니다. 로동신문도 잘 만들어갑시다."

"선배가 계셔서 든든합니다."

"고마워요. 그런데 그런 말조차 북조선 사람들은 싫어합디다. 파당을 짓는 행태라고 보니 조심하세요. 지금 모교에 머물고 있는 거죠?"

"네, 철학과 강의실이 종군기자실입니다."

"하, 그래요? 우리 후배님은 전투적 철학의 현장에서 철학적 전투를 하겠군요."

"그런 건가요."

"나도 학교에 가보고 싶은데 총참모부와 전선사령부를 담당하고 있습니다. 그럼 이만 찢어져 일하러 갑시다."

"아, 네, 선배님, 몸조심하십시오."

"그럴게요. 정진철 기자도 건투하세요. 꼭 살아서 다시 봅시다."

사려 깊은 눈길을 건네고 뚜벅뚜벅 걸어가는 선배의 뒷모습을 바라보았다. '전투적 철학의 현장에서 철학적 전투를 한다'는 멋진 말에 새삼 기사를 쓰고 싶은 의욕이 솟아올랐다. 곧장 취재에 나서 서대문형무소 옆 영천시장으로 들어섰다. 임신으로 배가 부푼 아낙이 천천히 걸어왔다. 다가가서 〈로동신문〉 기자임을 밝혔다. 선뜻 취재에 응해주었다.

나이는 스무 살, 이름은 최길순이라고 당당히 밝혔다. 지독히 가난하게 살아왔기에 공산주의가 '모두 잘 사는 사회를 만들겠다'고 해서 기대했단다. 하지만 인민들에게 배급하는 식량과 인민군들이 먹는 밥이 다르더라고 실망감을 드러냈다. 기사를 써야 할지 망설였다. 결국 김삼룡, 이주하의 애석한 처형과 노덕술의 줄걸음만 기사에 담았다. 딴은 그녀의 이름을 기사에 넣기도 꺼림칙했다. 속전속결에 도움 될 기사를 쓰자고 새삼 다짐했다. 그럼에도 아낙의 서러운 한마디가 여운으로 남았다. 최길순이 고향에서 남로당 심부름을 했었다고 밝혔기에 더 그랬다. 친정어머니는 딸이 자칫 경찰에 걸려들까 싶었다. 서울의 음식점에서 일하는 이웃 마을의 착한 청년과 서둘러 혼사를 치렀다. 진철은 아낙의 '실망'을 되새겼다. 전시라 해도 인민군 밥과 인민의 밥이 다르다면 문제 아닌가. 가난해서 중학교 입학도 못 한 채 남로당 심부름을 했다는 최길순의 시선이 곧 민중의 관점이라 판단했다. 그것을 기사화하지 못한 자신이 점점 더 부끄럽다.

짬을 내어 다시 지혜에게 들렀다. 지혜는 된장찌개와 콩나물무침을 정갈히 준비해두었다. 예상하지 못했기에 감동이 더 컸다. 전시에 어울리지 않은 밥상을 그것도 지혜로부터 받아들자 콧잔등이 새큰했다. 쌀밥을 먹다 보니 영천시장에서 취재한 최길순이 다시 떠올랐다. 목이 메었다. 깨끗이 밥그릇을 비우고 팔을 걷으며 설거지에 나서자 지혜가 만류했다. 하지만 남녀 평등은 동학 가르침이기도 하다는 진철의 말에 환하게 웃으며 고개를 가볍게 끄덕였다. 그릇을 헹구며 지혜에게 아낙 이야기를 전했다. 선뜻 공감해주었다. 임신했으면 잘 먹어야 할 텐데 전쟁이 터져서 안타깝다면서도 진철을 위로했다.

"인민군 사령부가 새겨들어야 할 말이네요. 하지만 지금 급박한 전시이니까요. 기사 쓰지 못했다고 너무 자책하지는 마세요. 종군기자실이 사령부 안에 있다면서요. 말로 전해주면 어떻겠어요?"

"그러면 되겠군요. 좋은 생각이네요."

"그리고 진철 씨, 우리 조선 여성들은 강하답니다. 저보다도 어린 나이이지만 태아를 잘 보듬으며 꿋꿋이 견뎌낼 거예요. 설령 전쟁이 끝나지 않아 남편 없이 홀로 출산하게 되더라도 예쁜 아기 낳아 착하게 기르겠지요. 진철 씨가 늘 강조해온 우리 민중들은 수많은 침략을 당하면서도 언제나 싱그러운 생명력으로 조선 역사를 연면히 이어왔잖아요. 너무 걱정 마세요."

"그럴까요?"

"그럼요. 사실 지금 가장 걱정해야 할 사람은 인민군을 따라가며 전쟁을 취재하는 진철 씨입니다. 앞으로 전투 현장에 너무 가까이 가지 않겠다고 약속해주세요."

진철은 선뜻 그러겠다고 화답했다. 지혜의 너른 마음씨에 새삼 매혹됐다. 하루 내내 취재하다가 저녁이면 지혜를 다시 만날 수 있었다. 마치 집으로 퇴근하는 듯 행복감이 밀물처럼 가슴에 들어왔다. 물론 설거지를 마친 뒤엔 종군기자실로 복귀해 기사를 쓰거나 취재 수첩을 정리했다.

인민군은 사흘째 한강 앞에 머물렀다. 이승만이 도주하며 6월 28일 새벽에 한강 다리들을 폭파했다. 하지만 진격이 늦춰진 까닭은 따로 있다. 진철의 질문에 사단장은 '군사기밀'이라고 짧게 답했다. 장교덕 연대장이 '보도는 말라'며 넌지시 일러주었다. 전면전에 들어가며 4사단이 3사단, 6사단과 서부전선을 맡고 동부전선의 2사단과 12사단은 각각 춘천과 홍천으로 진격했다. 작전 계획에 따르면 2사단이 춘천에서 가평을 거쳐 수원으로 들어가야 했다. 서울을 해방한 4사단과 수원을 점령한 2사단 사이에 놓인 국방군 주력을 포위해 무력화한다는 전략이다. 그런데 2사단과 12사단이 춘천과 홍천 앞에서 주춤했다. 작전에 큰 차질이 빚어진 셈이다. 장 연대장은 4사단이 서부전선에서만 한강을 넘어 진격하면 자칫 동쪽의 국방군이 서울로 반격해올 수 있기에 위험하다고 귀띔했다. 실제로 동부전선은 양상이 사뭇 달랐다. 국방군이 육탄돌격대까지 결성하며 방어했다. 전차에 뛰어올라 수류탄을 던져 진격을 가리틀었다. 더구나 춘천을 지키는 국방군의 포격이 아주 정확했다. 인민군 2사단은 전력의 절반을 잃을 정도로 큰 손실을 입었다. 애초 계획보다 사흘이나 늦은 7월 1일 새벽이 되어서야 양평에서 한강을 넘었다.

때맞춰 서울에 머물던 4사단도 도하에 나섰다. 밤을 틈타 뼈대가 남은 철교에 두꺼운 목재를 깔았다. 그 위로 전차가 한강을 건넜다. 인민군이 탱크를 앞세워 돌진하자 국방군의 영등포 방어선은 무너졌다. 그럼에도 진철은 불안했다. 약산도 우려했듯이 미군의 개입 여부가 전쟁의 큰 변수다. 동부전선의 더딘 진격으로 국방군 대부분을 생포한다는 계획도 이미 일그러졌다. 김일성 수상은 작전 차질의 책임을 물어 2사단장과 12사단장을 전격 해임했다. 두 사단의 상급자인 2군단장도 교체했다. 반면에 국방군은 병력을 보존할 수 있었다. 미국과 유엔이 곧 군대를 보낸다는 소식마저 들려왔다. 몹시 뒤숭숭했다.

16장

낙동강 잠긴 피바다

한강을 넘은 인민군은 비상한 각오를 다졌다. 다시 속전속결에 나서 7월 4일 수원에 들어섰다. 물밀 듯이 나아가 오산에 이르렀을 때다. 기어이 미군과 맞닥트렸다. 전쟁은 새 국면으로 접어들었다.

미군은 일본제국을 패망시킨 군대다. 원자폭탄을 보유한 세계 최강을 자부했다. 미 극동군 사령관 맥아더는 일본 규슈에 주둔한 24사단의 스미스대대를 차출했다. 항공편으로 긴급 투입하며 자신만만했다.

하지만 미군은 첫 전투에서 무참히 패배했다. 김일성 수상은 승리를 이끈 18연대를 '근위연대'로 공식 명명했다. 연대장

장교덕은 '영웅' 칭호를 받고 사단장으로 승진했다. 병사들의 우레 박수를 받으며 4사단을 떠났다.

승리를 자축한 인민군 전차부대가 일렬로 평택을 가로질러 갈 때다. 미군 B-29 폭격기가 처음 나타났다. 진철은 지혜와 함께 할 미래를 그리며 남하하는 인민군을 따라가고 있었다.

하늘에서 돌연 우렁우렁 굉음이 들렸다. 커다란 비행기들이 불쑥 기체를 드러냈다. 진철은 그저 우두커니 바라만 보았다. 바로 옆에서 고함이 울렸다.

"폭격기다! 피하라!"

그때야 비로소 상황을 깨달았다. 인민군들은 이미 대열에서 흩어졌다. 진철도 그들을 따라 길섶 아래 논두렁에 몸을 던졌다. 폭격기들이 마구 폭탄을 쏟아부었다. 화산이 터진 듯 불기둥이 치솟았다. 연쇄 폭발로 파편들이 날아다닌다.

생지옥을 절감했다. 진철은 저도 몰래 두 손으로 머리를 감쌌다. 논두렁으로 빨려들 만큼 바짝 붙어 웅크렸다.

"쿵! 쿵! 쾅!"

폭탄이 끝없이 터진다. 그때마다 흙과 돌들이 온몸에 우르르 떨어졌다. 눈이 질끈질끈 감겼다. 진철의 등에 무언가 쿵 떨어졌다. 결코 가볍지 않은 타격에 부르르 떨었다. 하지만 다친 느낌이 없다. 파편은 아니라고 안도하면서 가늘게 눈을 뜨고 살폈다. 어느 인민군의 잘린 팔뚝이다. 피가 뚝뚝 흘렀다.

진철은 공포에 사로잡혔다. 자신의 팔이나 다리도 언제 날아갈지 몰랐다. 임진강 자라가 더없이 부러웠다. 얼마나 흘렀을까. 105전차여단장 류경수의 속니를 가는 고함이 들렸다.

"경계 해제!"

진철과 인민군들이 하나둘 일어섰다. 눈앞의 풍경은 처참했다. 전차가 38대나 부서졌다. 파괴된 전차에는 갈기갈기 찢어진 시신이 널려 있었다. 폭격기에 따발총으로 맞서 끝까지 대응 사격을 하던 인민군들이다.

폭격은 탱크만 겨냥하지 않았다. 자주포 9대, 트럭 117대도 파손됐다. 그날부터 전차는 밤이나 미명에 움직일 수밖에 없었다. 낮에는 창고나 터널 또는 숲속에 숨었다.

미군의 화력은 가공했다. 진철은 비행기 소리만 나도 등골이 섬뜩섬뜩했다. 자신의 팔과 다리는 물론 뇌수와 심장도 탱크 여기저기로 튈 수 있었다. 자신의 몸이 포신이나 전차바퀴에 피딱지처럼 너덜너덜 붙어 있는 상상은 끔찍했다. 예기치 못한 순간에 현실이 될 수 있어 더 그랬다.

진철의 꼭뒤를 누르던 공포감은 대전 전투를 거치면서 수그러들었다. 이건무의 4사단은 대전에서 미군 24사단과 정면으로 맞붙었다. 급파한 대대가 참패했기에 24사단 전체가 만반의 준비를 갖추고 설욕에 나섰다. 폭격기 지원까지 받았다.

하지만 인민군 4사단은 미군에 맞서 쪼끔도 굴함 없이 싸웠다. 3사단과 협공해 대승을 거뒀다. 승리를 자신하며 기염을 토하던 사단장 윌리엄 딘 장군은 도망치다가 고립됐다. 신분을 감추고 배회하던 딘 소장은 농민의 신고로 인민군에 체포되었다. 24사단 병력 40퍼센트가 죽거나 다쳤다.

미군 지휘부는 경악했다. 사단과 사단이 맞붙은 전투에서 공군이 지원했음에도 완패하자 크게 술렁였다. 인민군의 전투력이 일본군보다 강하다고 분석한 긴급 보고서들이 미국 대통령 트루먼의 책상에 쌓였다.

인민군이 대전을 해방했을 때 온갖 참상이 드러났다. 이승만 정권이 저지른 학살극이 대표적이다. 대전형무소에 갇혀 있던 수천 명이 집단학살 당했다는 민원이 접수됐다. 대부분 정치범 또는 사상범이다. 진철은 취재에 나섰다. 대전 산내 골령골을 찾았다. 이미 흙을 파내고 있었다. 비가 내리지 않았음에도 흙덩이들이 질커덕질커덕 진창이다. 의아했다. 눈여겨 살펴보니 피의 곤죽이다.

곧이어 참혹한 시신들이 나타났다. 모두 뒷머리에 총구멍이 났다. 학살 당시 현장에 있던 이들을 취재했다. 많은 사람이 이관술의 최후를 증언했다. 일제 강점기에 체포된 이관술은 노덕술의 살인적 고문에도 당당했다. 해방을 맞아 약산이 활동한 민전의 중앙위원으로 일했다. 그를 다시 체포한 자가 노덕술이다.

이관술은 서대문형무소의 김삼룡, 이주하와 달리 사형수도 아니다. 헌병 장교 심용현이 현장을 지휘했다. 그가 직접 이관술의 머리에 총을 쏘았다. 마지막 순간에도 "조선민족 만세"를 외쳤다. 끌고 온 수천 명을 차례차례 구덩이 앞에 일렬로 세웠다. 뒤통수를 쏘아댄 군경들의 바지는 하얀 골수로 홍건하게 젖었다.

진철은 치를 떨었다. 이관술과 수천의 원혼을 애도했다. 학살을 지휘한 장교와 집행한 병사들의 바지마다 튀었다는 하얀 뇌수는 살해범을 낱낱이 고발하는 최후의 투쟁이었을까.

대전 인민위원회는 학살자 체포에 나섰다. 학살에 가담한 국방군 장교와 판검사는 사형에 처한다는 방침이 세워졌다. 심용현은 이미 남쪽으로 내뺐다. 진철은 남하하는 4사단을 따라 나섰다.

금강을 가뿐히 넘은 인민군의 사기는 드높았다. 미군의 폭격을 피해가면서 민첩히 진격했다. 영동에 들어서서 진군할 때 노근리 쌍굴다리에서 또다시 민간인들이 무참히 학살당한 모습을 목격했다. 총알과 폭탄 파편으로 보아 미군의 소행이 분명했다. 인민군들은 학살 현장이 나타날 때마다 공분했고 자신들이 왜 싸워야 하는지를 절감했다. 영동을 지나 빠르게 함양과 거창으로 전진해갔다. 마침내 낙동강에 이르렀다.

김일성은 고무됐다. 7월 20일 충주 수안보까지 내려왔다. 8월 15일 안에 반드시 부산을 해방하라고 독려했다. 1군단장 김웅은 이건무를 비롯해 사단장들을 불러 작전 계획을 세웠다.

드디어 낙동강 돌파에 돌입했다. 네 방면으로 동시 공격했다. 경부도로를 따라 대구 공격, 창녕 서쪽의 낙동강 돌출부 공격, 남해안을 따라 마산 공격, 동해안 도로를 따라 포항 공격이 그것이다. 최종 목표는 모두 부산이다. 미군과 국방군은 다급했다. 왜관 철교를 비롯한 낙동강의 모든 다리를 폭파하고 사수에 나섰다.

진철이 종군한 4사단은 의령에 지휘부를 세웠다. 미군이 눈치채지 못하게 밤마다 수중보 설치에 나섰다. 낙동강 수면 아래 20~30센티미터까지 암석과 나무, 자갈을 채운 가마니를 쌓았다. 폭 5미터로 은밀히 완료한 8월 8일 밤에 수중교로 강을 건넜다. 전차와 야포가 지원했다. 강변을 지키던 미군 2사단과 24사단은 느닷없이 나타난 인민군에 깜짝 놀라 후퇴했다.

그때 진철은 어쩌면 전쟁이 곧 끝날 수 있겠다고 생각했다. 하지만 한 가닥 불길한 예감이 기어이 현실로 나타났다. 미군은 낙동강 방어선마저 무너질 수 있다는 위기감을 느꼈다. 맥아더는 일본에 있는 극동공군사령부의 폭격기들을 모조리 출격시켰다.

8월 16일 낙동강 하늘을 미군 전폭기가 가득 덮었다. B-29 폭격기 98대가 바다 건너 왜관 서북방 상공에 이르렀다. 26분이라는 짧은 시간에 960톤에 이르는 폭탄을 퍼부었다.

인민군 주력 4만 가운데 3만 명이 전사했다. 1초에 20명, 1분에 1150명꼴로 목숨을 잃은 셈이다. 저들이 '융단폭격'으로 부르는 집중폭격은 상상을 넘어섰다. 인민군 지휘관들은 곤혹감을 감추지 못했다. 지휘부와 함께 참호에 있던 진철은 잔뜩 곱송그렸다. 바싹 다가온 죽음 앞에서 자라처럼 숨고 싶었다. 집중폭격이 쓸고 간 낙동강 서쪽 강변은 인민군 피로 흥건했다. 강물도 붉은 피로 물들었다. 낙동강이 피바다에 잠긴 살풍경이다.

주검들 사이에서 부상자들은 신음을 토했다. 살아남아 참상과 마주친 인민군들은 더러 울부짖었고 더러는 쪼그리고 욕지기질을 하거나 하늘을 흘겨보며 미군을 저주했다. 중국 대륙에서 숱한 항일전을 펼칠 때도 미처 겪지 못한 불지옥에 모두 몸서리쳤다. 그때부터 인민군에게 '미 제국주의는 철천지원수'가 되었다.

17장

집단학살에 살스런 대갚음

낙동강까지 내려오며 연민에 잠길 때가 잦았다. 국방군과 미군 시체를 날마다 마주했다. 그런데 전황이 급변했다. 지금까지 보아온 그들의 시신보다 훨씬 많은 인민군의 주검을 목도했다. 그간의 연민이 사치였음을 단박에 깨쳤다.

인민군 손실이 무장 커져가자 남쪽의 청년들을 의용군으로 대거 동원했다. 해방한 남조선 지역은 이미 조선민주주의인민공화국 영토이므로 공화국 공민으로서 의무라는 논리를 세웠다. 만 18세부터 36세까지 민중을 대상으로 동원령을 선포했다.

집회를 통한 징집이 효과가 컸다. 학교와 공장, 마을마다 집회를 열었다. 처음에는 2~10일에 걸쳐 군사 훈련을 했지만 나중에는 신체검사만으로 낙동강 전선에 배치했다. 학생과 노동인들이 대다수인 인민의용군 규모는 10만 명을 훌쩍 넘었다.

진철은 앳된 주검들을 볼 때마다 심장이 아려왔다. 불지옥에서 살아남아도 생지옥이다. 무시로 B-29 폭격기들이 폭탄을 잔뜩 싣고 왔다. 마치 악마가 물찌똥을 내깔기듯 폭탄을 떨궈댔다. 갈수록 인민군은 물론 의용군 사상자가 늘어났다. B-29가 언제 나타날지 아무도 몰랐다. 대포알이 어디서 날아올지 예측할 수도 없었다. 낙동강 전선의 종군기자들에게 최전선에서 한 발 물러서라는 지침이 내려왔다.

진철이 성주로 물러서는 길도 참담했다. 낙동강 주변만이 아니다. 산자락과 맞닿은 밭이나 숲정이 곳곳에서 인민군 주검을 발견했다. 피범벅 송장은 예사다. 길옆의 논두렁에 얼굴 묻은 시신엔 울컥했다. 동무를 묻어줄 겨를도 없을 만큼 다급했을까. 시신이 지천에 깔린 채 방치되었다.

그럼에도 낙동강을 건너겠다는 피란민들을 보았다. '쌕쌕이'가 툭하면 나타나 기총 사격을 해대는데도 그랬다. 쿵쿵 대포 소리를 들으면서도 봇짐을 지게 또는 머리에 이고 강을 건너려는 피란민들을 이해할 수 없었다. 길목을 지키는 인민의용군이 아무리 설득해도 듣지 않았다. 피란민들은 발걸음 돌리지 않고 버텼다.

눈딱부리 의용군이 하릴없이 윽박질렀다.

"쌕쌕이한테 불벼락 만나기 전에 살던 곳으로 빨리 돌아가시오!"

절로 쓴웃음이 나왔다. 그럼에도 피란민들이 망설일 때다. 정말 쌕쌕이가 나타났다. 진철은 날래게 길옆으로 몸을 굴렸다. 나름으로 산전수전 숱한 경험을 해서다.

눈딱부리가 눈을 치떴다. 피란민들을 길옆으로 밀치며 흩어지라고 소리쳤다. 그 서슬에 피란민들은 가재도구들을 팽개치고 주변 과수원과 콩밭으로 후다닥 몸을 피했다.

공습이 끝나고 피란민들은 하나둘 고개를 들었다. 딱부리 눈으로 고래고래 고함치던 의용군이 보이지 않았다. 기총 사격을 당해 온몸이 벌집처럼 된 시신을 길바닥에서 발견했다 군복이 아예 빨간색이다. 피란민들은 저마다 눈물을 흘렸다. 자신들을 살리려 최선을 다한 순박한 모습이 아른거렸다. 형체를 알아보기 어려운 의용군 앞에 모두 숙연했다. 어른들은 아이의 눈을 가리며 고개 숙여 명복을 빌고 발걸음 돌렸다.

진철은 부끄러워 자라목이 되었다. 아무리 얼떨결이라도 저 혼자 피했다. 자신과 달리 끝까지 피란민들을 위해 소임을 다한 인민의용군과 너무 대조적이지 않은가. 참회하며 그를 기리고 싶었다. 기사를 쓰려고 구멍 숭숭한 군복을 살폈다. 총알이 의용군신분증을 뚫어 '윤규'라는 이름만 가까스로 알아냈다.

생지옥에서도 아이들은 하하거렸다. 낙동강 지천에서 피라미와 수수미꾸리를 잡았다. 감자를 구워 먹으며 딱따그르르했다. 비행기 소리만 나면 허겁지겁 풀숲에 숨어 옹송그렸다. 진철은 눈을 슴벅거렸다. 밤에는 늑대나 여우가 살금살금 나타났다. 피란민들의 고통이 가중되었다. 어른들이 아이들을 한가운데 몰아 재우며 불침번을 섰다. 마치 아프리카 들소들이 새끼들을 둘러싸고 사자에 맞서듯 했다.

미군 폭격은 군인과 민간인을 가리지 않았다. 명백한 전쟁범죄다. 진철은 미군의 야만적인 폭격에 부르르 떨었다. 숱한 민중이 폭탄에 죽어가는 참상을 기사에 담았다.

공습은 갈수록 무자비했다. 오폭도 셀 수 없이 잦았다. 마을사람들이 찌는 무더위를 피해 냇가에서 더러는 빨래하고 더러는 미역 감을 때다. 폭격기가 나타났다. 덜컥 겁이 나 집으로 냅다 뛰었다. 그 길에 폭탄을 떨어트렸다. 일흔한 살에서 두 살까지 한 가족 9명이 몰살했다. 숱한 사상자로 마을은 쑥대밭되었다.

진철은 민중의 관점에서 지며리 취재해갔다. 성주군 초전면의 농민이 귀한 증언을 했다. 국방군과 경찰이 마을에 들어오면 부녀자들을 능욕하고 재물을 강탈했단다. 하지만 인민군은 다르다고 밝혔다.

"이승만 군대나 경찰하고는 너무 달라. 우리한테 친절하고 엄청 잘해줘. 무슨 교육을 철저히 받은 것 같더군. 부녀자들 희롱한다든지 그런 말 듣지 못했으니까. 말 한마디도 나쁜 소리는 하지 않아. 어른 섬길 줄 알고 지나가는 애들도 안아주고 그러더군. 민심이 쏠리게 되어 있지."

진철은 힘이 났다. 농민의 증언을 기사화했다. 이승만의 경찰과 군인은 일본제국주의에 충성한 자들이 많고 제대로 민주주의 교육을 받은 경험도 없다고 썼다.

물론 인민군도 민폐를 끼쳤다. 날마다 날아든 미군 폭격기가 보급로를 끊어 옴나위없는 상황에서 하릴없이 가축을 식용으로 징발했다. 전쟁이 끝난 뒤 반드시 갚겠다는 차용증을 끊어주었지만, 미군이 참전한 마당에 그런 날이 과연 올지 낙관할 수 없었다.

성주를 해방했을 때 기사 작성을 유보한 사건도 일어났다. 친일파로 반동적 행위를 일삼아온 자들을 처벌할 필요가 있었다. 치안을 확보하고 인민위원회 중심으로 질서를 세워야 했다. 현지 실정에 밝은 청년들로 치안대를 조직했다. 반동분자 색출에 나섰다. 그런데 치안대는 마을을 샅샅이 뒤져 찾아내는 데 그치지 않았다. 체포한 반동분자 대부분을 직접 처단했다.

반동분자라 해도 즉결 처형은 불법이다. 성주군 내무서가 나섰다. 치안대의 독자적인 처단을 엄금하는 긴급 지시를 내렸다. 하지만 그 이후에도 곳곳에서 자행되었다. 나름의 이유가 있었다. 되우 억울해서다. 면 치안대의 핵심 간부 대부분은 보도연맹 집단학살에서 가까스로 살아남은 사람들이다. 한이 맺힐 수밖에 없었다.

국민보도연맹은 1949년에 출범했다. 공산주의 사상을 버리면 보호해준다며 만든 관변단체다. 이승만의 약속을 믿고 오해를 받기 싫어 서명한 사람도 있다. 가입하면 쌀 한 바가지 또는 비료 한 포대를 주었기에 들어간 이도 많다. 보도연맹 성주지부는 1950년 초에 조직됐다. 전쟁이 일어나자 '보호' 약속은 '살해'로 나타났다. 인민군이 다가올 때 성주 경찰들은 대구로 도망갔다. 그에 앞서 상부의 지시라며 보도연맹원들을 학살했다.

성주에서 최소 90명이 살해됐다. 최대 260명이라는 보고서도 인민위원회에 제출됐다. 대전 산내에서 일어난 사건과 성격이 같다. 진철은 영동 노근리까지 담아 남조선 곳곳에서 천인공노할 집단학살 사건이 일어났다고 기사를 작성했다.

학살의 후과다. 인민군이 성주를 해방하자 상황이 달라졌다. 치안대가 즉결 처형한 대상은 경찰과 경찰정보원, 대한청년단원, 지주들로 40여 명에 이르렀다. '눈에는 눈, 이에는 이' 식으로 잔혹한 처형을 대갚음한 셈이다. 가족이 친일파들에게 처참하게 학살당한 청년들의 가슴은 복수심으로 활활 불탔다. 인민위원회 권위도 먹혀들지 않았다. 살스런 앙갚음 처단이 속속 불거졌다. 심지어 당사자가 그림자마저 감추었을 때 가족을 대리 학살하는 불법도 무람없이 저질렀다.

에둘러서 완곡히 기사를 썼다. 정치 교육의 중요성을 부각했다. 마침 박헌영 부수상이 해방 지역의 인민군들과 인민위원회에 정치 교육의 시급성을 강조하고 나섰다. 진철은 선전선동의 문제점도 수첩에 적었다. 당장은 아니지만 언젠가 글을 쓸 요량으로 갈무리했다.

당은 선전선동 사업을 전투적으로 이어갔다. 끊임없이 집단적 모임을 열었다. 해방 지역의 민중이 의무적으로 참여하도록 강제했다. 그 성과는 물론 컸다. 전쟁 수행과 치안 확보에 도움이 됐다. 하지만 미국이 개입을 결정하고 전폭기들이 무시로 공습하면서 달라졌다. 선전선동 사업의 일방적 강요 분위기에 민중들의 반발이 커져갔다.

더구나 스탈린 사진이 거부감을 자아냈다. 늘 함께 붙은 김일성 사진의 효과도 어금버금했다. 당은 스탈린처럼 김일성 장군도 불세출의 영웅이자 군사적 천재라고 열렬히 선전선동했다. 하지만 전선이 고착된 현실은 의문을 일으킬 수밖에 없었다.

게다가 미군의 선전선동이 본격화했다. 융단폭격이 그렇듯 상상을 넘어섰다. 전쟁에 개입한 직후부터 전단지가 가파르게 늘어났다. 드디어는 '선전선동 폭탄'을 터트렸다. B-29가 날아와 '삐라 폭탄'을 쏟았다. 그것도 초토화 폭격 직후다. B-29 폭격기에 탑재할 폭탄 탄피 안에 삐라를 넣어 떨어트렸다. 한 통에 2만여 장이 들어갔다.

진철은 종군기자로서 눈여겨 분석했다. 삐라는 윗부분에 크게 "경고"를 새겼다. 인민군들이 잠자는 막사로 줄줄이 떨어지는 폭탄들을 큼직하게 담았다. 아래에는 "목숨을 살려라"라고 써놓았다. 같잖게 볼 수만은 없었다. 융단폭격을 경험하고 그 삐라를 읽으면 어떨까. 누구든 폭탄이 한밤에 막사로 떨어질까 걱정할 터다. 잠 못 이루며 공포에 젖지 않을까.

다른 삐라도 자극적이다. "지게와 마차로 삐 29와 젯트기에 대항이 되겠는가!" 조롱했다. 낙동강 전선의 인민군과 의용군들은 초토화 폭탄으로 계속 죽어갔고 그 지옥에서 살아남아도 선전선동 폭탄에 노출됐다.

삐라 유형은 다양했다. 두루 사기 저하를 겨냥했다. 더러는 투항을 권고하며 안전을 보장했다. 향수를 자극해 전의 상실을 유도했다. 공산당 체제와 당 지도부에 비판도 담았다.

한 의용군이 코를 박듯 들여다본 삐라를 살폈다. "백성들은 곤궁에 빠져 있는데/ 공산당 관리는 환락에 취하고 있다"라는 글씨가 큼직했다. 그림 오른쪽에 작은 주먹밥을 중심으로 부부가 네 명의 자녀 뒷전에 앉아 있다. 아이들도 어린 두 명만 밥덩이 앞에 선 모습을 형상화했다. 그림 왼쪽은 정반대다. 인민복을 입은 공산당원이 중심이다. 좌우에 각각 빨간색, 노란색 저고리를 입은 젊은 여성과 술판을 벌인다. 밥상은 각종 고기를 담은 접시로 가득하다. 한 여성이 젓가락으로 안주를 먹여준다. 다른 여성은 담배를 손에 든 채 추파를 보낸다.

의용군들이 점점 굶주린 채 싸우고 있었기에 삐라를 보면 흔들릴 법하다. 하지만 뜯어볼수록 분개심이 일었다. 너무 뻔지르르하다는 생각이 들었다. 평양에서 이태 넘게 살아온 진철이 아는 한 공산당 관료 가운데 비슷한 자는 없다. 오히려 친일 지주들이나 이승만 도당과 어울리는 그림 아닌가.

가난한 가족을 그린 싸구려 감상주의도 역겨웠다. 어떤 놈이 이 따위로 현실을 왜곡할까 화가 치밀었다. 진철은 기사를 제출하며 끝자락에 '추신'을 붙였다. 삐라 제작비도 절약하고 역공 효과도 볼 겸 그림만 조금 수정하고 제목 일곱 글자를 바꿔도 좋겠다고 건의했다.

며칠 뒤에 인민군이 뿌린 삐라를 보았다. 진철이 제안한 대로 인민복 그림을 살짝 고치고 "백성들은 곤궁에 빠져 있는데/ 리승만 역도들은 환락에 취하고 있다"로 글자를 바꿨다.

곧이어 종군기자들에게 총참모부의 통지문이 전달됐다. 삐라에 적극 의견을 내라는 지시다. 진철은 거침없이 제안했다. 국방군 수뇌부가 대부분 일본군 장교로 활동했음을 부각하자고 썼다. 실제로 낙동강 전선에 새 삐라가 뿌려졌다. 진철의 의견이 고스란히 반영됐다. 국방군 지휘관 "리종찬, 백선엽, 김석원"이 일본군 철모를 쓴 얼굴을 그려놓았다. "8·15전 일제장교로 복무"한 세 사람의 일본식 이름을 병기했다. 이어 "해방 후엔 미국 앞잡이가 됐다"고 풍자했다.

국방군 1사단장 백선엽 삐라도 등장했다. 낙동강을 방어하는 백선엽은 일제의 간도특설대 장교였다. 삐라는 큼직하게 글을 새겼다.

"왜놈의 앞잡이로 독립군을 학살하던 백선엽 이놈/ 지금은 미국놈의 개가 되어 당신들을 양키놈의 대포밥으로 몰아세우고 있다."

파장이 컸다. 국방군 이탈자가 적잖이 속출했다. 자신들에게 진지를 사수하라고 명령하는 지휘관이 일본군이었다? 더욱이 독립군들을 토벌하던 간도특설대 장교였다? 그 삐라는 국방군의 사기를 현저히 떨어트렸다. 반대로 흔들리던 인민의용군 사기를 높여주었다.

18장

소년을 묻을 때 또 쌕쌕이가

진철은 속전속결 희망을 버리지 못했다. 객관적으로 이룰 수 없는 꿈이 되었음에도 그랬다. 통일을 이루면 김일성 우상화 작업에 제동이 걸리지 않을까. 38선 이북보다 인구가 두 배인 이남의 민중을 의식할 수밖에 없지 않을까. 하여, 김원봉과 박헌영의 발언권이 커지고 남쪽의 조소앙과 김규식도 합류해 집단지도체제를 이룬다면? 사심 없는 독립운동가들이 열린 토의를 통해 공화국을 아름답게 일궈가는 모습을 그렸다. 반면에 전쟁이 길어지면 그만큼 희생이 커질 수밖에 없다. 하루하루가 지날수록 초조했다. 미군의 막강한 화력 앞에 인민군은 절대적 열세 아닌가. 중국처럼 대륙도 아니어서 대장정에 나서기도 어렵다. 어떻게 문제를 풀어가야 할까, 기사 방향을 어떻게 정할까 고심했다.

그 무렵 김일성은 명령 82호를 내렸다. 8월을 "조국 강토의 완전한 해방을 위한 달"로 규정했다. 본디 해방 5주년인 8월 15일까지 통일 과업 완수를 계획했는데 시한을 보름 늘린 셈이다. 8월 말까지 "전체 조선인민군과 해군들은 미국 간섭자들의 군대와 리승만 괴뢰군 패잔부대들을 종국적으로 격멸 소탕하라"며 압박했다. 아무런 대처 방안 없이 다그치는 모습에 진철은 실망했다. 인민군 지휘관들은 초긴장할 수밖에 없었다. 8월 18일 대구를 목표로 T34 전차를 앞세우고 진격했다. 길목인 다부동에서 엿새에 걸쳐 온 힘을 쏟았다. 치열한 접전을 벌였다. 하지만 미군의 M26과 M46 탱크의 벽을 넘지 못했다. M26은 T34보다 파괴력이 강했다. 히틀러가 무적으로 호언했던 '타이거 탱크'를 무찌른 전차다. 거기에 가세한 M46은 1년 전에 비로소 실전 배치된 최첨단 탱크다. 4개 전차대대가 태평양을 건너와 막강한 화력을 쏟아냈다.

인민군이 목숨 걸고 싸울 때 치명적인 급보가 날아들었다. 미군이 대규모로 인천에 상륙했다. 이튿날 전선의 종군기자들에게 인민군총참모부의 지시가 내려왔다. 영웅적인 서울 방어전을 취재하라며 빠른 이동을 지시했다. 기자들에게 사실상 후퇴를 명령한 셈이다. 진철은 눈앞이 캄캄했다. 종군기자들과 함께 오후 늦게 군 트럭에 올랐다. 낙동강 전선의 가공할 폭격이 눈앞에 어렸다. 자칫 인민군 전체가 큰 위기를 맞을 수 있다. 얼마나 많은 사람이 죽을까. 붉은 노을이 길섶에 나뒹구는 시신들을 얼비췄다. 트럭에서 보이는 개울가나 길섶, 마을 어귀의 텃밭, 대밭에도 어김없이 시체가 썩고 있었다. 밤이 깊어오자 그나마 덜 심란했다. 보이지 않았기 때문이다. 밤새 달리는 트럭에 앉은 채 어느새 잠이 들었다. 눈을 떴을 때는 영등포에 들어서고 있었다.

서울을 떠날 때와 사뭇 달랐다. 곳곳이 잿더미로 변했다. 미군의 무차별 공습에 분노가 치밀었다. 동시에 지혜가 무사할까 불안감이 엄습했다. 심장이 조였다. 트럭이 목적지인 연희대에 도착했다. 진철은 문학관으로 들어가지 않았다. 다른 종군기자들에게 10분 뒤에 보자고 한 뒤 뜀박질했다. 단숨에 북문 고개로 올라갔다. 제발 지혜의 집이 파괴되지 않았기를 빌었다. 오솔길 중간에서 멈췄다. 멀리 지혜의 집이 보인다. 온전한 모습에 안도감과 고마움이 몰려왔다. 지혜를 보고 싶었다. 하지만 더 가지 못했다. 종군기자실로 서둘러 되돌아왔다.

문학관에 서울을 방어할 인민군 25여단 지휘부가 들어서 있었다. '로동신문 종군기자'라고 신분을 밝혔다. 곱슬머리에 매부리코의 호리호리한 중좌가 다가왔다. 진철의 어깨에 손을 올려 감싸더니 기자실로 내려가자며 앞섰다. 종군기자 예닐곱 명이 7호실에 모였다. 중좌가 곧바로 입을 열었다.

"동무들! 나는 인민군총참모부 소속이오. 지난 7월 초부터 노박이로 전체 종군기자들을 지원해왔소. 내일 아침 6시에 현재 전황을 설명하겠소. 그걸 듣고 전선 취재를 분담하기오. 동무들이 오면서 파괴된 건물들을 보았듯이 7월 중순부터 미군이 서울을 공습하고 있소. 각별히 경계하기 바라오. 낙동강 전선보다는 덜하겠지만 점점 강도가 높아지고 있소. 대여섯 대, 어떤 때는 여남은 대의 미군기들이 나타나 기총소사를 쏟아붓고 폭탄을 주룩주룩 떨구고 있소. 일단 오늘은 서울 인민들의 피해를 취재해보오."

중좌는 기자단에 트럭을 제공했다. 운전병이 서대문형무소와 영천시장을 잇는 독립문 앞에 내려주었다. 바로 서대문형무소 주변 취재에 들어갔다. 분위기가 서울을 해방할 때와 사뭇 달랐다. 이름 밝히길 꺼려한 중년 사내가 조심스레 입을 열었다.

"미군 전폭기가 나타나면 늘 공습 사이렌이 울렸다오. 그런데 무시로 폭격을 해대자 이제 사이렌도 조용하오. 사람들이 그만큼 더 많이 죽어간다오."

원망 섞인 푸념이다. 야간 공습의 공포도 토로했다. 진철은 왜 피란민이 많았는지 비로소 이해할 수 있었다. 공습 탓에 어둠이 내리면 일체 불을 밝힐 수 없다. 초라한 저녁밥조차 해지기 전에 서둘러 먹어야 했다. 민청은 집집마다 스탈린과 김일성 초상화를 나눠주었다. 오해받지 않으려면 방 벽에 붙여야 했다. 밤중에 미군 정찰기에서 내쏘는 탐조등 불빛이 그 초상화를 훑을 때면 가족 모두 겁에 질렸다. 사람 생명이 파리 목숨이다. 폭격에 죽어나가도 그러려니 했다. 언제부터인가 송장을 보아도 무덤덤했다. 주검이 여기저기 방치된 까닭이다. 진철은 영천시장으로 들어섰다. 시장에 나온 민중들을 취재했다. 서울을 해방 한 직후에 인터뷰했던 아낙이 멀리 보였다. 그새 더 부풀어 오른 배를 소중히 감싼 채다. 뛰어가서 반갑게 인사했다.

"안녕하세요?"

"아, 인민군 기자님이시네요. 폭격이 하도 심해 걱정했어요. 이리 무사하셔서 정말 다행이어요."

착한 마음이 묻어났다. 미군의 폭격 피해를 취재 중이라고 밝혔다. 아낙은 술술 증언했다.

"밤중에 포탄이 집 가까이 떨어졌거든요. 돌조각들이 날아와 함석 지붕으로 쏟아졌어요. 이튿날 나가 보니 골목길 앞집의 일가족이 숨졌더군요. 큰 웅덩이가 패여 있었지요."

눈물을 글썽인다. 딱 떨어지는 전쟁 범죄 증언이 이어졌다. 저녁밥을 지어 먹다 온 가족이 몰살당한 사건이다. 서울을 하도 폭격하는지라 많은 이들이 피란을 결심했다. 그 가족도 출발하기 전에 든든히 밥을 지어 먹었다. 그 불빛이 비행기에 들켰다. 곧바로 폭탄을 맞았다. 증언하다가 끝내 눈물을 떨궜다. 그런데 아낙의 다리가 불편해 보인다. 종아리에 붕대가 감겨 있다. 진철이 근심 어린 눈빛으로 바라보았다. 아낙은 부러 힘을 준 목소리로 또박또박 말했다.

"이건 옆집 소년을 묻어줄 때 또 나타난 쌕쌕이 짓이지요. 파편이 박혔어요. 폭탄이 여기저기서 터지는데도 인민군 위생병이 제 다리에서 피가 흐르는 것을 보더니 멀리서 뛰어왔어요. 이렇게 정성스레 감아주었지요. 너무 고맙더라고요. 그분도 꼭 살아야 할 텐데요."

민중의 생명력이 물씬 풍긴다. 아낙만이 아니다. 폭격이 예고 없이 벌어지는데도 영천시장은 활기찼다. 그만큼 슬픔이 더 밀려왔다. 집에 있는 온갖 물품을 들고 나와 펼쳐놓았다. 가족의 먹을거리를 구하는 데 저마다 안간힘이다.

시간 맞춰 독립문 앞에 정차한 트럭에 올랐다. 연희대로 돌아와 저마다 기사 작성에 들어갔다. 진철은 중년의 사내와 젊은 아낙 최길순의 증언을 상세히 담았다. 분노를 꾹꾹 삭이며 미군의 야만적 폭격을 전쟁 범죄로 고발했다. 기사를 넘기자 어느새 창밖이 어스름했다. 곧장 북문 고개로 다시 뛰었다. 비탈을 오르며 '철학의 길'을 살폈다. 노을 비치는 능선에서 참호 파는 인민군들이 북적댔다.

지혜의 집에 다가섰다. 스님인 외숙이 대문을 열었다. 정중히 합장하며 인사하는 진철의 목소리를 들었을까. 반갑게 미닫이문을 열고 지혜가 나타났다. 그런데 얼굴이 파리하다. 그만큼 더 청순했지만 숨이 막히며 울컥했다. 자신도 모르게 다가가 손을 올렸다. 해쓱해진 얼굴을 어루만지려다 볼 앞에서 화들짝 내렸다. 지혜의 눈이 동그래지면서도 싱그레했다. 대문을 열어주고 마당에 있던 외숙이 헛기침을 했다.

"기다렸어요. 다친 데 없는 거죠?"

"그럼요. 지혜 씨 무사해서 다행입니다."

"진철 씨가 최전선에 있었지, 저야 편히 지낸걸요. 불교를 신앙으론 믿지 않는다고 과시하던 제가 날마다 부처님을 찾으면서요."

"그랬습니까? 무슨 계기라도 있었나요?"

"……."

"이런 고리탑탑한 화상 보았나? 우리 지혜가 자네 무사 귀

환을 빌었단 말일세."

외숙이 딱하다는 듯 말참견을 했다. 진철을 떨떠름한 표정으로 쳐다보고는 마루에 올라 방으로 들어갔다. 곧이어 지혜의 외숙모가 미닫이문에 나타났다. 팔짱을 끼고 심상치 않은 표정으로 두 사람을 지켜보았다.

"지혜 씨, 고맙습니다. 그런데 피하셔야 합니다. 우리가 미군을 최대한 막아내겠지만, 여기 위험하거든요. 철학의 길 능선이 주 방어선이 될 테니 봉원사로 피신하는 게 좋겠습니다."

"저는 염려 마세요. 진철 씨야말로 조심하세요."

눈이 한결 맑았다. 진철의 눈길을 외면하지도 않았다. 두 젊은 남녀가 말없이 눈으로 사랑을 나눌 때다. 외숙모의 새된 목소리가 작심한 듯 파고들었다.

"기자라 하시지만 인민군복 입은 분이 저녁 늦게 집에 들락거리시면 나중에 저희가 곤란해질 수 있어요. 세상이 얼마나 험악한지 여기 이웃집끼리도 서로 불신하고 있답니다. 이 언덕 언저리 별장촌에 어떤 사람들이 살고 있는지 대충은 짐작하시지요? 식사 대접 못 하는 걸 이해해주세요."

"외숙모도 참. 그게 무슨 말씀이세요. 제가 차려드릴게요. 어서 들어와요."

"아닙니다. 저녁 식사 막사에서 했습니다. 그리고 무슨 말씀인지 알겠습니다. 무사한 걸 확인했으니 돌아갈게요. 그럼 지혜 씨 잘 부탁드립니다. 여기 더 머물지 말고 모두 봉원사로라도 피하셔야 합니다."

진철은 미련을 떨치듯 돌아섰다. 지혜가 '잠깐만요' 소리쳤다. 미닫이문으로 들어갔다가 바로 나타났다. 연분홍 손수건을 내밀었다.

"진달래꽃으로 물들였어요. 아끼지 말고 쓰세요."

가슴이 싸했다. 고맙다는 말밖에 못 했다. 그런 진철을 보며 눈빛이 촉촉해진 지혜가 기습하듯 물었다.

"왜 저와 거리를 두려고 하는지 진철 씨에게 물었던 날 기억하시죠?"

"그럼요. 미안합니다."

"당연히 기억하시겠죠. 그런데 정말 무엇이 미안한 건지 알고 있나요?"

"……."

"그때 수철 씨와의 우정을 꺼냈던 것 같은데요. 뭐, 좋아요. 하지만 진철 씨, 저 최지혜의 마음은 중요하지 않은가요? 수철 씨와 진철 씨의 관계만 중요하고요?"

지혜의 맑은 눈에 봄비가 내리는 듯했다. 진철은 사내로서 자신의 우둔함을 단박에 깨쳤다. 그의 얼굴에 퍼져가는 그림자와 빛을 섬세히 살피던 지혜가 곰살갑되 똑부러지게 말했다.

"가셔야 하죠? 다음부터는 바보 같은 말, 더 듣고 싶지 않아요. 어서 가보세요. 무운을 빕니다."

지혜는 대문을 가만히 밀어 닫았다. 미닫이문에 올라서자마자 벽에 기댔다. '무운'을 운운한 자신이 너무 생뚱맞게 다가왔다. 하지만 가쁜 숨을 몰아쉬면서도 어쩐지 상쾌했다.

진철은 가재걸음에 이은 게걸음으로 대문을 떠났다. '바보' 소리를 들었지만, 아니 들었기에 더 생글방글했다. 두 장의 분홍 손수건 갈피갈피마다 하얀 치자꽃잎이 담겼다. 코끝으로 깊은 향기가 스며들었다. 지혜의 싱그러운 몸내를 상상했다.

19
장

첫 입맞춤, 몸에 기록해두셔요

희붐히 날이 새자마자 종군기자들이 모두 모였다. 이진선 선배의 안위가 궁금했다. 왜관 전투를 취재하고 온 민주조선 기자가 소식을 전해주었다. 낙동강 전선을 끝까지 지키겠다고 했단다. 걱정하는 진철에게 그는 인민군들이 후퇴하면 함께 올 테니 걱정 말라고 위로했다.

아침 6시 정각. 중좌가 나타났다. 미군의 인천 상륙과 전황, 인민군의 서울 방어 전략을 간명하고 빠르게 설명했다. 미군이 상륙할 때 인민군 상황은 열악했다. 낙동강으로 남하하던 9사단 87연대가 긴급히 되돌아 인천경비여단에 가세했을 뿐이다. 서울을 경계하던 부대들까지 일찌감치 낙동강 전선에 투입했기에 미군과 맞서기엔 병력이 절대적으로 부족했다. 화력 차이는 병력에 견줄 수도 없었다. 공군과 해군은 전쟁 초기부터 미군에 제압됐다. 인천에서 서울까지 인민군의 총 병력은 아무리 모아도 1만 명 남짓이기에 서울 방어는 그야말로 '바람 앞 등불'이다. 유엔군 몸집은 거대해 함정 261척을 타고 온 병력이 7만 5000명에 달했다. 중좌는 인천에 상륙한 미군이 곧장 서울을 목표로 공격해오고 있어서 방어력 강화에 총력을 기울이고 있다며 자못 비장하게 말꼭지를 뗐다.

"미제 놈들은 상륙하기 닷새 전인 9월 10일부터 월미도를 불지옥으로 만들었소. 인민들이 거주하는 마을까지 놈들은 무차별 폭격하는 야만을 저질렀다오. 우리 인민군은 영웅적으로 미군에 맞섰소. 당은 닷새에 걸친 영웅적 항전을 영원히 빛낼 방침을 세웠소. 이미 종군작가 황건이 작품 구상에 들어갔소. 자, 이제 우리 앞에는 행주산성이 있소. 종군기자들 가운데 한 명은 현장에 가야 하오. 자원자를 받겠소."

일순 적막했다. 당 기관지 기자라는 의무감일까. 종군기자실이 곧 철학과 강의실인지라 괜스런 '터줏대감 의식'일까. 진철이 손을 번쩍 들었다.

"제가 가겠습니다."

"음, 혹 다른 지원자는 없소?"

"……."

"좋소. 그럼 로동신문에서 가시오. 단, 동무가 명심할 일이 있소. 반드시 살아남아야 기록할 수 있소. 그곳 대대장에게도 당이 마련한 종군기자 운용 원칙을 무전으로 일러놓겠소. 그럼 도구 챙겨 바로 나오기요. 행주산성으로 가는 인민군들이 트럭에 대기하고 있으니 서두르오."

동료들이 어깨를 토닥여주었다. 행주산성으로 급파되는 트럭에 올랐다. 미군이 한강을 넘는다면 강폭이 가장 좁은 행주나루 앞이 유력했다. 트럭은 궁동산과 불광천을 건너 전속력으로 달렸다. 행주산성에 도착하자 분위기가 엄숙했다. 대대장은 보충된 인민군 규모에 못내 실망한 눈치였지만 내색하지 않았다. 병력을 도틀어 모으고 미군에 맞설 결의를 우렁차게 밝혔다.

"동무들, 우리는 오늘 당과 인민의 준엄한 명령을 받고 이곳을 지키고 있소. 다 알다시피 이곳은 임진왜란 때 병력이 열다섯 배가 넘는 일본군과 싸워 우리 선조들이 대승을 거둔 영광스런 싸움터라오. 당시 왜놈들은 말을 탄 3만 대군으로 조총을 들고 기괴한 가면까지 쓴 채 기세등등해 몰려왔소. 행주산성을 지키던 인민들은 의병과 승병, 여성 동무들을 다 합쳐 겨우 2000명이었소. 겁에 질렸을까?"

"……."

"물론이오. 겁이 나서 뒷걸음치려고도 했을 거요. 그때 부장군이던 조경이 나섰소. 바로 저 바위 앞에 섰소. 바위를 손가락 하나로 들어올릴 수 있다면 기적이 일어날 것이라고 두려움에 질린 병사들을 설득했소. 이어 바위를 들자 산성이 떠나갈 듯 함성이 터지고 군사들의 사기가 하늘을 찌를 듯 높아졌소. 자, 동무들, 그 이야기는 무엇을 뜻하겠소. 모든 사람이 하나가 되어 바위처럼 단단히 단결해서 싸운 이야기가 세월이 흐르면서 전설이 된 것이오. 하나로 똘똘 뭉치면 기적이 일어난다는 믿음으로 우리 선조들은 왜놈들을 물리치고 행주대첩을 이뤄냈소. 여성들까지 치마에 돌을 나르며 결사적으로 항전했다오. 동무들, 우리는 조국 통일과 인민 해방의 성스런 과업으로 저 바위처럼 굳게 뭉친 인민의 군대이오. 행주대첩을 지휘한 권율 장군은 '남아는 의기만을 생각할 뿐, 어찌 부귀와 이름 남기기를 따지겠는가'라고 말했다 하오. 바로 여기서 한 말이오. 동무들, 나는 지금 여기의 모든 남성과 여성 동무들에게 선언하오. '우리 인민의 군대는 정의만을 생각할 뿐, 어찌 부귀와 이름 남기기를 따지겠는가.' 동무들! 우리는 정의로운 군대라오. 그렇다면 우리를 침략한 저 미제 놈들이 이 거룩한 행주산성을 단 한 뼘도 밟을 수 없도록 바위처럼 우리 모두 단결하기요. 각자의 자리를 사수하기요. 오늘 우리의 영웅적 투쟁을 역사가 기록할 것이오. 바로 이 자리에 당 기관지인 로동신문 기자가 와 있소. 자, 동무들! 함께 외칩시다."

감동적인 연설에 모두 눈시울 붉혔다. 대대장이 "우리 인민의 군대는 정의만을 생각할 뿐"이라고 선창했다. 힘차게 따라 외쳤다. 이어 "어찌 부귀와 이름 남기기를 따지겠는가"에선 함성이 말 그대로 하늘을 찔렀다.

저마다 비장한 걸음으로 참호에 들어갔다. 따발총 든 여성들이 적잖았다. 애리한 10대 후반에서 후덕한 40대로 보이는 여성들이다. 고양의 부녀동맹원들이라 했다. 불현듯 그들과 행주치마 여성들이 겹쳐졌다. 기사화하고 싶었다. 동맹원들과 이야기 나누려고 다가갈 때다. 마침 완장을 찬 젊은 여성이 진철을 주시하며 씨억씨억 다가왔다.

"동무! 나 모르겠어요?"

뜻밖의 인사다. 그러고 보니 얼굴이 낯설지 않다. 그런데 누구인지, 어디서 보았는지 퍼뜩 떠오르지 않아 어정쩡했다.

"정진철 동무 맞지요? 알쏭달쏭한 눈치로군요? 나, 문과대 동기인 사학과 유정인이라 해요. 우리가 최현배 교수 강의를 같이 들었는데…… 외솔 선생이 철학 강의도 했잖아요."

"아, 확실히 기억납니다. 사학과 강의실에서 정인보 교수 강의도 들었어요. 여기서 뵙는군요."

"그렇죠? 아까부터 동무가 맞나 유심히 보았어요. 우리가 서로 완장을 차고 있네요. 동무가 로동신문에서 왔다는 기자군요?"

"그렇게 되었습니다. 휴학하고 어쩌다 약산 선생과 월북했거든요. 종군기자로 내려왔어요."

"동무! 영예로운 당 기관지 기자가 '어쩌다' 월북했다니요? 어디 가서 그런 말은 절대로 입에 올리지 말아요. 당 기관지는 인민의 눈과 귀 아닙니까? 동무가 김원봉 동지와 월북한 사실도 학교에 알려졌고 조금이라도 생각 있는 청년이라면 동무를 화제로 삼았어요. 더러는 영웅시했답니다. 그래서 나도 동무처럼 학교를 접었다는 거 아닙니까?"

"제가 무슨……. 저는 어쩌다 월북 맞습니다."

"동무! 그런 소리 더는 않기로 했죠? 우리 연희대 청년 당원들이 경기 서부지역에 들어와서 제법 많이 활동하고 있어요. 저는 고양을 맡았고요."

"그랬군요. 제 고향이 파주입니다."

"어머, 그래요? 거기도 우리 동무가 들어가 있어요. 그럼 파주 쪽에서 월북한 건가요?"

"네, 거기서 임진강을 거슬러 한탄강으로 넘어갔습니다."

"그리고 그 강을 다시 건너온 거군요? 친일 경찰에 쫓기던 수배자에서 조선인민군과 함께 로동신문 기자로요."

"그런데 가만……. 정인 씨가 니체 철학을 깊이 공부했던 것 같은데……."

"아, 기억해주어 고맙군요. 현대철학 시간에 교수와 논쟁을 했었죠?"

"그것도 기억합니다. 그러고 보니 별명이 '니체 박사'였잖습니까. 그런데……."

"왜 니체 박사가 맑스주의자가 되었냐는 겁니까? 그런 말을 적잖이 하던데 니체를 파시즘과 연결 짓는 것부터 잘못이지요. 니체가 말한 '초인'은 히틀러 같은 짐승이 아니라 레닌 같은 혁명가입니다. 하도 많은 이들이 니체를 왜곡해서 내가 꿈꾸던 서양사 교수보다 아예 니체를 전공해 철학 교수를 해야겠다는 생각까지 해보았다는 거 아닙니까? 호호호. 공부에는 자신도 넘쳤고요."

"동감입니다. 저도 니체의 초인은 '자신을 넘어서는 사람'이라고 생각해요. 정인 씨가 교수를 쩔쩔매게 할 정도로 니체에 조예가 깊어 보여 학자의 길을 걸어도 좋을 것 같았습니다."

"흠, 그러는 동무는요?"

"저야……."

"친일파들이 떠세하며 군림하는 걸 용납할 수 없었죠? 정의롭지 못하니까요. 우리 학교도 백낙준 따위의 친일파가 장악했잖아요? 저도 마찬가집니다. 니체 식으로 말하면 천박한 인간들이 여기저기 빌붙어 고귀한 사람들을 망치는 걸 더는 두고 볼 수 없었어요. 하지만 지금 이 엄중한 역사적 순간에 우리가 토론할 문제는 아니겠죠?"

"그러네요."

"동무! 내가 그쪽을 이상형으로 좋아한 것 모르지요? 학교 다닐 때 동무에게 몇 차례 눈길 주었지만 당최 모르더군요. 언젠가 여름에는 친구들이 예쁘다고 부러워한 쇄골을 드러낸 옷 입고 동무 앞을 부러 걸어가기도 했지요. 아무 효과가 없어서 눈치코치도 없는 목석같은 사내인 줄로만 알았더니 철학과 여학생 동기를 바라보는 눈빛은 참 은근하더이다."

"그랬던가요?"

"그래서 내가 최지혜에게 다가갔다는 거 아닙니까? 대체 어떤 점에 진철 동무가 끌렸을까 궁금했거든요."

"지혜 씨와 친하셨어요?"

"아뇨. 지혜도 진철 동무에게 푹 빠져 있더군요. 도무지 제가 들어갈 틈이 없었어요."

"그렇지는 않을 텐데요?"

"뭘 모르시는군. 수업을 같이 들어봐서 아는데 진철 씨가 강의실에 들어오기 직전에 최지혜가 얼마나 신경 썼는데요. 그러고 보면 목석이 맞기도 한 것 같은데요? 설마 아직 손도 못 잡아본 건 아니겠죠?"

"……."

"어머? 표정 보니 정말 그런가 보네? 그래선 안 되는 거랍니다. 왜 사랑하는 여인을 애태우나요. 하여튼 내가 내린 결론은 몹시 허허로웠지요. 나보다 지혜 얼굴이 조금 더 예쁜 게 결정적 요인이더군요."

"미안합니다."

"후후, 진철 동무가 미안할 일은 아니지만…… 미안해하는 얼굴 보니 그거 참…… 괜찮은데요?"

"그런데 여기 너무 위험한 곳인데……."

"동무! 위험하니까 여기 있는 거지요. 산 아래 저쪽에 집이 있지만 본디 고향이 제주거든요. 어린 시절의 향수 서린 그곳에 미군과 국방군, 서청 놈들이 들어와 저지른 행패를 생각할 때마다 이가 갈려요."

"저도 평양에서 소식을 들었습니다. 끔찍한 학살극이 벌어졌더군요."

"제주에서 열세 살까지 살았는데요. 가장 친한 친구가 있어요. 되바라진 저와 달리 정말 참한 처녀로 컸지요. 서울로 유학 오고 싶어했는데 너무 가난한 집안이라 꿈을 이루지 못했거든요. 우린 오랫동안 편지를 주고받았는데 어느 순간 끊어지더라고요. 함께 어울리던 또 다른 아이가 있는데요, 걔 오빠가 연희전문 시절 철학과에 다녔어요. 서귀포 쪽에서 교편을 잡고 있는 그애가 편지를 보내왔는데, 글쎄 토벌대 놈들이 참한 내 친구를 잡아간 뒤 두 가슴을 도려낸 시신으로 발견됐답니다. 고통을 참지 못해 땅바닥을 긁어대어 손톱이 죄다 빠졌다더군요."

"저런……."

"바로 그 죽일 놈들이 내가 교수 꿈까지 접고 불철주야 조직을 일궈온 여기로 쳐들어온다는 거 아닙니까? 절대로 용납할 수 없어요. 내 친구의 가슴을 도려낸 놈들이 대가를 치르게 해야죠."

진철은 무슨 말을 해야 옳을지 몰랐다. 정인이 처한 상황이 너무 가빠 먹먹했다. 다른 참호도 취재해야 한다며 주먹 악수를 하고 걸음을 뗐다. 정인이 더 이야기 나누고 싶은 듯 물었다.

"동무와 늘 함께 다니던 과 동기 소식은 아세요?"

"아, 이수철 군요?"

"모르시죠? 우리 정보에 따르면 지주들 소굴에서 놀더니 기어이 미국대사관으로 기어들어 갔답니다. 저는 이수철이 검정 새치처럼 우리 주변을 어슬렁거릴 때부터 그런 길로 갈지 예상했어요. 교회 다닌 건 알고 있죠? 그 교회가 서청 애들이 득실거리는 소굴인 걸 진철 동무는 몰랐을 거예요."

"글쎄요. 제가 아는 수철 군은 적어도 서청 따위에 가입하지 않을 겁니다."

"우정을 소중히 여기는군요. 뭐 그럴지도 모르겠지만 아무튼 서청 뒤에는 공산주의를 사탄이라 설교하며 하나님을 위해 싸우라고 선동질하는 목사들이 있답니다. 그 말에 우쭐해서 온갖 악행을 저지르는 서청 놈들이야말로 실제 악마와 다를 바 없지요."

진철은 말이 거스러진 정인에 새삼 놀랐다. 강의실에서 니체를 토론하던 모습과 많이 달랐다. 학업을 중단하고 지역에서 현장 활동을 벌여온 그녀가 지금 이 시련을 어떻게 넘어설 수 있을까. 시름을 떨칠 수 없었다.

강 건너 개화산을 가로쏘아 보는 대대장에게 다가섰다. 말없이 망원경을 건네주었다. 미군이 꾸역꾸역 모여들며 탱크를 정렬하는 모습이 섬뜩하다. 대대장은 '오늘 밤 밀물과 썰물이 교차하는 시점에 적들이 도하에 나설 가능성이 높다'고 내다봤다. 예상과 경계령이 적중했다. 진철이 얼핏 잠들었을 때다.

요란한 총성이 울렸다. 미군은 깊은 밤에 검은색 구명정을 띄우고 살금살금 건너왔다. 유정인이 가장 먼저 발견했다. 곧바로 대대장에 보고했다. 조준에 능한 인민군들이 전면에 배치됐다. 가만가만 사격권에 들어오기를 기다렸다. 검은 구름에 내내 숨어 있던 달이 더덩실 드러날 때다. 우레 치듯 대대장이 명령했다.

"발사!"

고요했던 한강에 천둥이 연달아 쳤다. 한시에 터진 총성으로 윤슬마저 출렁였다. 나루 10여 미터 앞까지 비교적 순조롭게 도강해 온 미 해병들은 깜짝 놀랐다. 기습 작전을 펴려다가 외려 기습당한 꼴로 한 밤에 죽음을 맞았다. 미군의 비명으로 강물이 요동쳤다. 더러 대응 사격하는 미군도 있었다. 하지만 곧 총을 맞고 검은 물속으로 사라졌다. 살아남은 미군은 간신히 개화산 아래 강변으로 돌아갔다. 더는 감히 넘어올 엄두를 내지 못했다. 인민군과 부녀동맹 동무들은 만세를 불렀다. 먼동이 틀 때까지 진철은 기사를 썼다. 미군을 물리친 행주산성의 여성 동무들에 초점을 맞췄다. 기사를 마무리할 무렵이다. 대대장이 다가와 속삭속삭 귓속말을 했다.

"동무, 시간이 없소. 기사는 돌아가서 마저 쓰오. 아무래도 오늘은 이곳을 지키기 버거울 것 같소. 물론 우리는 여기서 마지막 한 명까지 조국 사수에 나설 것이오. 어젯밤 도강에 실패한 놈들이 오늘은 대규모 포격을 앞세울 것이 분명하오. 우리는 미군의 진군을 최대한 늦추라는 당의 명령을 최후까지 완수할 것이오. 그래서 더욱 동무는 확실히 살아야 하오. 영광스런 조선로동당의 신문에 우리가 행주산성에서 어떤 자세로 싸웠는지를 본 그대로 알려주기 바라오. 마침 연대장이 조금 전에 의용군 동무들과 함께 왔소. 10분 뒤에 사령부로 돌아간다오. 그 트럭으로 동무도 같이 서울로 가오. 이건 사령부 지시요."

"너무 비관할 필요는 없잖습니까?"

"그건 동무가 군사 지식이 없어서 그러오. 지금 이 병력으로는 건너편 미군의 화력을 감당할 수 없소. 임진왜란 때와 군사 무기 수준이 다르단 말이오. 동무는 낙동강 전선에서 집중 폭격의 위력을 직접 보았을 것 아니오. 물론 우리에겐 혁명 정신이 있소. 그 정신으로 당과 조국이 준 과업을 완수할 것이오. 당이 내게 준 과업은 저지가 아니라 지연이오. 무슨 말인지 알겠소? 연대장 동지도, 나도 그 임무를 잘 알고 있소. 우리가 여기서 미군의 발을 묶어둘수록 연대장 동지는 서울을 지킬 진지를 더 보강할 수 있을 것이오. 종군기자인 동무의 몫은 살아남아 우리의 영웅적 항쟁을 기록해서 인민들에게 보고하는 것 아니겠소?"

울컥 슬픔이 치밀었다. 꿀꺽 삼키고 대대장에 경례했다.

트럭이 출발하기까지 8분이 남았다. 대학 동기생을 찾아 뛰어갔다. 햇귀로 물드는 강을 주시하고 있는 유정인을 발견했다. 둥근 탄창의 따발총을 들고 선 모습이 아름답다. 그녀와 부녀동맹 여성들은 지난밤 도강하는 미 해병대를 발견하고 맹렬히 싸웠다. 막상 작별인사를 어떻게 할지 막막했다. 공연히 찾았다 싶어 슬그니 돌아서려 할 때다. 정인이 고개를 돌려 활짝 웃으며 참호에서 나왔다. 진철도 다가갔다. 머뭇머뭇 말했다.

"저, 사령부 지시로 돌아갑니다. 간밤의 영웅적 투쟁 기사를 보내야 합니다."

"아, 그렇군요. 사령부라면 연희대로 가겠군요?"

"그렇습니다."

"좋습니다. 우리 부녀동맹의 투쟁도 잘 써주세요."

씩씩했다. 하지만 진철은 놓치지 않았다. 자신이 떠나는 까닭을 정인은 간파했을 터다. 그녀의 눈빛에서 허전함 또는 간절함이 한줄기 바람처럼 스쳐갔다.

"꼭 그렇게 하리다. 유정인 동무도 내 꼭 기록하겠습니다."

"하하하, 영웅적 투쟁을 한 인민들이 얼마나 많은데 제 몫이 있겠어요? 저는 역사를 공부하는 데 그치지 않고 역사를 만드는 데 삶을 바친 것으로 만족합니다. 하지만 동무가 정 기록하겠다면 나도 선물 하나 드리지."

"……."

"선물 꺼낼 동안 눈감아 봐요."

진지한 권유를 따라 눈을 감았다. 그러자 보들보들한 감촉이 입술을 스쳤다. 놀라서 눈을 떴다. 초인처럼 강인해 보이던 정인의 얼굴이 빨갛게 물들어갔다.

"미안해요, 진철 동무. 어쩌면 오늘이 지상에서 보내는 인간 유정인의 마지막 날일 것 같아서요."

나직이 토로하는 눈에 습기가 올라왔다. 진철은 몽글했다. 정인이 어깨를 도닥도닥하며 말했다.

"어서 가요. 순진한 동무! 내 첫 입맞춤은 몸에 기록해두셔요."

"유정인 동무, 반드시 살아서 다시 만납시다."

진철은 돌아서며 간신히 답했다. 트럭에 오른 진철은 참호에 눈을 주었다. 유정인이 서 있다가 웃으며 경례했다. 멀리서도 그녀의 젖은 눈시울이 느껴졌다.

트럭이 고양을 막 벗어날 즈음이다. 굉음이 터지기 시작했다. 산중턱 참호들에 포탄이 쉴 새 없이 쏟아졌다. 시커먼 초연이 산마루까지 삼켰다. 입술을 지그시 감쳐물었다. 눈물이 그렁그렁 올라왔다. 정인의 가벼운 입맞춤에 왜 호응해주지 않았을까. 후회했다. 왜 포옹도 못 했을까. 그랬다면 얼마나 그녀가 행복했을까. 첫 경험을 엉뚱한 여자에게 빼겼다는 상실감마저 들었던 자신이 빽빽한 인숭무레기처럼 다가왔다. 아랫입술 깨물며 앙다물었다. 피비린내가 풍긴다.

행주산성 마루에서 터지는 잇따른 폭음은 트럭이 한참을 달려도 사라지지 않았다. 초연이 괴물처럼 새까맣게, 시커멓게 마냥 부풀어올랐다.

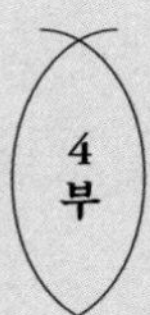

어미산 불바다

20 장

찢어진 치마에 놓인 따발총

일본에 머물던 수철은 조릿조릿했다. 미군 24사단이 급파되어 마음을 놓았다. 하지만 참패하면서 사단장까지 실종 되었다. 24사단이 궤멸되자 대사관에서 일하는 사람들 모두 쇼크가 컸다. 하물며 수철은 더 말할 나위 없다.

공산군이 남침 한 달 만에 낙동강까지 진격할 때는 이러다가 나라가 망하나 싶기도 했다. 다행히 방어선을 가까스로 구축했다. 대한민국의 마지노선이다. 공산군은 대구, 마산, 경주로 들어오려고 거센 공격에 나섰다. 자칫 정부를 제주도로 옮겨 또 다른 대만이 될 수도 있다. 그도 아니면 일본에 망명정부를 수립할 수밖에 없을지도 모른다. 하지만 수철은 유엔군을 믿었다. 더 정직히 말하면 미군이다. 수철은 자본주의 국가이자 기독교 신자가 국민 대다수인 미국을 믿었다. 대사관에서 여러 자료들을 살피면서 미국이 공산주의와 무신론을 전파하는 소련의 팽창을 더는 좌시하지 않으리라 확신했다. 실제로 이미 참전해서 피 흘리고 있지 않은가. 초기엔 아마도 공산군을 얕잡아보고 큰코다쳤을 성싶다. 하지만 벌써 융단폭격을 시작했다. 따라서 낙동강 방어선만 무너지지 않는다면 미국의 종국적 승리는 의심할 여지가 없다. 대한민국의 붕괴는 미국 이익에 근본적 위협이 아닐 수 없다. 38선 이남은 미국식 자본주의 체제의 쇼윈도, 이북은 소련식 공산주의 체제의 진열창 아닌가. 한쪽이 다른 쪽의 침략을 받아 흡수된다면 국제 정치의 향방을 가를 터다. 한반도에서 미국 입장이 어기찬 까닭이다.

수철은 촉각을 곤두세우고 미군의 움직임을 포착했다. 대규모 상륙 작전이 논의되는 것은 틀림없다. 그때까지 낙동강이 조국을 지켜주기를 간절히 기도했다. 때때로 자신이 비루하게 다가왔다. 분명 의도한 것은 아니지만 어쨌든 또래들은 조국을 지키려 목숨 바치고 있잖은가. 미국 대사관 직원이랍시고 일본으로 도피한 비겁쟁이 같아 괴로웠다.

그 시점에 미군의 심리전 방침이 전해졌다. 삐라를 '종이 폭탄'으로 대량 살포하는 계획이다. 미 육군부는 공산주의 침략에 맞서 심리전 전담 조직을 만들었다. "적을 삐라로 파묻어라!"를 내걸었다. 대사관 공보관이 수철을 불렀다. 미국 육군부에서 온 공문을 건넸다. 삐라 제작에 좋은 아이디어를 내라는 업무 협조 요청이다. 공보관은 "당신이 한국인이자 반공 신문인 동아일보 기자 출신이니 적격"이라며 아이디어를 내라고 했다. 수철은 고심했다. 공보관이 채근했기에 더 그랬다. 자유의 여신상이 태평양을 건너오는 모습을 구상했다. 너무 유치하지 않을까 망설이는 사이에 공보관이 다시 불렀다. 육군부에서 몇 가지 시안이 왔다며 의견을 물어왔다. 시안을 들춰보다가 눈초리가 올라갔다. "백성들은 착취에 신음하는데 공산당 관리는 환락에 취하고 있다"는 문구였다. 그림은 한복 입은 여자들 사이에서 진수성찬을 즐기는 채찍을 거머쥔 관리가 마당으로 툭 던져준 음식을 백성들이 주워 먹는 모습을 담았다. 수철은 너무 지나치다고 판단했다. 이대로는 거부감마저 일으킬 가능성이 높다. 나치의 괴벨스를 인용해 검토 의견서를 썼다. 거짓말과 진실을 섞을 때 가장 효과가 크다며 그림에서 채찍을 빼자고 제안했다. 지나침은 못 미침과 같다는 『논어』의 '과유불급'도 소개했다. 대안까지 제시했다. 삐라 표어에서 "착취에 신음하는데"를 "곤궁에 빠져 있는데"로 바꾸고, 그림도 굶주림에 시달리는 가난한 가족을 담자고 했다. 작은 밥덩이 앞에서 부모는 물론 큰아이가 어린 동생들을 위해 먹지 않는 모습을 담으면 훨씬 효과가 크다고 제안했다. 수철이 제출한 검토 의견서가 그대로 채택됐다. 육군부의 심리전국장이 직접 전화를 걸어왔다. 맥클루어 장군이다. 앞으로도 기대를 많이 하겠다고 추어올렸다. 언제든 좋은 아이디어 있으면 연락 달라고 당부도 했다.

대사관에서 수철을 보는 눈이 달라졌다. 수철 자신은 삐라를 받고 낯설었다. 과연 이승만 정부의 대다수 관리들은 저 그림에서 얼마나 자유로울까. 의문이 스멀댔다. 흔들리는 마음을 바짝 잡아 죄었다. 자유가 위협받는 비상 상황이라고 되뇌었다. 삐라를 수정한 그 아이디어가 인천상륙작전의 종군기자로 발탁되는 계기가 될 줄은 미처 몰랐다.

인천 상륙이 허를 찌르며 성공한 뒤다. 수철은 첫 기사에 이어 심리전을 돋을새김으로 분석한 기사를 작성했다. 미군은 공산군이 전쟁을 일으킨 명분을 심리전으로 분쇄했고 그 결과 전세를 뒤엎을 기반을 마련했다고 썼다. 물론 상륙 작전도 있는 그대로 평가했다. 그 작전으로 전쟁 주도권을 장악해 공세로 전환할 수 있었다. 동시에 낙동강 방어전에도 큰 의미를 부여했다. 실제로 부산 교두보를 지켰기에 인천 상륙도 가능했다며 낙동강 일대의 융단폭격에 발맞춘 대규모 심리전을 소상히 썼다. 기사를 마무리하며 심리전이 자유 세계에 대한 공산주의의 세계적 위협을 성공적으로 봉쇄했다고 강조했다.

맥클루어 장군이 다시 전화를 걸어왔다. 다소 흥분된 목소리로 당장 미국으로 건너와 본부에서 일할 뜻이 있는지 물었다. 심리전국장은 수철이 선교사가 세운 연희대에서 철학을 전공하고 반공 신문 기자였으며 꾸준히 교회를 다닌 사실까지 파악하고 있었다. 수철은 기쁨에 가슴마저 벅찼다. 예상보다 빨리 유학 꿈을 이룰 기회가 온 셈이다. 영어를 익혀두면 여러 길이 열린다며 시달구어준 낭산이 진심으로 고마웠다. 맥클루어에겐 짐짓 여유를 부렸다. '본부에서 일할 수 있다면 영광'이라고 답하면서 다만 서울 수복까지는 종군하겠다고 말했다. 장군은 그 대답에 매우 흡족한 듯 곧장 결론을 내렸다.

"수철 리의 반공 정신, 자세, 모두 원더풀입니다. 당신이 이 전쟁의 영웅이군요. 아군이 서울에 들어가면 곧바로 미국에 올 수 있도록 서류를 준비할 테니 그때까지 무리하지 말고 종군하기 바랍니다."

수철은 정중한 목소리로 고마움을 전했다. 속마음은 조금 달랐다. 서울을 수복해야 지혜를 볼 수 있다. 그녀를 만나 미국에 함께 가자고 설득해 승낙부터 받아야 했다. 만일 거절한다면? 다시, 또다시 간청하자고 다짐했다. 대사관으로 옮겼을 때 이미 지혜에게 유학 이야기를 비쳤기에 전혀 생뚱맞지는 않으리라. 대학원에 합격한 지혜에게도 철학을 제대로 공부하려면 미국 유학이 좋은 선택이라고 간곡히 호소할 터다. 그래도 제안을 받지 않는다면 어찌할까? 짜장 지혜를 두고 미국으로 갈 수 있을까. 자신이 없다.

상륙 다음날이다. 미군과 국방군은 해안에서 10킬로미터까지 들어갔다. 9월 17일부터 '수도 서울 탈환 작전'에 들어갔다. 미 해병 제1사단과 국군 제1해병연대가 서울 공격을 맡았다. 미 7사단과 국군 17연대는 수도권 남쪽을 목표로 나아갔다. 안양과 수원을 거쳐 오산으로 남하해 공산군의 증원이나 퇴로를 차단했다. 낙동강 넘어 북상하는 미군의 '망치'에 '모루'가 되는 작전이다. 미 해병 1사단은 최정예 명성에 값했다. 공산군의 산발적 저항을 격퇴하며 나아갔다. 18일 오전 8시에 5연대가 김포비행장을 장악했다. 서울 탈환 작전에 언제든 전투기가 출격할 수 있게 되었다. 1연대는 부천을 탈환했다. 이어 영등포를 목표로 나아갔다.

김포비행장을 확보한 5연대에 한강 도하 명령이 내렸다. 강폭이 가장 좁은 행주산성이 목표다. 국군 해병대와 함께 움직이라는 명령이 추가됐다. 다음날인 9월 19일, 5연대는 김포의 개화산 아래 포진했다. 한강 물살과 맞은편 행주산성을 꼼꼼히 관찰했다. 밀물과 썰물이 교차하는 시간에는 강물이 잔잔한 호수로 변한다는 정보를 입수했다. 그날 밤 '은밀한 도하'에 들어갔다. 하지만 행주산성을 지키는 공산군이 맹렬했다. 밤을 틈타 한강을 건너가는 작전은 참담한 실패로 끝났다. 숱한 사상자를 내고 개화산 강변으로 되돌아왔다.

이튿날 미군은 전통적 공격 방식을 따랐다. 포탄을 사정없이 퍼부었다. 지난밤의 패배를 보복하듯 적진을 불바다로 만들었다. 이어 인천 상륙에서 성과를 거둔 수륙양용장갑차를 투입했다. 5연대 3대대를 선두로 도하를 개시했다. 초연이 자욱한 참호에서 공산군은 격렬히 맞섰다. 미군 전사자가 43명에 이르렀다. 하지만 거듭된 포격 지원에 힘입어 결국 행주나루를 점령했다. 산성의 공산군 참호는 초연이 자욱한 채 잠잠했다. 곧바로 2대대와 국군 해병대도 강을 건넜다. 점심에 선글라스를 낀 맥아더 원수가 나타났다. 도하 작전을 지켜보았다. 사진을 찍는 종군기자들을 의식해 옥수숫대로 만든 파이프 담배를 물고 한껏 멋을 부렸다. 5연대 지휘소가 1대대와 함께 강을 건넌 뒤다. 공병대대가 설치한 도하용 다리로 전차들이 줄이어 건넜다.

수철은 5연대 지휘소를 따라 움직였다. 행주나루는 공산군 피로 물들었다. 푸른 하늘은 무심한 듯 맑았다. 초가을 서늘바람에 피비린내가 흠뻑 배어 코끝을 아렸다. 산성에선 총성이 이어졌다. 잔적 소탕 또는 확인 사살이다. 총성이 더는 울리지 않았다. 수철은 산성으로 올라가며 현장 취재에 나섰다. 곳곳에 시신이 널브러졌다. 산마루와 가까울수록 더 그랬다. 갑자기 참호 아래서 총성이 났다. 수철은 본능적으로 몸을 숙였다. 곧이어 미군이 참호에서 나오더니 바쁘게 산정으로 올라갔다. 잔적 소탕인가 싶다.

그때 참호 안을 살핀 수철의 눈에 아랫몸이 모두 드러난 젊은 여성의 시신이 들어왔다. 순간 수철은 감잡았다. 조금 전 산마루로 올라간 미군에 적개심마저 일었다. 가까이 다가가자 짐작한 대로다. 다리 사이에 시허연 체액이 흘러 있다. 작은 어깨는 피범벅이다. 쇄골은 부서져 삐져나왔다. '부녀동맹'의 붉은 완장을 두른 팔뚝도 겨우 붙어 있다. 가슴에 근접 사격한 총구멍이 있다. 정황 증거가 또렷했다. 포탄 파편을 맞아 모진 고통에 신음하고 있었을 터였다. 그녀를 발견한 미군이 다가서서 전혀 방어할 수 없는 상태의 그녀를 강간하고 왼쪽 가슴을 겨눠 총을 쏜 모습이다. 눈귀코입 두루 큼직해 서글서글했을 얼굴. 마치 어디선가 본 듯도 했다. 하지만 자신이 행주산성의 부녀동맹원을 알 리가 없기에 굳이 눈을 주어 살피지 않았다.

분을 삭이며 허리에 둘둘 말린 검은 치마를 내렸다. 부릅뜬 눈도 겨우 감겨주었다. 치명상 입은 그녀를 강간하고 가슴에 총알을 박은 미군을 찾아 쏴 죽이고 싶은 충동이 강렬히 일었다.

피투성이 여성 시신이 늘비했다. 찢어진 치마 위에 놓인 따발총이 보인다. 죽어서도 총을 손에 쥔 중년 여성이 눈을 가늘게 뜨고 있었다. 마치 살아 있는 듯했다. 치마 사이로 꾸역꾸역 창자가 밀려나왔다. 그 아래로 붉은 피가 고였다. 수철은 저도 몰래 혀를 찼다. 눈을 닫아주려고 다가갔다. 손을 대려할 때 거짓말처럼 입술이 열렸다.

"미제의…… 앞잡이 놈…… 개죽음 맞으라."

가냘픈 목소리이지만 명확했다. 마치 저승에서 울리는 듯했다. 그녀가 안간힘을 썼다. 손을 움직여 치마에 놓인 따발총을 올리려 했다. 직감대로 어림없다. 이미 총을 움직일 힘조차 잃은 상태다. 모질음을 다 썼지만 겨우 손가락만 떨렸다. 그런데 수철의 등 뒤로 누군가가 다가왔다. 총검이 내려오더니 그녀의 하얀 목을 힘껏 찔렀다. 빨간 피가 샘물처럼 풍풍 흘러나왔다. 수철은 고개를 돌려 올려보았다. 미군이 수철의 생명을 자신이 구해주기라도 했다는 듯 눈을 찡긋 감으며 지나간다. 그녀의 떨리던 손이 경련을 일으키다 멈췄다. 따발총도 치마에서 미끄러졌다. 찢어진 치마 앞에 휘우듬히 선 수철은 행주대첩이 연상됐다. 정인보 교수의 '조선사 개론' 시간이었던가. 조선 여성들이 치마에 돌을 나르며 싸운 이야기를 역사적 맥락에서 이해할 수 있었다. 조선의 얼을 강조하는 그의 강의는 사학과만이 아니라 철학과 학생도 대부분 수강했다. 지혜와 진철도 함께 들었다.

일본군 3만 명이 행주산성을 공격할 때 조선군은 2000명이었다. 그나마 관군에 의병과 승군까지 더한 숫자였다. 대부분은 군사 훈련도 받지 못해 더없이 불리했다. 하지만 결사적으로 맞섰다. 화살도 창도 바닥나고 목책마저 무너져 군사들은 패배를 예감했다. 그때 아낙들이 나섰다. 성안에 모아둔 돌을 치마에 싸서 날랐다. 성으로 벌레 떼처럼 기어오르는 일본군을 겨냥해 돌을 던졌다. 부녀자들이 순식간에 강력한 척석군이 된 셈이다. 누가 먼저랄 것도 없이 모든 여성이 힘을 보태자 사내들의 사기가 높아졌다. 함께 성을 지키고 있을 때 한강을 따라 두 척의 배가 무기를 싣고 왔다. 전세가 뒤집어졌다. 일본군은 대패했다. 행주대첩에서 여성들의 돌 나르기 항전 소식이 퍼지면서 민중들은 '행주치마'에 역사적 의미를 새기기 시작했다.

수철은 혼란스러웠다. 치마에 총을 놓고 있던 여성의 마지막 말이 메아리친다. 그 말이 머릿속을 울릴 때마다 수철은 일본군이 침략해 온 임진왜란 때와 지금은 엄연히 다르다고 되뇌었다. 하지만 꺼림칙한 느낌이 자꾸만 고개를 들었다. 그때마다 욱신대던 두통이 쑥쑥 커졌다. 저녁놀은 속절없이 붉었다. 한강에 비친 놀을 우두커니 바라보았다. 몸 깊은 어딘가에서 서러움이 샘물처럼 솟아났다. 지혜와 진철이 한결 그립다.

21장

해원과 상생 가능하려면

한강을 건넌 미군 5연대와 국군은 빠르게 서울로 진격했다. 수색역을 점령한 5연대는 시루산(甑山) 아래 막사를 설치했다. 수철은 산마루에 올라 추억 어린 난지도와 한강을 둘러보았다. 무심코 고개를 돌렸을 때다. 멀리 궁동산과 백련산 사이로 낯익은 산잔등이 눈에 들어왔다. 반가움에 얼른 손갓을 쓰고 살폈다. 못내 동경한 '철학의 길'이다. 그런데 그 순간부터다. 두통이 쩌릿쩌릿 일었다. 막사로 내려가 지친 몸을 눕혔다.

겨우 세 시간 남짓 잠들었을까. 귀밑을 파고드는 가려움에 눈을 떴다. 모기가 왱왱 귓전을 소란케 했다. 주변을 살펴보니 대부분 여기저기 긁어댔다. 그러면서도 깊은 잠에서 깨어나지 못했다. 모기에 한껏 보시하는 셈이다. 다시 잠들고자 애썼다. 헛일이다. 자리에서 일어나 조심조심 발걸음 옮겼다. 막사 밖으로 나오니 공기가 신선하다. 하지만 온몸이 찌뿌둥했다. 도통 잠을 이루지 못해서일까, 찬바람 탓일까. 두통이 폭풍을 예고하는 파도처럼 밀려왔다. 머릿속이 왕왕거린다. 왕방울로 통노구 가시는 듯하다. 머리가 터질까 두려움마저 든다. 수철은 일기 쓰면 마음이 차분해졌던 경험을 따라 서둘러 수첩을 꺼냈다. 두통은 엿새 전부터 슬슬 깃들며 일렁였다. 마침 동살이 잡혔다. 작은 수첩에 깨알처럼 적어갈 수 있었다. 생각나는 대로 적바림했다. 신문 기사에는 넣을 수 없고 앞으로도 담기 어려운 상념들을 추슬렀다. 더러 망상마저 일었다. 볼펜에서 검붉은 피가 흘러나오는 듯했다. 그럼에도 생각나는 그대로 글을 수첩에 담아갔다. 지끈지끈한 통증이 시나브로 가셨다.

두통이 누그러질 즈음이다. 그해 가을 풍경이 눈에 선했다. 수철은 적바림을 멈췄다. 수첩을 윗주머니에 넣은 뒤 풀밭에 팔베개하며 누웠다. 아름다운 나날이었다. 수철은 그리움에 잠겼다. 지혜의 현숙한 얼굴이 수철의 감은 눈에서 달빛으로 빛났다. 그 달빛을 가리듯 진철의 얼굴이 이어진다. 친구의 눈매엔 늘 결기가 서렸다. 그 가을이 지나고 눈 내리던 겨울날의 기억이 새롭다. 지혜에게 데이트 신청을 했지만 거절당한 참에 철학의 길 아래 진철의 단칸방으로 쳐들어갔다. 눈 내리는 하늘을 올려보고 있던 진철이 수철의 손에 든 됫병 소주를 보고 활짝 웃었다. 빈속에 안주도 없이 강술을 거나하게 마셨을 때였다. 친구의 눈이 눈물로 갈쌍였다. 울먹울먹 토로했던 말들이 바람처럼 스쳐갔다.

"자네 집 아래에 애고개시장이 있지? 거기서 채소 파는 아주머니들이 바로 이 동네에 산다네. 여기 판잣집 민중들은 말이지. 저기 서문 아래든 궁동산이든 어미산 중턱이든 가능한 모든 곳에 밭을 간다네. 파와 배추를 심어 애고개시장에 가서 팔지. 그들의 실쌈스런 삶 앞에서 내가 공부하는 철학은 어떤 의미가 있을까 싶어."

"자네에게 딱 하나 흠이 있는데 뭔지 알고 있나?"

"나? 흠이 하나 있는 게 아닐세. 흠투성이라네, 친구야."

"아니야. 딱 하나, 너무 감상적이라는 걸세. 그래 맞아, 여기 사람들 밭을 갈아 먹고 살아. 그런데 그게 어떻다는 말인가. 자네, 늘 노동의 보람 강조하지 않았나? 저 사람들이 살아가는 모습에 공연히 연민을 느끼는 자네가 외려 딱하네. 자네가 저 사람보다 행복한가? 내가 보기엔 아닌데? 저 사람들이 자네보다 불행하다고 감히 예단할 수 있는가?"

"그거 칼날 같은 지적이군. 좋아, 생각해볼게. 다만 내가 말하는 노동의 보람이 생존권에 허덕이는 노동은 아닐세. 보게나. 이 사람들의 노동과 삶은 일제가 강점하고 있을 때나 지금이나 도대체 나아진 게 없어. 평생 쉼 없이 노동해도 가난한 애옥살이를 벗어나지 못하네. 반면에 보게. 그때나 지금이나 반민족 행위를 서슴지 않은 친일 지주들은 돈을 물 쓰듯 떵떵거리며 살고 있지 않은가. 해방된 나라에서 반민족 행위를 저지른 친일 모리배들이 권력을 잡을 조짐이 갈수록 또렷하지 않은가 말이야. 이 얼마나 개 같은 세상인가. 더구나 조선은 지금 외세가 38선으로 쪼개놓은 분단이 굳어지고 있어. 중국은 물론 일본에 비해서도 땅덩이가 작은데 말일세. 이보다 더 길을 형편없이 잘못 들 수 있을까?"

"자네는 늘 친일 지주들이라 하는데, 지주가 모두 친일을 했다고 단죄하는 것은 옳지 않지."

"이거 왜 이러시나, 친구. 내가 언제 모든 지주가 친일파라고 했나. 나는 그냥 친일 지주라고 했을 뿐이네. 실제로 친일하지 않은 지주들도 있지. 아버지로부터 물려받은 토지를 모두 머슴들에게 나눠준 작가 홍명희도 있고. 그러니 자네마저 모든 지주가 친일을 한 것은 아니라며 친일 지주 청산에 딴죽 걸지는 말게나. 우리는 다만 지주 가운데 말 그대로 친일 지주를 청산하자는 걸세."

"그러면 다행인데 지주들을 증오하는 사람들도 적잖더군. 조상 대대로 가꿔온 토지를 제멋대로 뺏고 말일세."

"자네 한민당 당사 들락거리더니 눈이 흐려진 겐가? 지주들이 조상 대대로 가꿔왔다? 분명히 짚고 가세. 대대로 땅을 가꿔온 사람들은 소작인들이었네."

"그런가? 아무튼 자네도 조금 넓게 세상을 보게나. 자네가 언제나 믿는 우리 민중이 바보 천치가 아닌 한 친일 반민족 행위자들은 시간의 문제일 뿐 언젠가 청산될 수밖에 없을 걸세."

"자네야말로 하 감상적이지 않은가. 늘 그 소리를 하던데 그들이 과연 심판 받을까? 지금 돌아가는 세상을 살피면 아무래도 어렵다고 볼 수밖에 없네. 그럼 뉘우치는 성찰이라도 할까? 나는 그것도 어려워 보여. 그들은 치밀하게 교육기관을 장악해가고 있어. 보게나, 이 뒤편 능선, 우리가 철학의 길로 멋들어지게 이름 붙인 능선의 한쪽은 민중의 고통과 한으로 가득하네. 다른 쪽은? 대학에서 있는 집 자식들이 배우고 있지. 판자촌과 대학촌을 더 파고들면 일제에 억압당한 민중들과 일제에 부닐며 호의호식한 친일 세력으로 구분되지 않겠는가. 더러 예외는 있겠지만 말일세."

"대학을 싸잡아 친일 세력이라는 건 이해하기 어려운데? 지나친 매도 아닌가?"

"수철 군! 당장 우리 학교 총장 백낙준이 누군가. 조선 청년들을 일본군 총알받이로 내몰던 반민족 행위자 아닌가. 그나마 우리 학교는 친일의 그림자가 적어 들어왔네만 어느새 친일파들이 미국을 등에 업고 장악해버렸네. 대학만 그런 게 아니라 언론도 마찬가지일세. 언론과 교육을 친일파들이 지배할 때 우리 겨레의 미래가 어떻게 될 것 같은가?"

"……."

"현실을 정확히 인식하는 것, 바로 철학의 과제 아닌가. 그런데 어떤가. 친일파 총장이 군림하는 건물의 맨 아래 반지하에서 서양철학을 금과옥조처럼 숭상하며 강의하는 교수들이 있지 않은가. 자네와 나, 지혜 씨는 그 강의를 받아 적기 바쁜 철학과 학우들과 과연 얼마나 차이가 있을까?"

"지혜 씨까지 우리 탓하진 말자고."

"탓하는 게 아니야. 우리 모임 끝나고 지혜 씨를 집 앞까지 데려다준 적 있었지? 자네는 그 뒤로도 자주 바래다주었을 거야. 어떤가. 언덕에 있는 별장 동네의 지혜 씨 집과 숲을 사이에 두고 더덕더덕 붙어 있는 판잣집들 보며 아무렇지 않던가. 나는 심히 불편하다네."

"그런 생각을 자네가 하고 있는 걸 지혜 씨가 알면 정말 심히 불편할 걸세."

"알아, 불편하겠지. 아니, 기꺼이 불편해야지. 그래야 해원(解冤)과 상생(相生)이 가능한 거라네. 물론 자네가 지혜 씨 좋아하는 거 잘 알아. 그래서 하는 말인데, 나는 지혜 씨에게 다가서지 않았네. 집도 여기서 가깝지만 한 번도 바래주지 않았어. 자네와의 우정을 지키고 싶거든."

수철은 서늘했다. 지혜를 사랑한다는 공언 아닌가. 어슴푸레 짐작하고 있었지만 착잡했다. 우정 때문에 다가서지 않았다는 친구가 고마웠다. 그런데 어쩐지 지혜의 사랑을 공공연히 구해온 자신을 탓하는 듯싶다. 더 나아가 지금부터는 접근하겠다는 뜻으로 들리기도 했다. 실제로 그랬다. 진철이 마냥 순수하진 않았다. 수철을 배려해 지혜에게 다가서지 않아온 것은 사실이다. 하지만 그 사실을 당사자에게 알리는 것은 또 다른 문제다. 앞으로 벌어질 수 있는 일에 일종의 백신 주사를 놓으려는 의도가 의식했든 못 했든 깔려 있음 직하다.

수철은 헤어져 돌아오면서 어수선산란했다. 눈 덮인 산길에 걸음을 옮길 때마다 불안감이 뭉게뭉게 커져갔다. 금화산 앞길에선 기어이 미끄러져 엉덩방아를 찧었다. 그 순간, 취한 친구의 번득이던 눈빛이 '클로즈업'되었다. 더는 발을 헛디디지 않으려고 애썼지만 애고개 집으로 돌아올 때까지 서너 차례 미끄덩미끄덩했다.

진철이 일종의 선전포고를 했다는 생각이 짙어져서일까. 봄학기가 열렸을 때 지혜와 시국 이야기를 나누다가 작심했던 말을 은근슬쩍 흘렸다.

"우리 민족이 지금 하나로 뭉칠 땐데 자꾸 분열을 조장하는 자들 탓에 세상이 혼란스럽소. 가령 빈부 갈등을 실체 이상으로 부풀리는 사람들이 있잖소? 그 가운데는 가난한 사람들을 선동하고 이용해서 자신의 권력욕이나 명예욕을 충족하는 자들이 생각보다 많소."

"물론 그런 사람들도 있겠죠. 하지만 그렇지 않고 순수하고 정의로운 사람들도 있다는 사실을 굳이 외면할 필요는 없지 않나요?"

"글쎄요. 저는 인간 안에 보편적으로 숨어 있는 악을 주시하고 있소. 지혜 씨는 순수하고 정의로운 사람들을 언급했는데, 가령 정진철 군을 그렇다고 보는 겁니까?"

"딱히 진철 씨를 염두에 두고 한 말은 아니었는데요. 딴은 진철 씨라면 그런 부류의 하나이지 않겠어요?"

"저는 진철 군을 잘 압니다. 상업학교 시절부터 저의 우상이었소. 훌륭한 친구임에 틀림없소. 하지만 말이오. 진심으로 지혜 씨를 위해 말씀드리자면, 진철 군도 인간인지라 어쩔 수 없이 악이 도사리고 있습니다."

"그래요? 어떤 악이죠?"

"진철 군이 술에 취했을 때가 있었소. 보통 취중진담이라는 말이 있잖습니까. 글쎄, 진철 군이 지혜 씨의 집과 그 아래 판잣집들을 대조적으로 이야기하며 제게 아무렇지 않은가를 묻더라고요. 저의 대답도 기다리지 않고 자신은 심히 불편하다고 말했소."

"진철 씨도 술에 취하기도 하는군요. 저는 취중진담이라는 말 안 믿어요. 이성으로 통제되지 않은 말들이 어떻게 진심이겠어요. 그리고 뭐 맞는 말 아닌가요. 부익부빈익빈을 불편하게 생각하는 것이 왜 악이죠? 저도 불편하게 생각하는데 그럼 저 또한 악인이 되는 거네요?"

"그게 아니라……."

"교회 다니는 사람들은 자기와 생각이 다르면 죄다 악으로 공격하더군요. 수철 씨가 성경에서 가장 좋아하는 구절로 이야기해준 것 잊었나요?"

"어떤?"

"가장 보잘것없는 사람을 주님으로 섬기라 했잖아요. 그 가르침대로라면 판잣집의 민중들을 주님처럼 대해야지요."

수철은 절로 강기침했다. 가장 좋아하는 구절이라며 과시한 기억이 났다. 실은 만나기 전날에 성경을 밤새워 들추다가 우연히 발견한 대목이었다. 지혜 앞에 멋있게 보이고자 둘러댄 말이라 어느새 잊고 있었다.

“물론, 보잘것없는 사람들을 주님으로 여겨야 하오. 하지만 그것이 그렇지 않은 사람들을 적대시하라는 뜻은 아닐 겁니다.”

임기응변으로 주워섬겼다. 지혜는 더 대꾸하지 않았다. 진철에 앙앙함은커녕 외려 그를 그리는 듯했다. 다사로운 연민의 눈빛으로 산등을 바라보는 지혜에게 다시 말을 걸었다.

“그러니까 지혜 씨, 오해는 마소. 제가 하고 싶은 말은 특정인에 대한 비난이 아니라오. 더구나 진철 군은 내가 가장 좋아하는 친구라는 사실, 변함없소. 나는 그저 지혜 씨 판단에 도움이 될 사실만 전해주고 싶을 뿐이오. 진철 군이 분명 훌륭한 친구이지만 속내를 알 수 없을 때가 많다는 거지요.”

“오해하지 않을게요. 그런데 수철 씨, 저는 제 속내를 스스로도 모를 때가 많아요. 수철 씨는 그런 경험 없어요? 자신의 속내를 다 알아요? 인간은 알면 알수록 더욱 모르게 되는 존재인 것 같아요. 그런 생각 한 번도 들지 않았나요?”

“…….”

수철은 두고두고 그날을 되새김질했다. 성찰할수록 모닥불을 뒤집어쓴 듯 후끈후끈했다. 자신이 지혜의 도움 없이 슬기롭게 살아갈 수 있을지 의문이 들었다. 자신의 내면에 똬리 튼

악을 지혜가 그때그때 지적해주고 정화해주리라 믿었다. 하지만 자꾸자꾸 얼크러졌다. 가까워질라치면 지혜가 금 긋듯이 물러섰다. 그럴 때면 허탈감에 젖어 철학의 길을 몇 차례나 되풀이해 걸었다. 더 참을성 있게 다가서자고 스스로를 달랬다. 돌이켜보니 너무 매욱했다. '너 자신을 알라'는 첫 강의실부터 그랬다. 공연히 설레발놓던 자신보다 진철이 훨씬 노련하게 지혜에게 접근했다는 판단이 들었다. 수철은 지금까지 진철에게 지고 있으면서도 무엇이 문제인지 파악하지 못했다는 사실을 퍼뜩 깨달았다. 그렇다면 앞으로 지혜의 사랑을 얻을 수 있다는 자신감이 잇따랐다.

지혜의 자태를 그리다 선잠에 들었을까. 전투 준비를 하라는 소리에 눈을 떴다. 그런데 두통이 함께 깨어났다. 목이 떨어진 공산군, 행주산성에서 처참한 최후를 맞은 부녀동맹원, 마지막 순간까지 자신을 증오하며 죽이고 싶어한 따발총 든 여성이 빠르게 스쳐갔다. 저마다 수철의 머릿속을 뾰족한 침으로 쑤시는 듯했다. 벌떡 일어나 머리를 도리도리 흔들었다. 지혜의 어여쁜 미소를 애써 상기했다. 미국행 비행기에 함께 오르는 상상으로 두통이 수그러들다가도 그녀가 자신을 어떻게 여길까 헤아릴라치면 통증이 도져왔다. 게다가 "미제의 앞잡이"라는 독설이 맴맴 돌았다. 한가위 때 지혜의 말까지 산울

림처럼 보태졌다. 일본에 부닐며 미국을 악의 무리로 비난하던 친일파들이 미군이 서울에 들어오자마자 그들에 아부하는 꼴불견을 지적한 뒤다. 다부진 지혜는 그날 찬찬히 말했다. 그들이 인간이란 무엇인가를 되새기게 한다고.

수철은 입학하고도 교회를 착실히 나갔다. 기도할 때마다 감은 눈앞에 지혜가 어렸다. 철학의 길 언약을 토론하는 과정에서 지혜를 사랑한다고 확신했다. 그녀의 눈빛이 친구를 바라볼 때 진해지면 몸 어딘가에서 피가 쑬쑬 새는 듯했다. 첫사랑에 실패했기에 더 그랬다. 수철은 고향 전곡의 대지주 집 외동딸 박선영을 소년기부터 연모했다. 한 학년이 높아 가까이하기 어려워 애만 태웠다. 그런데 선영이 소작인의 아들과 속삭이는 모습을 목격했다. 몹시 언짢았다. 선영이 집에 비할 바는 아니지만 적어도 자기 집은 지주였기 때문이다. 소작인 아들과 나란히 걸으며 한탄강을 산책하는 모습을 먼발치에서 볼 때마다 부아가 치밀었다. 하릴없이 상처로 남았다. 지혜와의 만남을 통해 비로소 선영의 그림자를 온전히 벗어날 수 있었다. 세 사람의 모임을 만든 숨은 이유, 어쩌면 가장 큰 까닭이기도 했다.

진철이 월북한 뒤 이제 지혜는 내 여자라고 예감했다. 무슨 일이 있어도 절대 놓치지 않겠다고 다짐했다. 수철이 〈동아일보〉 기자에서 주한미대사관으로 옮긴 까닭도 유학 꿈 못지않게 한민당과 친일파를 싫어한 지혜를 의식해서가 아니던가. 대사관으로 일자리를 옮긴 뒤다. 지혜에게 고백할 결심을 굳혔다. 그런데 금반지를 고르고 결행을 다짐한 바로 그날에 전쟁이 터졌다. 봉원사로 전화를 걸었지만 결국 통화를 하지 못한 채 일본으로 떠났다.

지혜를 그리는 수철의 생각은 일본에서 다소 달라졌다. 지혜의 모습을 육감적으로 그릴 때가 잦았다. 어스름에 일본 여성을 찾아 술집을 전전하던 대사관 공보관이 어느 날 선심이라도 쓴다는 듯이 수철을 도쿄의 고급 요정으로 끌고 간 뒤부터 부쩍 그랬다. 과시하길 즐기는 미국인들에겐 성도 마찬가지인 걸까. 더러는 난삽했다. 대사관의 임시 사무실은 아무래도 좁았다. 공보관의 일상적 동선이 파악되면서 환멸과 함께 서울에서도 저랬겠다 싶어 배알이 곤두서기도 했다. 수철의 시선이 불편했을까, 아니면 외로워 보여서였을까. 아무튼 공보관이 납치하듯이 데려간 요정에서 수철은 새로운 경험을 했다. 짙고 두껍게 화장해서 본디 얼굴을 짐작도 못 할 일본 여자 두 명이 각각 좌우에 앉았다. 대학 영문과 재학생들임을 자처했다. 공보관은 맥주 한 병을 비우곤 일어섰다. 그에게 착 달라붙은 여성의 허리를 잡고 2층으로 올라갔다. 수철의 옆에 있는 여성의 웃옷에도 10달러 지폐 서너 장을 꽂아주곤 '숏총각'이라고 들리는 귓속말을 했다. 여성은 수철을 거슴츠레 보며 헤프게 웃었다. 가슴에 찔러진 달러를 꺼내 확인한 여성은 곧장 수철을 옆방으로 끌고 갔다. 색정적인 자세로 하나둘 옷을 벗었다.

그날 젊은 여성의 몸을 처음 보았다. 강한 욕망이 일었다. 여자는 치마를 벗다가 혹시 조선인이냐고 물었다. 은연중에 멸시하는 눈길을 보냈다. 순간 유린하고 싶은 욕정이 밀려왔다. 다가가서 찢듯이 속옷을 벗겼다. 하지만 지혜의 새맑은 눈빛과 퍽이나 대비되는 천박한 눈과 마주쳤다. 자신의 동정을 한낱 일본인 매춘 여성에게 넘기고 싶지 않았다. 알몸을 눈흘레했다. 참기 어려운 유혹이 솟구쳤다. 얼굴은 외면하고 지혜의 몸이라 상상하며 본능을 따를까. 경멸과 욕망이 시계불알처럼 오갔다. 하지만 오롯이 지혜가 첫 여자이고 싶었다. 숱한 사내들이 돈으로 점유했을 너저분한 몸이라는 생각에 불결함마저 밀려왔다.

"왜 그리 불쾌한 눈으로 쳐다보는 건데? 네 몸을 탐내지 않아서? 너, 아까 나를 조선인이라고 우습게 보았지? 나는 너희 일본인들이 더 웃겨. 너희에게 원자폭탄을 던진 미국인들을 한없이 떠받들고 있잖아? 너희가 그렇게 백인종 앞에 열등감

깊은 족속인줄 미처 몰랐어. 똑똑히 들어. 너와는 비교할 수 없을, 아니 비교 자체가 말이 안 될 수준의 순결하고 아름다운 여성이 조선에 있어. 나의 애인이지. 굳이 이런 말을 하는 것은 너희 일본인 가운데 한 사람이라도 더 백인종 콤플렉스에서 벗어나라는 뜻이야. 그 열등감을 조선인에 대한 같잖은 우월감 따위로 해소하지 말라는 거지. 너희가 이웃나라 사람들에게 저지른 죄악을 언젠가 진정으로 뉘우칠 수 있다면 그때 용서하지."

그날 이후다. 지혜의 몸을 품고 싶었다. 하지만 종종 꿈결에서 안기도 했던 그 '애인' 있는 곳이 다가오자 정작 불안감이 커져갔다. 머리앓이도 점점 심해졌다. 행주산성을 지나며 증폭된 뒤 더 그랬다. 미군과 함께 걸음을 옮길 때마다 동족의 주검을 밟고 온 사실을 지혜가 알 때 어찌 생각할까. 의문이 머릿속에서 눈덩이처럼 커져갔다.

22장

뭘 해주었다고 애국하오

수철의 번민은 깊어갔다. 그와 무관하게 미군의 작전은 착착 진행되었다. 미군은 국군 해병 제1대대를 미 해병 5연대로 편입해 머레이의 지휘를 받게 했다. 서울 공격에 국군을 선봉으로 내세우기 위해서다.

서울로 진격하는 국군의 생각은 두 갈래였다. 하나는 서울을 탈환할 때 미군보다 국군이 앞서야 한다는 주장이다. 해군총참모장 손원일 소장의 지론이다. 손 참모장은 담판을 지을 생각으로 미 해병 1사단장 올리버(Oliver Smith) 소장을 찾아갔다. 지금부터라도 한국군을 선봉에 세워달라고 간청했다. 사단장 올리버 소장은 굳이 마다할 이유가 없었다. 한국군의 전투력을 신뢰하지 않았지만 미군이 공격하기 전에 먼저 내보내 공산군의 전력을 가늠해보는 것도 나쁘진 않다고 보았다. 그럼에도 혼자 결정할 문제는 아니어서 도쿄의 총사령부에 보고했다. 맥아더는 바로 승인하며 정치적 고려를 덧붙였다. 서울 시민들의 눈에 외국 군대가 먼저 들어오는 것은 자칫 부정적 여론을 일으킬 수 있다며 가능한 범위에서 한국군을 선봉에 세우는 모양새를 갖추라고 지시했다. 올리버는 새삼 고개를 끄덕였다. 과연 맥아더라고 생각했다. 올리버는 손원일을 불러 큰 선심이라도 쓰듯이 생색내며 선봉에 나서라고 통보했다. 손 소장은 주먹을 불끈 쥐며 고마움을 표했다. 국군이 서울 수복의 선봉을 맡는다는 말에 해병들은 환호했다.

그런데 그들과 생각이 다른 갈래가 있다. 표면에 드러나지 않았지만 이면에 결코 무시할 수 없는 비중을 차지했다. 수철은 한국군이 자진해서 서울 탈환 작전의 선봉에 섰다는 기사를 실감 있게 쓰고자 했다. 실제 선봉에서 싸울 병사들 인터뷰에 나섰다. 먼저 애젊은 군인을 발견하고 말을 걸었다. 그가 털어놓은 이야기는 전혀 예상 밖이었다. 열여덟 살이라고 밝힌 해병은 수철이 일본에서 온 미군의 종군기자임을 세 차례나 확인했다. 수철은 해병이 자신을 재일동포로 오해하는 듯싶었지만 굳이 해명하지 않았다. 뭔가 하고 싶은 이야기가 있어 보였기 때문이다. 아니나 다를까, 억울함을 호소하듯 입을 열었다.

"기자님 인상이 우리 형과 참 많이 닮아 솔직히 말하고 싶어요. 기자님도 저를 아우처럼 여기고 말 놓으세요. 우리가 선봉에 서기를 원한다고요? 대체 누가 그럽디까? 기자님은 우리를 앞세우려는 자들의 의도는 생각해보지 않았나요?"

"형처럼 생각해주어 고맙군요. 그럼 지금부터 나도 아우처럼 편히 여기고 물어보아도 될까?"

"좋습니다."

"앞세우려는 자들의 의도라고 말했는데 그게 무슨 뜻이지?"

"생각해보아요. 선봉이 된다는 건 우리가 총구 앞에 서는 건데, 그걸 누가 바라겠어요?"

"바라는 군인들도 있던데? 당장 참모장 뜻도 그렇고……."

"흥! 참모장이 그래요? 그분이 어디 맨 앞에서 싸운답디까? 그렇지 않잖아요. 인민군에 사무친 원한을 가졌다면 모를까, 누가 굳이 자진해서 맨 앞에 나서겠다고 할까요? 하긴 공명심 가진 사람이 어지간히 많은 세상이지만요."

수철은 귀를 의심했다. 잠시 수첩을 내려놓았다. 기사를 쓰지 않겠으니 자유롭게 이야기하라는 의미라고 설명한 뒤 물었다.

"솔직한 이야기 들려주어 고마워. 그런데 애국심이 있다면 우리 국군이 더 나서야 하는 것은 당연한 일 아닌가? 국방은 국민의 의무이기도 하고."

"기자님 눈엔 내가 씨알머리 없는 놈처럼 보이나요? 그래나 저래나 관계없지만 지금부터 내가 하는 말은 절대로 기사에 쓰지 않겠다고 약속할 수 있어요?"

"그렇다니까, 정말이야. 기록도 안 하잖아?"

"좋아요. 애국심이라 했나요? 대체 나라가 뭘 해주었다고 애국하란 말이오? 의무? 무슨 빌어먹을 의무?"

"……."

"기자님은 많이 배웠을 텐데 그걸 모르나요? 자, 생각해봐요. 친일 반민족 행위를 해 아버지가 숙청됐다, 당연한 벌을 받는 거지만 자식 입장에선 복수하고 싶지 않겠어요? 또 지주의 아들인데 땅을 빼앗겼다, 그러면 선봉에 서고 싶지 않겠어요? 딴은 그래도 선봉에서 싸우지 않는 놈들이 제법 많더군요. 그런 놈일수록 힘없는 무지렁이들을 죽일 때는 선봉에 잘도 서더이다. 아무튼 난 지금 마지못해 참전하고 있는 거라 자진해서 나설 마음은 털끝만치도 없네요."

"……."

"그렇게 벌레 씹은 표정으로 볼 것까지 없어요. 기자님은 일본에서 일하다가 상륙함에 올랐다고 했죠? 그럼 해병 1대대 병사들 대부분이 제주 출신인 것 정도는 알고 있는 거죠?"

"아무렴."

"그럼 우리 섬에서 무슨 일이 벌어졌는지 들어는 본 거죠?"

그 순간 뭔가 짚여서일까, 아니면 엉겁결일까. 기자들이 취재할 때 흔히 쓰는 수법을 짧았던 기자 생활에서 어느새 익혀서일지도 모르겠다. 수철은 도리질을 했다.

"잘 몰라. 들려줄 거지?"

"우리 도민들 가운데 배 타고 오사카로 피한 사람들도 적잖은데, 몰라요? 아, 참 기자님은 도쿄에서 왔다고 했던가, 그럼 잘 모를 수도 있겠군. 그런데 서청이 우리 섬에서 무슨 짓을 했는지 듣지도 못했어요?"

"제주도에서 폭동이 일어나 많이 죽었다는 것은 신문을 통해 알고 있지만 '서청'은 처음 듣는 것 같은데?"

더 강하게 발뺌했다. 병사가 고개를 뒤로 다소 젖혔다 수철을 의심하듯 뜯어보았다. 퉁명스레 쏘아보던 눈빛이 다시 부드러워지는가 싶더니 냉소적이던 어조까지 낮추며 속삭이듯 말했다.

"실은 기자님을 내가 처음 본 게 아니거든."

수철은 쭈뼛했다. 제주도에서 나를 보았을까. 거짓말이 들통 났나 싶었다. 병사의 말이 이어졌다.

"인천에 상륙하고 공산군 시신을 볼 때 토하지 않았나요? 그때 일으켜 세워준 군인 기억해요? 바로 나요. 그런데 기자님보다 한참 어린 내가 그 끔찍한 시체를 보며 아무렇지도 않았던 까닭이 뭐겠어요? 이 전쟁이 터지기 전에 내 고향에서 그 이상의 주검들을 보았기 때문이지요. 얼굴이 칼에 찢기고 손에 못이 박힌 주검을, 두 가슴을 송두리째 도려낸 여자 시신을 보았단 말이요."

사실 수철은 제주의 서청을 찾아갔었다. 교회 예배를 마치고 친교 시간 때다. 서청에서 활동하며 수철을 끌어들이려 했던 고향 선배 강유연으로부터 '빨갱이들의 만행'을 들었다. 명색이 노동해방 사상을 가진 사람들이 어찌 그리 잔인할 수 있는지 믿어지지 않았다. 그래서 직접 현장을 보고 싶다고 말했다. 꼭 가겠다는 뜻은 아니었는데 선배가 반겼다. 마침 제주 토벌대에 추가로 파견될 단원들이 있다고 다리를 놓아주었다. 그들을 따라 제주를 찾았다. 바다를 건너자마자 살풍경과 마주쳤다. 서청 사무실에 따라들어 갔을 때다. 단원들이 코와 입술에서 피를 흘리는 젊은 여성의 옷을 벗겨놓은 채 능글맞은 웃음들을 지으며 한껏 희롱하고 있었다.

"이년 남편이 빨갱이야. 입산했다가 우리 총에 맞아 뒈졌어.

그런데도 이년은 한사코 자신도 남편도 빨갱이가 아니라고 우기고 있네. 자백하면 고생하지 않을 텐데 말이야."

"그러게. 혹시 이년이 사내들 눈길을 즐기고 있는 건 아닐까?"

"저 팡파짐한 엉덩이를 남겨두고 빨갱이 짓 한답시며 산에 들어간 놈이 미친놈이지."

"사내를 망신시키는 놈들은 죄다 죽어도 싸."

더는 볼 수 없었다. 수철은 슬며시 돌아서서 문밖에 나와 있었다. 곧이어 여자의 비명이 들렸다. 수철의 온몸에 도돌도돌 소름이 돋도록 처절했다.

서청은 전기고문도 서슴지 않았다. 어디서 구했는지 번듯이 군복을 입은 채다. '빨갱이 년'이라고 연행해서는 자기와 결혼하면 살려주겠다고 구슬렸다. 끝내 거절하자 거침없이 죽이는 행태도 목격했다. 서청은 수철에게 단원 지원서를 건넸다. 응하지 않자 분위기가 심상찮다. 고향 선배가 어떻게 연락해놓았는지 수철이 제주에서 단원으로 활동하러 온 줄 알고 있었다. 수철은 아직 대학에 다니는 중이라며 선배와 더 상의하겠다고 얼버무렸다. 그러자 배 운임료와 숙식비를 모두 내놓으라고 다그쳤다. 수철은 주머니를 털었다. 차라리 마음이 편했다. 서울로 돌아오자마자 서청과 모든 연락을 끊었다. 그러면서도 목격한 만행을 못 본 척 시치미 뗐다. 지금은 철학을 공부하는 대학생일 뿐이라고 합리화했다. 그랬던 자신이 불현듯 떠오르자 메스꺼움과 두통이 밀려왔다.

"기자님, 뭔 생각을 그리 골똘히 해요. 그 시신 본 게 아직도 생생한가 봐요. 그런데 기자님, 아까 제주에서 폭동이 일어났다고 했는데 그거 참말로 아주 섭섭한 말이거든요. 폭동이란 말은 사실 서청 놈들에 어울리니까요. 내 서청이라면 이가 갈려요. 그놈들은 사람이 아니랍니다. 갑자기 집에 들이닥쳐 '빨갱이 년' '빨갱이 가족'이라며 숨은 남편이나 남동생을 대신해 학살하거나 고문과 강간을 저지른 게 부지기수요. 그게 폭동 아니면 뭐겠어요?"

"그게 다 서청 소행은 아닐 것 같은데?"

"흥, 잘 모르면서 왜 서청을 두남두는 거요? 사실 못 믿는 것도 당연하지. 그럼 내가 직접 이 두 눈으로 본 시신들을 말해 주리까?"

수철이 눙치자 병사는 다소 흥분했다. 딴은 진실을 말해도 믿지 않는 사람이 많았을 성싶다. 눈 흡뜬 병사는 오른손 손가락 두 개로 자신의 두 눈을 마치 찌르기라도 하듯 가리켰다.

"앞니가 죄다 부러진 어머니와 두 자매의 시신을 본 적 있소? 옷을 모두 벗기곤 거꾸로 매달아 고춧가루 탄 물을 코와 입에 붓다가 입을 다물면 쇠뭉치로 벌려 그리된 것이오. 서청 놈들, 경찰과 군인들, 미군 놈들 죄다 한통속이라니까! 아아, 다시 입에 담으려 해도 치 떨리는 그 천인공노할 만행들이 죄다 태극기 아래서 저질러졌는데 우리에게 애국심? 그걸 기대하는 건 너무 심한 것 아닌가?"

"진정하시게나. 아우님 말이 잘 믿어지지 않네만 그리 알겠네. 그런데 말이야. 정말 그랬다면 군대에 원한이 깊을 텐데 왜 자원해서 입대한 거지?"

"내 눈앞에서 아버지와 형을 빨갱이로 몰아 죽이더군요. 친일파들 청산하자는 집회에 참석한 죄밖에 없는데 말이요. 나는 그때 열여섯 살, 어찌 보면 먹을 만큼 먹은 나이인데도 바보같이 울기만 했지요, 울기만. 헌데 통곡만 할 수도 없었어요. 살아남은 우리 가족에게 '빨갱이 집안'이라는 굴레가 들씌워집디다. 나만 그런 게 아니오. 연좌제에 해당한 가족들이 살아남을 방법은 군인 가족이 되는 방법밖에 없어요. 여자들은 서청 놈들에게 시집갔지요. 약혼한 남자를 살리기 위해 서청 간부와 결혼한 여자도 있다니까요. 나처럼 불알 찬 놈들은 가족을 위해 서청과 결혼도 못 하잖아요? 내가 사상이 온전하다는 걸 보여주기 위해서 군대에 자원한 거요. 군인 가족이 되면 적어도 어린 여동생들과 어머니가 빨갱이로 몰려 몹쓸 짓을 당하거나 죽지는 않을 테니까요.”

“아우님과 같은 이유로 해병대에 자원한 사람들이 많은가?”

“물론 모두는 아닐 거요. 하지만 내 주변은 거의 그래요. 장교들이 섬에 들어와 긴급히 해병대원들을 모집할 때, 아, 지금 이야기하다 알아챘는데 그게 다 상륙 작전을 염두에 두고 그런 거네요, 아무튼 자원해서 군인 가족이 되면 식구들이 모두 안전하게 된다고 부추겼어요. 하지만 그렇게 기사를 쓰진 않을 거죠? 그럼 안 돼요. 자칫 우리는 희생만 당하고 가족들은 계속 빨갱이 낙인 찍혀 살 것 아니겠어요? 암튼 우리는 누구보다 맹렬하게 싸울 거요. 이제 알겠어요? 빨갱이 아님을 인정받으려고…….”

“싸우는 이유가 정말 그것 만인지…….”

“허 참, 종군하는 기자 맞소? 전투가 벌어질 때 맨 앞에서 돌격하면 어떤지 아쇼? 종이 한 장 차이로 총알을 맞거나 대포알에 즉사하는 거요. 하지만 우리에게 선봉에 나서라고 명령이 내려지면 다른 길이 없는 거요. 주춤거리면 바로 의심하지 않겠어요? 우린 죽자 사자 싸울 수밖에 없어요.”

수철은 할 말을 잃었다. 어깨를 토닥여주며 일어섰다. 그가 ‘기사 잘 써주오’라고 웃을 때 손을 내밀어 악수하며 말했다.

“걱정 마, 내가 바보는 아니니까. 그나저나 아우님에게 가장 중요한 것은 살아남는 거야. 알겠지?"

"고마워요. 형님!"

애동대동한 해병은 경례를 했다. 수철은 다가가서 포옹한 뒤 엄지손가락을 곧추 세워주고 돌아섰다.

제주 출신의 모든 해병이 그와 같은 생각을 지닌 것은 분명 아니었다. 진철도 공산당이 독재하는 스탈린주의를 싫어했듯이 그에 반대하거나 기독교 신앙의 자유를 지키려는 독실한 해병도 만났다. 하지만 결코 적지 않은 병사가 그 아우와 어금버금하게 말했다. 선봉에 선 그들 모두는 몸 사리지 않고 용감하게 싸웠다. 어떤 이유든 전쟁의 최전선에서 살아남으려면 몸부림칠 수밖에 없다.

수철은 자신을 형이라 부르는 해병에게 서청을 모른다고 거짓말을 능란히 늘어놓은 사실이 상기될 때마다 머리가 욱신욱신했다. 자신의 삶이 고발당하는 느낌이 들었다. 철학을 한다는 이름 아래 비겁하게 살아온 건 아닐까. 이러다가 진철이 우스개로 말한 '수상한 철학'을 하게 되는 건 아닐까. 불쾌감마저 엄습했다. 아버지가 비록 대지주는 아니지만, 그래도 지주의 아들로서 편안하게 살아와서일까. 불편한 현실을 마주할 때마다 의도적으로 눈 감아왔다는 자책감이 고개를 든다. 누군가 뇌 여기저기를 바늘로 콕콕 찌르는 듯하다.

23
장

청상 될 아내의 탐스런 자태

어미산은 조선왕조의 태조 때부터 봉수대가 자리 잡을 만큼 중시된 산이다. 서쪽과 남쪽으로 여러 산등성이가 여트막이 뻗어 있다. 어미산이라 불린 까닭이 있다. 서울의 진산인 삼각산 인수봉이 아기를 업고 밖으로 나가는 꼴이다. 이를 달래어 막고자 선인들은 오래전부터 그렇게 불렀다. 산 이름에 민중의 지혜와 소망이 담긴 셈이다. 실제로 뾰족한 삼각산과 달리 너르고 포근하다. 모정 없이 자란 수철과 진철에겐 더 그랬다. 교정의 백양나무 길을 걷다가 문득문득 마주치는 어미산은 푸근푸근했다. 마치 문학관을 품고 있는 듯했다. 전혀 기억에 없는 어머니 젖가슴을 상상하기도 했다.

어미산 아래 종군기자실로 돌아온 진철은 슬픔에 잠겼다. 초연에 휩싸인 행주산성이 잊히지 않았다. 그 불난리에서 장렬히 전사했을 '니체 박사' 유정인을 애도했다. 인민군과 부녀동맹의 인민들이 손잡고 미군의 기습을 물리친 행주산성 전투를 글로 우려냈다. 기사를 제출하며 회의가 들기도 했다. 다음날 행주산성을 빼앗겨서다. 그럼에도 첫날 야간 전투에서 승리한 진실은 그대로 기록해야 한다고 자신을 추슬렀다. 기자를 현재의 역사가라 부르지 않던가.

서울 방어는 절체절명의 과제이기에 인민군 총참모부는 긴급히 방어선을 편성했다. 미군의 인천 상륙 직후부터 닷새에 걸쳐 인민군 25여단 전원이 서울에 들어왔다. 서울을 사수할 25여단은 8월에 강원도 철원에서 편성됐다. 낙동강 전선에 투입될 준비를 마치고 있었다. 총 병력 2500여 명이다. 중국에서 항일투쟁을 벌여 전투 경험이 풍성한 고참병들이 많다. 독립부대인 78연대도 가세했다. 수도권 예비부대다. 서울시인민위원회의 지원을 받아 도심 안팎의 높은 지대와 주요 길목에 진지를 구축했다.

미군은 수색을 지나 서울로 빠르게 다가왔다. 진철은 9월 20일 궁동산을 찾았다. 인민군들은 인천에 상륙한 미군의 최정예부대와 곧 맞붙는다는 생각에 한결 긴장했다. 항일투쟁에 나섰던 인민군들은 의연했다. 하지만 아직 전투 경험이 없는 의용군들은 달랐다. 전투식량을 함께 먹으며 이야기 나눈 그들 대부분은 미군의 무지막지한 화력에 조마조마함을 감추지 못했다. 앳된 인민군이 종군기자 완장을 두른 진철에게 다가왔다. 낙동강 상황을 나직이 물었다. 차마 집중 폭격의 참상을 들려줄 용기가 나지 않았다. 다른 곳 취재하려고 떠날 참이었다고 궁땄다. 실제로 몇몇 인민의용군들의 이야기를 취재하고 궁동산 고지에 다시 올랐다. 어느새 땅거미가 깔려 고지 아래 홍제천이 어스레했다.

잔별들이 속절없이 반짝이며 하나둘 나타날 때 능선을 발밤발밤 내려갔다. 으슥한 숲에서 갑자기 인기척이 나 밤나무 뒤로 몸을 숨겼다. 숲 사이로 후미진 곳에서 어깨에 총을 멘 중년의 인민군 모습이 들어왔다. 홀로 밤하늘 우러러보며 허리를 살랑살랑 움직이는 뒷모습이 남세스러워 돌아섰다. 방해하고 싶지 않았다. 하지만 전선의 또 다른 풍경을 취재하고픈 의욕이 뒤섞였다. 망설이다 되돌아섰다. 숨죽이고 살폈다. 딱한 생각이 몰려온다. 이내 다시 돌아섰다. 걸음을 옮기는데 나뭇가지가 밟힌다. 뚝 소리가 났다. 어둠 속 인민군이 어깨에 메고 있던 총을 어느새 앞으로 들고 짧게 외쳤다.

"누구냐?"

"종군기잡니다."

"로동신문 종군기자?"

"그렇습니다. 방해해서 미안합니다."

"방해는 무슨? 우리, 이야기나 나눕시다."

진철이 바라던 바다. 앞으로 다가섰다. 구레나룻이 두 볼 가득 퍼진 털북숭이다. 중사가 옷매무새를 가다듬으며 웃었다.

"우리 고지에 당 기관지 기자가 왔다는 이야긴 들었소. 마침 잘 만났소. 생각보다 젊은 동무구먼? 그래 요즘 어떤 기사 쓰오?"

"인민의 관점에서 쓰고 있습니다. 동무는 밤하늘을 바라보고 있던데 무슨 생각을 했습니까?"

"내래 무슨 생각을 했을 것 같소?"

"글쎄요. 공화국의 안위를 걱정하셨을까요?"

"어찌 그리 잘 아오?"

"아, 정말 그러셨군요."

"여보시오. 당신 혹시 김일성대학 나왔소?"

"그렇습니다."

"과연…… 내 그럴 줄 알았소. 근데 뭘 전공했소?"

"철학입니다."

"철학? 무슨 철학을 공부했기에 상상력이 겨우 그 정도요?"

"……."

"김일성대 나온 로동신문 기자 양반은 어떤지 모르겠소만, 나는 조금 전에 공화국을 걱정하지 않았소. 내래 집에 두고 온 아내를 생각했다오. 왜, 실망했소?"

"아닙니다."

"간절히 기도했다오."

"기도요?"

"그럼, 내겐 마누라가 부처님이자 예수님이고 하느님이거든."

진철은 엷은 미소로 답했다.

"동무! 서울을 방어하러 급히 달려온 25여단이 어떤 동무들인지 알고 있소? 나를 포함해 많은 인민군들이 중국에서 일본 제국주의 군대, 장개석의 지주 계급 군대와 싸워 이긴 역전의 용사들이오. 대륙에서 숱한 사선을 넘고 넘었소. 일본 놈들을 물리치고 조선에 돌아와서 환대받은 것이 겨우 한 해 전인데 다시 해방전쟁에 나선 것이거든."

"알고 있습니다. 그 점 경의를 표합니다."

"경의는 무슨 얼어 죽을 경의! 당 기관지 기자 동무가 조국을 걱정할 때 나는 애오라지 아내를 생각하고 있었단 말이오. 중국에서 해방전쟁을 끝내고 내 고향 속초에 돌아와 비로소 늦장가를 들었거든. 군에 남으라는 권고를 거부하고 늙은 아버지에게 어부 수업을 받았소. 근데 조카 같은 어린 색시 얻었다고 마을 사람들이 온갖 눈총을 주지 뭐요. 후후. 우리 아내, 몇 살인지 아오? 올해 갓 스물이라오. 내겐 너무 과분한 여성 아니겠소? 떠나오기 열흘 전에 아들도 낳아주었단 말이오. 어찌나 귀엽던지 녀석을 볼 때마다 눈뿌리가 뜨거웠다오."

"축하합니다."

"고맙소. 그런데 동무, 대륙에서 오랜 해방전쟁 경험으로 내겐 감이 있소. 속초에서 아들놈 왕방울 같은 눈 들여다보다가 인민군이 38선 넘어 진격했다는 말을 들을 때 되우 불안했거든. 기어이 나까지 다시 군복을 입게 되더군. 미제 놈들이 저 앞까지 와 있다던데……. 우리에게 여길 사수하라는 명령이 내렸소. 사수, 사수, 그게 뭔 말인지 아시오?"

"……."

"궁동산인지 궁둥이산인지 여기서 내가 죽으면 청상과부 될 아내의 탐스런 자태를 떠올리니 미치겠소. 솔직히 탈영이라도 하고 싶은 심정이오. 그래서 내가 저승에 가기 전의 마지막 밤이 될지도 모르는 지금 아내와 한 몸이 되길 소망했소. 비록 멀리 떨어져 있지만 나의 어여쁜 아내도 지금 이 순간만큼은 동해에 뜬 저 달 보고 나를 그리워하기를 기도하면서 말이오. 내가 죽거든 제발 아내가 또래의 훤칠한 사내와 만나 재혼하길 바랄 따름이오."

"얼마든지 살아서 귀향하실 수 있습니다."

"그럴 수도 있겠지. 귀향하면 얼마나 좋겠소. 기자 동무도 푸른 동해 본 적 있겠지?"

"아직요."

"허허 조선 사람으로 태어나 아직 동해를 보지 못했단 말이오? 이 전쟁에서 살아남아 반드시 찾아가기 바라오. 바다 색깔이 얼마나 다채로운지 알 수 있을 거요. 청록색 파도가 언제나 어루만져주는 내 고향 속초는 정말이지 살기 좋은 곳이오. 설악산에 금강산도 지척이라오. 아들놈이 아장아장이라도 걷기 시작하면 곧장 산과 바다로 아내와 두 손 잡고 마냥 돌아다니고 싶소. 좀 더 크면 바다로 나가 물고기 잡는 법도 가르쳐주고 말이오. 해방된 나라에서 어부로 그렇게 살고 싶었소."

"저를 키워주신 할아버지도 어부셨습니다."

"그렇소? 어부가 키웠다면 물고기 잡는 즐거움도 가르쳐주었을 것 같은데?"

"네, 배를 타면 늘 미소를 잃지 않으셨어요."

"김일성대가 아니라 할아버지에게 철학을 배웠으면 더 좋았을걸 그랬소. 그나저나 동무는 결혼했소?"

"아닙니다."

"사랑하는 사람은 있겠지?"

"그런 것 같습니다."

"허허, 그런 애매하고 답답한 말이 어딨소? 동무 말을 들어보니 평양에 있는 그 처자, 참 속 많이 태웠겠구먼."

"네?"

"동무가 다시 만날 때 그 처자도 동무를 사랑하고 있다는 느낌이 오면 공연히 까탈 부리지 말고 모든 걸 아낌없이 주오. 나는 전선에서 애젊은 인민군들이 장렬하게 전사한 주검과 마주치면 생전에 사랑 한번 나누지 못한 청춘이 너무 안타까워 남몰래 눈물을 흘린다오. 머리로 하는 사랑 말고 이 몸으로 하는 사랑 말이오."

"몸의 사랑……. 그게 그렇게 중요합니까?"

"기자 동무도 숫총각이 확실하구먼?"

"……."

"동무! 그 사랑은 말이오, 이 적막한 세상에 조물주가 우리에게 준 선물 아니겠소? 물론, 그 선물을 헤프게 쓰는 건 조물주에 대한 예의가 아니겠지. 하지만 사랑하는 사람이 있는데도 그 선물 꾸러미를 풀어보지도 못한 채 더구나 몸이 갈가리 찢겨 비참하게 죽음을 맞는다면 얼마나 가엾소. 사랑이라는 선물은 우리 생명을 이어갈 자식까지 보내주지 않소? 얼마나 위대하오."

"적막한 삶에 가장 큰 선물이라는 말씀이군요."

"그렇소. 동무, 이제 좀 이야기가 통하는구먼. 내친 참에 내가 숱한 전장을 거치고 고향에 돌아와 장가든 경험에서 터득한 철학 들려줄까?"

철학이라는 말에 진철의 귀가 쏠렸다. '할아버지에게 철학을 배웠어야 한다'는 말에도 여운이 남아 있어 더 그랬다.

"아주 간단한 진리인데, 사랑이 곧 삶이고 삶이 곧 사랑이라오. 개똥철학이라고 흉보기 십상이지만 그 이상의 진리가 우리 인간에게 가능하겠소? 삶도 사랑도 우주가 건네준 선물이오. 우리가 지금 싸우는 것도 인민들이 마음 놓고 사랑할 수 있는 세상을 만들기 위해서 아니오?"

"그렇군요."

"저 총총한 별들 좀 보소. 우리를 어찌 생각하겠소. 우리 인간은 우주에서 잠깐 나왔다 우주로 돌아가는 거라오. 그게 인생이고 삶이오. 남김없이 사랑하고 가야 후회 없지 않겠소? 동무는 기자니까 많이 배웠을 거 아니오? 동무를 사모하고 동무도 사랑하는 처자가 있는데 짐짓 모르는 체했다면 그야말로 고리삭은 샌님 짓이오. 꼭 살아서 귀향하오. 그 처자를 한껏 사랑해주오."

"미처 몰랐군요. 그렇게 하겠습니다."

"자, 그럼 동무는 어서 가서 기사를 쓰오. 나는 여기서 못 다 한 기도를 마저 해야겠소. 저 달처럼 탐스러운 아내에게 바치는 사랑 말이오. 잘 가시오."

진철은 먹먹했다. 왜 그가 자신을 불러 세웠는지 헤아릴 수 있었다.

전장을 취재해오며 '민중의 관점'을 되뇌었지만 정작 중요한 삶의 영역을 지금껏 놓치고 있었다. 기실 역사 속에서 우리 민중들의 꿈은 정말 소박하지 않았던가. 동해 어부의 말처럼 '마음놓고 사랑할 수 있는 세상' 아닌가. 세계사는 그런 세상을 지며리 일궈온 흔적 아닐까. 모든 생명, 모든 사람이 사랑의 결실이라는 새삼스런 깨침으로 진철은 자신이 지금까지 겪은 전쟁을 웅숭깊게 볼 민중의 관점에 눈떴다. 설령 전쟁이라는 현실을 감안하더라도 군인과 민간인을 가리려는 최소한의 양식도 내팽개친 채 무차별 폭격과 기총 사격을 서슴지 않은 미군에 분노와 적개심이 차갑게 타올랐다.

"뭘 그리 망설이오. 어서 내려가오. 사령부까지 걸어가려면 밤길이 만만치 않소. 기사 다 쓰거들랑 내일은 격전이 벌어질 테니 푹 자두기 바라오."

진철은 다독이듯 따스한 동해 어부의 말에 임진강 어부인 할아버지가 떠올랐다. 진정을 담아 간곡히 말했다.

"동지의 아내가 지금 동지를 그리고 있기를 기원합니다."

"고맙소. 동무도 인민을 위해 좋은 기사 많이 쓰시오. 나는 아무래도 저놈들을 저승까지 직접 데려가야 할 듯하오."

"무운을 빕니다."

진철은 달빛 산길로 발걸음을 옮겼다. 가을 밤하늘에서 별빛이 우수수 쏟아진다. 중년의 인민군이 멀리 동해안의 젊은 아내에게 사랑의 불꽃을 전하는 모습이 한없이 경건한 기도처럼 다가왔다. 부디 저 달빛이 다리를 놓아주기를 간절히 소망했다.

24장

참호 늘어선 사색과 사랑의 길

시루산을 떠나 미군과 함께 나아갔다. 어미산이 성큼 다가왔다. 두통이 가장 먼저 반기는 듯했다. 지혜의 눈에 대사관 사무직과 미군 종군기자는 아무래도 다르게 보일 법하다. 어떻게 말꼭지를 떼야 할까. 갈수록 께름칙했다. 미국행 설득을 위해서도 풀어야 할 문제 아닌가.

골머리 앓던 수철은 머리도 식힐 겸 행복한 상상을 했다. 긍정적 사고를 해야 성공한다는 말도 교회에서 익히 들었던 터다. 자신이 일할 심리전국에선 인간의 마음을 읽어야 하기에 철학 공부와 충분히 이어질 수 있다. 둘이 함께 미국 대학원에서 철학에 더해 심리학을 공부하는 장면, 박사가 되어 돌아와 모교 교수가 된 장면, 우아한 최지혜 교수가 철학이나 심리학을 강의하는 멋진 장면들을 그렸다. 그러다가 에델(Edhel Van Wagoner) 교수가 떠올랐다. 연희대 설립에 나섰던 선교사 언더우드의 며느리다. 문학관 옆 상학관에서 심리학을 강의했다. 에델은 대학 안에 있는 그림 같은 사택에서 출퇴근했다. '철학의 길' 동쪽 비탈에 자리한 아담한 이층집이다. 1949년 봄 사택에서 교수부인회 모꼬지가 열렸다. 갑자기 복면을 한 괴한들이 들이닥쳤다. 그들이 쏜 총에 에델이 쓰러졌다. 병원으로 옮겼지만 숨을 거뒀다. 연희대학장으로 장례를 치렀다. 학우들 사이에 온통 화제였다. 괴한들이 과연 연희대생인가 아닌가부터 논쟁이 벌어졌다.

수철은 좋은 기회로 삼았다. 지혜가 너무 왼쪽으로 기울었다고 내심 우려해왔기 때문이다. 서양 근대철학 수업이 끝나고 지혜를 따라갔다. 잠깐 이야기하자며 나란히 교정을 걸었다.

"지혜 씨, 어찌 생각하시오. 좌익이 미국인이라 해서 아무나 살해하는 것은 용납할 수 없잖소? 민주주의가 과연 그들과 공존할 수 있을지 어쩔 수 없는 의문이 들었소."

"수사 결과를 지켜보죠. 누가 그랬는지, 또 왜 그랬는지 수철 씨도 저도 아직 모르잖아요? 그럼 이만, 저 먼저 갈게요."

지혜는 냉랭하게 답했다. 수철은 그 냉갈령에 더 따라 걷지 못했다.

진철이 휴학하고 게다가 월북하자 지혜와 결혼은 단지 시간문제로 보았다. 그랬기에 사르르 나비눈 뜨고 총총걸음 내딛는 지혜의 뒷모습을 우두망찰 바라만 보았다. 학과 '연애 대장'의 충고를 따르기도 했다. 일부러 시치름한 태도를 취했다. 하지만 지혜와의 거리는 좀처럼 좁혀지지 않았다. 되레 역효과만 낳으며 더 멀어졌다. 다행히 학기 중엔 거의 날마다 볼 수 있었다. 지혜가 듣는 강의를 늘 수강한 까닭이다. 하지만 거기서 그쳤다. 에멜무지로 복분자술 가져온 신호를 보내도 과연 응하지 않았다.

지혜는 좀체 틈을 주지 않았다. 진철이 있을 때보다 되레 소통이 어려웠다. 자신을 시들방귀로 여기는 듯했다. 바잡은 수철은 그 이유가 종교적 차이라 추정했다. 지혜에게 자신이 더는 교회에 나가지 않는다는 말까지 전했다. 효과가 없었다. 결국 수철은 '좌익' 탓이 아닐까 의심하기 시작했다. 입담 좋은 진철이 암암리에 끼친 영향 아닐까. 딱히 그 때문은 아니지만 수철은 공산당에서 남로당으로 이어지는 흐름은 물론 암살된 여운형이나 월북한 김원봉을 더욱 비판적으로 바라보게 되었다.

지혜는 '철학의 길'을 언약하는 과정에서 수철의 순수한 정열에 호감이 갔다. 그런데 어느 때부터인가 걸핏하면 쌍심지 선 눈으로 '좌익'을 들먹였다. 그 언행을 이해하기 어려웠다. 독립운동을 한 좌파가 민족을 배신한 친일파보다 나쁜가. 지혜의 물음에 수철은 우물거렸다. 자주 다가와 얼렁대면서도 은연중에 친구인 진철은 물론 자신을 좌파로 규정지었다. 그런 태도는 지혜가 가장 싫어하는 친일파들의 언구럭과 다를 바 없었다. 수철이 점점 마뜩하지 않았다.

경찰은 피살 사건에 수사력을 집중했다. 닷새 만에 6명을 검거했다. 모두 연희대 학생이었다. 민주학생연맹 위원장도 있어 파장이 컸다. 하지만 목표는 에델이 아니라 친일 시인 모윤숙 응징이었다. 그날 모임에 모윤숙이 참석한다는 정보를 듣고 그녀를 저격키로 했지만 당황해서 조준이 빗나간 것이라고 경찰은 발표했다. 학내는 다시 술렁였다. 모윤숙에 눈길이 쏠렸다. 한성상업학교 시절 단체로 부민관에 가서 그의 강연을 들은 적이 있다. 모윤숙은 김활란과 함께 연사로 나섰다. 대일본제국이 기필코 미국과 영국을 격멸하리라고 선동했다.

"시를 쓰는 저는 우리 여학생들에게 늘 말합니다. '국가의 뒤에서 밀고 나가는 원동력은 아내요, 어머니다. 여성의 머릿속에 대화혼(大和魂)이 없으면 위대한 승리의 역사는 이루어질 수 없다'고요. 여러분, 남자라면 당연히 일본군에 들어가서 '미영 격멸'에 앞장서야 옳지 않겠습니까?"

젊은 '여류 시인'의 자극적 꾐에 넘어가 많은 남학생이 일본군에 자원입대했다. 해방을 맞아 모윤숙은 침묵했다. 그런데 아주 잠깐 그랬다. 곧 미군이 들어오면서 슬슬 달라졌다. 이듬해 이승만이 38선 남쪽만의 정부 수립을 주장하자 적극 동조했다. 그때부터 발 벗고 나서서 맹렬하게 '반공'을 부르댔다. 대다수 친일파들이 그랬듯이 모윤숙도 '친미'와 '반공'에서 살 길을 찾은 듯했다.

'시인'답지 않은 언행은 더 눈살을 찌푸리게 했다. 유엔의 '남북 총선 결의'와 관련해 현지 조사에 나선 한국위원회 메논(K.P.S Menon) 위원장에게 접근했다. 중립국 인도의 외교관인 메논은 입국 첫 회견에서 남쪽만의 단독정부안에 반대 뜻을 분명히 했다. 38선 이남만의 단독 선거는 '현존하는 적대 관계를 심화시켜 영구 분단을 불러 온다'고 옳게 말했다. 이승만의 단정 움직임에 쐐기를 박은 셈이다. 그런데 며칠 만에 돌변했다. 모윤숙을 몇 차례 접촉하면서다. 메논은 자신의 본디 판단은 물론 인도의 정부 방침까지 거슬렀다. 남쪽만의 총선거 실시를 '한반도 해법'으로 받아들였다. 이승만과 손잡고 있던 모윤숙은 메논과 만날 때 '낙랑클럽'을 무대로 활용했다. 클럽이 마련한 파티에서 메논에게 다가가 자신이 유명한 시인이라며 은근한 눈길을 보냈다. 그날부터 '시인'을 무기로 이승만과 메논을 이어주었다. 낙랑클럽은 여성 사교모임으로 출발했다. 영어 구사력과 미모를 중시했다. 미군정의 관료들이나 해외 사절들의 파티가 열릴 때면 으레 불려와 접대를 마다하지 않았다. 그래서 숱한 풍문과 억측을 낳았다. 모윤숙과 메논의 관계도 그랬다. 모윤숙은 "진실한 마음의 교류"라고 주장했다. 하지만 대다수 사람이 믿지 않았다. 성적 상상력이 더해졌다. 메논 스스로 '오해'를 일으킬 발언을 했다. 인도에 돌아간 그는 "나의 이성이 감정에 흔들렸다"고 털어놓았다. 이어 자신의 "감정을 흔들었던 여성은 한국의 유명한 여류 시인"이라고 밝혔다. 모윤숙도 얌전히 있지 않았다. 자신이 한 일에 '역사적 의미'를 부여했다. "만일 나와 메논 씨의 우정이 없었다면 남한만의 단독 총선은 아마 없었을지도 모른다"고 자랑했다. 그러자 우스개가 세간에 퍼졌다. "건국의 아버지는 메논, 건국의 어머니는 모윤숙"이라 했다. 이승만을 '건국의 아버지'로 띄우던 시점에 나온 말이다. 30대 모윤숙이 꼬리를 쳐서 50대 메논을 흔들었다는 풍문과 섞여 여러 의혹을 낳았다. 대학생들은 분개했다. 저격에 나선 이유였다. 에델 주최의 교수 부인 모꼬지에 참석한 모윤숙을 겨냥했다. 서툰 나머지 엉뚱하게도 에델이 맞았다.

수철은 수사 결과에 당황했다. 지혜를 만나기가 멋쩍었다. 좌익이 미국인이라는 이유로 아무나 살해하는 것은 용납할 수 없다고 호기롭게 던진 말을 수습하고 싶었다. 강의실을 나오면서 지혜에게 다가가 말을 건넸다.

"범인들이 에델이 아니라 모윤숙을 목표로 했다지요. 일제에 빌붙었던 모윤숙이 해온 언행을 생각하면 전혀 이해 못할 일도 아니오."

"모윤숙은 저도 싫어합니다. 하지만 그렇다고 이해가 되나요? 몽양을 암살하는 자들과 다를 바 없잖습니까? 어느 개인이 한 인간을 심판하거나 죽일 권리는 없다고 생각해요. 누구나 인간으로서 기본 권리를 지니고 있으니까요. 법의 심판에 맡겨야지요."

수철은 아차 싶어 마른기침을 했다. 자기로선 최대한 지혜의 생각에 맞추려는 시도였다. 하지만 그녀의 생각이 언제나 깊은지라 얼뜬 자신이 헛짚을 때가 많다는 사실을 비로소 파악했다.

연희산등이 가까워올수록 조바심 난 까닭도 그래서다. 에델 교수의 피살을 두고 지혜와 나눈 말을 찬찬히 톺아보던 수철은 돌연 미소 지었다. 봉원사에서 지혜를 다시 만나면 미군 종군기자가 된 상황을 그녀가 강조한 '인간의 권리' 문제로 설명하면 좋을 듯했다. '무릇 자유와 함께 생명권은 모든 인간의 기본 권리다. 그런데 스탈린주의는 개인의 생명은 물론 인간으로서 권리를 너무 가벼이 여긴다. 전면전은 많은 사람의 생명을 파괴하는 폭력이다. 전쟁을 통해 스탈린주의를 우리 겨레 전체에게 강요하는 침략세력을 막으려면 미군에 협조할 수밖에 없었다.' 이렇게 말하면 지혜도 고개 끄덕이지 않을까. 논리를 세우자 오랜 체증이 가셨다. 지혜 앞에 당당히 설 수 있으리라 확신했다.

그런데 당시 지혜의 생각은 조금 달랐다. 법의 심판에 맡겨야 한다고 수철에게 대꾸하긴 했다. 하지만 그렇게 말하는 순간 진철이 생각났다. 그이라면 '법적 심판이 불가능할 때 우리는 무엇을 할 것인가'를 묻지 않을까. 수철과 더 논의할 문제는 아니라고 판단했다. 지혜 스스로도 그 물음에 답할 수 없었다. 진철은 나름대로 그 물음에 답하려고 행동에 나선 셈이다. 하지만 지혜는 그 길이 반드시 옳은지 확신이 없었다. 수철은 지혜의 그런 고뇌를 알 수 없었다. 그래서 종군기자직은 물론 미국으로 동행도 설득할 수 있겠다는 자신감으로 미군을 따랐다.

불광천을 건너 얕은 언덕에 올랐다. 들판 너머 홍제천 바로 앞에 궁동산이 보인다. 어미산의 서쪽 갈래가 마치 팔을 벌리

듯이 나지막이 뻗어온 산이다. 미군은 궁동산을 104고지로 불렀다. 그 남쪽의 성미산은 68고지, 북쪽의 백련산은 216고지다. 군사작전 지도에 따라 모든 산을 등고선 높이로 명명했다. 미군은 언제나 지상 공격에 앞서 폭탄을 퍼부었다. 이미 7월 중순부터 서울 공습을 시작했으니 두 달이 넘었다. 하물며 공격을 앞두고 폭탄 세례는 당연했다. 216고지, 104고지, 68고지로 갈마들며 폭탄을 쏟았다. 궁동산은 '철학의 길'에서 종종 저녁노을을 배경으로 바라본 정겨운 산이다. 그 산마루가 불기둥으로 붉게 타올랐다. 폭격이 끝나자 머레이가 쌍안경으로 고지들을 살폈다. 이제 점령에 나설 차례다.

9월 21일 오후 4시 15분. 머레이는 세 갈래로 명령을 내렸다. 미군 3대대와 1대대를 좌우에 배치했다. 공격 목표는 각각 216고지와 68고지다. 한가운데 104고지를 국군 해병 제1대대에 맡겼다. 연대장은 핵심 임무를 국군에 맡겼다고 생색냈다. 고지를 장악하면 바로 방어 진지를 만들라 했다. 수철은 제주 출신 병사들이 애틋했다. 미군 기관지 기자이지만 한국군의 무용담을 기사화하려고 따라 나섰다. 머레이는 위험하다며 다시 손사래 쳤다. 본디 한국군을 믿지 않았다. 그럼에도 수철은 들메끈을 고쳐 맸다. 이미 인천 상륙 때 쇠고집을 겪어서일까. 연대장은 옆에 있는 장교들을 마치 증인으로 세우는 듯 공언했다.

“분명히 나는 지금 당신에게 나서지 말라고 경고했어요. 앞으로 어떤 일이 일어나도 내 책임은 아닌 겁니다.”

국군은 거뜬거뜬 나아갔다. 폭탄을 퍼부은 효과일까. 공산군 저항이 없었다. 하지만 논과 밭이 이어진 개활지에 들어서면서 어쩐지 불안했다. 104고지 마루를 의식하지 않을 수 없었다. 긴장한 채 3개 중대를 좌우로 나눠 나아갔다. 홍제천까지 지형에 따라 100 내지 300미터 거리다. 논틀밭틀로 각개 약진했다. 국군이 냇가에 거의 다가갔을 때다. 갑작스레 정적을 찢는 따발총 소리가 났다. 동시에 총알이 핑 핑 빗발쳤다. 개활지라 총알을 피할 은폐물이 보이지 않았다. 사랫길 옆이나 군데군데 쌓인 작은 돌무더기가 전부다. 곧이어 박격포가 쏜 포탄이 쾅 쾅 떨어졌다. 앞서가던 1중대 타격이 가장 컸다. 숱한 병사가 쓰러졌다. 소대장도 두 명이 잇따라 총을 맞았다. 대대장 고길훈 소령이 81미리 박격포로 급히 지원 사격에 나섰지만 역부족이다. 고 소령은 뒤에 있던 3중대장을 불렀다. 철길 옆의 은폐물을 가리켰다. 소규모의 돌격부대를 이끌고 철길을 넘어 우회하라 지시했다. 104고지 서쪽에 자리한 공산군의 자동화기 진지를 무조건 부숴야 한다고 강조했다.

오후 5시 30분에 미군이 성미산을 점령했다. 6시 15분에는 백련산도 장악했다. 미 해병대가 고지의 좌우를 모두 확보했다는 소식에 국군 해병대는 힘을 얻었다. 일제히 공격에 나섰다. 마침내 자동화기 진지를 파괴하고 여세를 몰아 6시 30분에 궁동산 고지를 점령했다. 수철은 곧장 취재에 나섰다. 개활지와 고지 들머리에서 숨진 국군에 깊은 애도를 표했다. 진지를 지키다가 포탄에 죽은 공산군 시신은 너무 처참해 차마 마주할 수 없었다. 숨을 깊숙이 쉬고 산마루에 올랐다. 연희산등이 눈앞에 닿았다. 졸업식에 참석하고 겨우 석 달 정도 지났을 뿐이다. 그럼에도 마치 영겁의 세월이 흐른 듯했다.

산잔등을 섬세히 살폈다. 지혜의 기와집이 쪼그마하게 보인다. 그 아래 판잣집들도 헌 성냥갑을 쌓아둔 듯 그대로다. 하지만 인적이 어디서도 느껴지지 않았다. 더없이 을씨년스럽다. 도파니 어둠에 잠겼다. 지혜는 적어도 집을 떠났으리라 짐작했다. 저 산등 너머에 철학 강의실을 품은 문학관이 자리하고, 내처 산길 걸어가면 다다르는 봉원사에 지혜가 머물고 있을 터다.

수철은 대대장의 강권에 고지를 내려왔다. 막사 야전침대에 들어가 잠을 청했다. 곧 만날 지혜에게 자신의 정당성을 매끄럽게 설명할 수 있다는 자신감을 얻어서일까. 곤히 잠들었다. 미국 육군부 심리전국에서 일하며 지혜와 함께 대학원 공부를 병행하는 긍정적 상상이 단잠으로 이끈 듯했다. 하지만 겨우 세 시간에 그쳤다. 고지에서 한밤에 전투가 벌어졌기 때문이다. 점령하자마자 밤중 기습에 대비한 진지를 구축해놓았기에 역습해 온 공산군을 격퇴할 수 있었다.

9월 22일 햇귀가 고지를 비췄다. 아침 7시에 연희능선 공격이 예고됐다. 수철은 닭고기가 듬뿍 든 전투식량을 후다닥 비웠다. 바로 궁동산에 올랐다. 국군과 공산군이 사생결단의 싸움을 벌일 연희능선을 바라보았다. 문득문득 현실이 낯설었다. 서문과 북문 고개 사이의 저 산등은 본디 철학의 길 아니던가. 거기서 지혜의 집까지 난 어미산 중턱의 숲길은 '사랑의 오솔길'이다. 지혜의 등하굣길이자 수철이 왕왕 산책하던 길이다.

다섯 달 전인 지난 사월만 해도 그랬다. 진달래가 활짝 핀 철학의 길과 사랑의 오솔길을 이어 거닐었다. 지혜, 진철과 도란도란 나눈 시간들을 추억했다. 수철은 사랑도 우정도 내내 지키고 싶었다. 하지만 하나만 고르라면 단연 사랑이다. 언제나 결곡한 진철은 지혜가 없더라도 꿋꿋이 자기 길을 열어갈 성싶다. 하지만 자신은 그럴 수 없다는 진실을 친구가 알아주길, 양해해주길 바라기도 했다. 일본에 머물 때도 내내 사랑을 맺어달라 기도했다. 다소 불안감이 들어 더 그랬다. 인민군이 서울에 들어올 때 지혜가 집에 머물고 있었다면, 진철이 지혜를 찾아와 만났을 가능성이 높았다. 전쟁 상황이 두 사람의 감정을 증폭하진 않았을까 걱정할 때마다 기도로 안정을 찾았다. 월북하며 한 마디도 남기지 않은 사내를 어떤 멍청한 여자가 미더워하겠는가 말이다. 더욱이 지혜 아닌가. 개전 초기에 미군이 참전한 의미를 충분히 알아차렸을 성싶다. 따라서 친구에게 미안하지만 그녀가 현숙하게 대처했으리라 믿어 의심치 않았다.

수철은 공산군 참호가 줄줄이 늘어선 철학의 길과 진달래 만발했던 사랑의 오솔길을 응시했다. 곧 미군의 화력에 불바다 될 운명이다. 다행히 지혜의 집은 능선 아래 가난스런 판자촌과 다소 떨어져 있다. 아늑한 언덕에 기품 있는 그 집만은 파괴되지 않기를 속절없이 기도했다.

25장

0.1초라도 망설이면 죽소

종군기자실에 들어서자마자 기사 작성에 나섰다. 구레나룻 중사의 애틋하면서도 육감적인 사랑을 담았다. 어둑새벽까지 옹슬하며 수정을 거듭했다. 하지만 도무지 흡족하지 않았다. 자신의 문장력만이 아니다. 언어적 상상력과 철학적 사고력에 두루 회의가 들었다. 첫 문장을 "사랑은 우주의 선물이다"라고 썼다. 독자들과 꼭 나누고 싶은 풋풋한 깨침이다. 하지만 종군 기사에 적합한 들머리인지 판단이 서지 않았다. 더구나 민중들은 이미 오래전부터 그렇게 여기고 실천해온 일상의 진실 아닐까. 새삼 기사로 정색하고 쓸 문제는 아닌 듯했다. 그럼에도 별 총총한 밤하늘 바라보며 아내를 그리는 구레나룻 어부는 빛났다. 야전침대에 누웠다. 궁리궁리하다가 잠들었다.

웅성웅성하는 소리가 들리더니 점점 왁자해졌다. 무거운 눈꺼풀을 겨우 떴다. 탄약과 박격포탄을 옮기는 인민군들이 창밖에 붐볐다. 급히 일어났다. 반지하 계단을 뛰어올라 1층의 지휘 본부로 들어갔다. 중좌가 진철을 기다렸다는 듯이 손을 들었다. 다가서자 매부리코 아래로 습습한 웃음을 머금고 말했다.

"새벽까지 보도 투쟁에 몰입했다는 얘기 들었소. 너무 곤히 잠들어 있기에 일부러 깨우지 않았다오. 이미 다른 기자들은 간단히 식사하고 마포나루와 양화진으로 나가 있소. 젊을 뿐더러 당성 뛰어난 동무를 가장 험한 곳에 배치키로 의견을 모았소. 궁동산 고지라오. 괜찮겠소?"

"물론입니다. 어제도 다녀왔고 당 기관지 기자인데 당연하지요."

"자세가 훌륭하오. 미군 움직임으로 추정컨대 오후에 공격이 시작될 것이오."

"감사합니다."

"그런 말 할 때가 아니오. 동무가 낙동강 전선에서 이미 확인했겠지만 미제 놈들의 화력은 항상 예상을 넘어서오. 그래서 하는 말인데 전황을 주시하다가 위험하면 바로 피하기요."

"걱정 마십시오."

"건성건성 듣지 마시오. 내래 동무의 당성을 잘 알아서 그러오. 동무가 위험한 전선에서 몸을 피하는 것은 책임 방기가 아니오. 오히려 책임 있는 자세요. 동무의 주전선은 기사 아니겠소? 놈들의 공격이 시작되면 아무도 동무를 챙겨줄 여력 없으니 알아서 제 몸 관리하기 바라오. 동무만이 아니라 나를 위해서도 그렇소. 우리의 영광스런 당 기관지 종군기자에게 일이 생기면 내가 곤란해지오. 무슨 말인지 알겠소? 자, 이건 동무를 위해 챙겨둔 전투식량이오. 꼭 먹고 올라가기요."

진철은 진심으로 고마움을 표했다. 다만 전투 현장을 끝까지 지킬 생각이 앞섰다. 문득 낙동강 전선을 떠나지 않은 이진선 선배 소식이 궁금했다.

"혹시 로동신문 이진선 기자 소식 아십니까?"

"아, 그 동무는 걱정 마오. 서울에 돌아왔다고 들었소. 동무도 이미 알고 있으리라 생각했는데 여기로 오지 않고 광화문 쪽에서 인민군총참모부와 전선사령부를 담당하는 것 같소. 곧 만나게 될 것이오."

안도하며 이진선 기자처럼 전선을 최대한 지키자는 비장한 각오로 돌아서서 나갈 때다. 곱슬머리 중좌가 깜박했다는 듯 소리 높여 부른 뒤 낮게 물었다.

"동무, 지금 그 고지에 가려면 아무래도 총을 몸에 지니는 게 좋을 것 같은데, 어떻소? 가져가겠소?"

대답 대신 웃었다. 어깨에 멘 가방을 열었다. 소련제 권총을 꺼내 중좌에게 보여주며 조금은 엄숙한 목소리로 말했다.

"낙동강 전선을 떠나올 때 이건무 사단장께 인사드리러 갔는데 그때 주시더군요. 장엄하게 전사한 영웅의 유품이라며 이 권총으로 로동신문의 붓을 지키라고 당부했습니다."

중좌가 '이건무'라는 말에 눈이 동그래졌다. 곧 고개를 끄덕이며 자기가 가장 존경하는 사단장이라고 밝혔다. 이건무는 〈로동신문〉에서 정진철의 기사를 읽은 뒤 태도가 달라졌다. 매부리코를 엄지와 검지로 만지작거리던 중좌가 권총을 달라더니 총알을 살펴보고 물었다.

"이미 몇 발은 쏘았군요. 그래 몇 놈이나 죽였소?"

"유감스럽게도 아직 쏘지 못했습니다."

"아, 그렇소? 쏘지 않을 거면 뭐하려고 갖고 있소? 장렬히 전사한 영웅의 총은 가방에 담고 다니는 기념품이 아니란 말이오."

중좌는 총알을 정성껏 채웠다. 서랍장에서 권총집도 꺼냈다. 진철에게 바투 다가와 직접 혁대에 권총집을 끼워주며 재차 강조했다.

"동무가 행주산성 자원할 때 당성을 알아봤소. 그런데 아까도 내가 당부했고, 스스로도 잘 알고 있겠지만 당이 동무에게 준 임무는 붓으로 미제 놈을 죽이는 거잖소?"

"살아남으라는 이야기는 그만 듣고 싶습니다. 어쩐지 자꾸 비겁해지는 것 같아서요."

"동무의 그런 사고 때문에 자꾸 이야기하는 거요. 동무! 우리 당의 상징이 뭐요? 망치와 낫 그리고 붓 아니오? 굳이 붓을 왜 그려 넣었겠소? 동무는 반드시, 무조건 살아야 하오. 이 권총으로 동무를 보호하기요. 그게 권총을 준 이건무 사단장의 뜻이기도 할 것이오. 사단장 동지가 잘 일러주셨겠지만 권총을 쏠 때는 두 손으로 꽉 잡고 방아쇠를 당겨야 명중률이 높소. 하나 더! 적과 마주치는 순간이 오면 절대, 절대로 망설이지 마오! 0.1초라도 망설이면 동무가 죽소. 알겠소?"

"감사합니다."

"동무는 '감사'가 입에 붙었구먼. 그나저나 권총 찬 모습이 제법 어울리는데, 어떻소? 전선에 올라가는 참에 실제로 미제 놈 하나 정도는 죽여보기요. 그래야 더 실감 있는 기사를 쓸 수 있을 게요."

중좌가 진철과 권총을 위아래로 훑어보며 뱅시레 웃었다. 진철도 빙시레 미소 지으며 문학관을 나왔다. 허리에 찬 권총 손잡이를 만지작만지작했다. 자신이 '유감스럽게도 아직 쏘지 못했다'고 둘러댄 말을 되새겨보았다. 왜 그랬을까. 정말 죽이지 못해 유감인가. '실제로 미제 놈 하나 정도는 죽여보라'는 중좌의 말도 귓전에서 매암 돌았다. 과연 사람에게 총을 쏠 수 있을까. 사람을 하늘처럼 섬겨라가 동학의 가르침 아니던가. 그런데 군인도 아닌 내가 사람을 죽인다? 철학적 의문이 곰비임비 이어지다가 자신이 논점 이탈의 오류를 범했다고 판단했다. 낙동강을 붉은 선혈로 물들인 미군 앞에서 넋두리 늘어놓기라고 스스로를 나무랐다. 일본군과 혈투를 벌인 녹두와 민중들을 새겼다. 사인여천을 내세운 동학 농민군들은 싸워야 할 대상과 참으로 용감하게 싸웠다. 그런 철학을 지녔기에 사람을 개돼지로 여기는 자들과 더 치열하게 싸우지 않았을까.

연희대 서문을 동동걸음 치듯 바삐 나왔다. 밭 사이로 비탈길을 내려와 궁동산에 올랐다. 산길을 따라 북문 언덕으로 가면 지혜의 집을 들를 수 있다. 하지만 이미 봉원사로 피신했을 성싶다. 무엇보다 인민군복을 입은 채 들락거리면 자칫 치명적 후과를 빚을 수 있다. 진철은 미련을 떨치려고 아예 서문 쪽 지름길을 선택했다. 고지에 이르러 참호를 둘러보았다. 지난밤 본 구레나룻 중사가 한쪽 눈을 싱긋 감았다. 진철도 같은 눈짓으로 화답했다. 부디 그가 살아남아 동해의 어부로 속초의 젊은 아내와 해로하기를 염원했다. 산마루에 올랐다. 뒤로 돌아서서 어미산 중턱을 살폈다. 멀리 지혜의 집이 작은 선물 상자처럼 앙증맞았다. 괜스레 애수를 자아내기에 감상을 떨쳐버리듯 되돌았다. 고지 정면 아래로 홍제천과 모래내 들판을 훑어보았다. 더없이 평화롭다. 지혜와 둘이서 걷고 싶은 감상에 젖어갈 때다. 푸슈슉 날아드는 포탄이 정적을 찢었다.

고지 앞에서 대포알이 잇따라 작렬했다. 화염과 함께 파편과 돌들이 시커먼 우박처럼 쏟아진다. 진철은 몸을 날려 참호 속으로 숨어들었다. 포탄이 쉴 새 없이 날아왔다. 삽시간에 시커먼 초연이 고지를 뒤덮었다. 폭음이 멈추자 여기저기서 위생병을 다급히 찾느라 아우성이다. 진철이 가까스로 정신을 수습할 때다. 빠르고 힘 있는 구령이 들린다.

"놈들이 몰려온다. 조준 사격 준비!"

무너진 참호에서 조심스레 머리를 들었다. 고지 아래 홍제천을 살폈다. 인민군들은 어느새 참호를 정비하고 나란히 산 아래를 주시했다. 저마다 한쪽 눈을 감고 가늠자와 가늠쇠를 살아 있는 표적에 맞췄다. 위생병들은 응급조처에 나섰다. 진철은 인민군의 영웅적 전투를 생동감 있게 형상화하겠다고 새삼 마음을 다잡았다. 참호의 인민군들 사이에 몰려오는 적군이 미군이 아니라는 말이 퍼졌다. 더러는 실망하고 더러는 한

숨을 뱉고 더러는 눈 부라렸다. 국방군이 개활지 중간까지 넘어왔다. 인민군들은 깊은 호흡으로 긴장을 풀며 중대장 명령을 기다렸다.

"발사!"

총성이 한껍에 터지며 화약 냄새가 진동한다. 국방군이 홍제천을 건너 악착같이 올라왔지만 고지에 다가서지 못한다. 픽픽 쓰러지거나 땅에 바짝 엎드린다. 엉금엉금 뒤로 기어서 달아나기도 했다. 참호 가까이로 다시 포탄이 날아왔다. 진철은 날렵히 몸을 숨겼다. 귀 먹을 듯 폭음이 들렸다. 낙동강 참극과 행주산성의 시커먼 초연이 눈앞을 스친다. 불안했지만 인민군들은 곧바로 총격에 나섰다. 고지 방어에 몸 던질 기세다.

팽팽한 접전은 궁동산 밖에서 균형이 깨졌다. 미군은 백련산과 성미산 공격에 전차를 앞세웠다. 곡사포에 이은 전차의 직격으로 초연이 자욱했던 성미산이 먼저 무너졌다. 오후 5시 30분이다. 6시 15분에는 백련산도 침탈당했다. 좌우 고지에 미국 깃발이 올라갔다. 궁동산 인민군들은 동요했다. 반면에 국방군의 사기는 한껏 높아져 돌격 함성이 들렸다. 대대장의 무전을 받은 중대장이 분통을 터트리곤 퇴각 명령을 내렸다.

"지금부터 대오를 유지하고 산등을 탄다! 저 뒤편 연희대 북문에 집결한다!"

중대장은 대대로부터 '질서 있는 후퇴'를 지시받았다. 전투력을 최대한 보존해 연희능선에서 결전을 치른다는 작전이다.

진철은 퇴각하는 앞 대열에 섰다. 중대장의 강압적 요구였다. 그 또한 살아서 영웅적 투쟁을 기록하는 일이 기자의 임무라 강조했다. 그런 말을 들을수록 진철은 외려 더 부담스러웠다. 가는 길에 구레나룻 중사가 생각났다. 연희능선에서 다시 만나자는 인사를 전하고 싶었다. 산등성 바로 아래 그가 있던 참호로 몇 걸음 디딘 순간이었다. 심장이 얼음과 맞닿는 된불에 휩싸였다. 참호는 처참히 부서져 있었다. 포탄이 직격했다. 건장했던 구레나룻의 몸은 두 동강 났다. 허리 아래가 아예 사라졌다. 열정이 넘실대던 눈도 반쯤 감긴 채다. 입술이 무슨 말을 속삭이려는지 조금 열려 있다. 털썩 주저앉았다. 후퇴하던 인민군들이 진철의 팔을 들어 일으켜 세웠다. 포화에 맞서 고지를 지키느라 몹시 지쳤을 병사들이다. 그들의 도움이 없었다면 진철은 스스로 일어나지 못했을 터다. 정신을 겨우 차리곤 부축을 완강히 사양했다. 전투병들에게 조금이라도 폐를 끼친다면 안 될 일이다.

대열에서 뒤떨어져 몽롱하나마 궁동산 산등을 휘청휘청 걸었다. 분명 걷고 있음에도 두 다리가 포탄에 날아간 환상에 사로잡혔다.

5부

문학관 덩굴손

26장 이글이글 화톳불, 어른어른 물안개

삶과 죽음 사이에 몸이 있다. 진철은 자신이 몸을 지니고 있음에 전율했다. 유럽철학에서 개념의 전당을 가장 웅장하게 세운 헤겔이 새삼 떠올랐다. 몸에 들어온 한낱 세균인 콜레라가 '절대정신'을 사유한 그의 생명을 빼앗았다. 철학적 사유도 물론 멈췄다. 진철의 몸은 허우적허우적 대열을 따라갔다. 비틀대면서도 걷고 있는 다리가 고마웠다. 땅만 보고 걸음을 내딛던 어느 순간이다. 자신이 대궐재를 지나 이미 어미산에 접어든 사실을 발견했다.

무슨 까닭일까. 진철이 머무적머무적한다. 걸음도 멈췄다. 그러더니 어느 순간 홀연히 재바르게 걸었다. 종군기자실 가는 길에서 조금 벗어났다. 진철은 지혜의 집에 들러야 한다는 알 수 없는 충동에 사로잡혔다. 행여 집에 머물고 있어서는 안 될 일이다. 미군 폭격은 민가를 가리지 않아왔다. 생명을 잃을 위험성이 높다. 어련히 외숙이 대피시켰을까 싶지만 혹시 모를 일 아닌가.

그런데 피신했기를 바라는 마음만은 아닌 듯했다. 집에 다가서면서는 되레 지혜가 있기를 기대했다. 그 바람이 하도 간절해서일까. 진철은 자신의 몸이 지금 왜 지혜의 집으로 가는지 잊은 듯했다. 아니면 의식하지 못했을 뿐 정확히 알고 있는 걸까. 대문에 다가섰다. 빗장이 걸려 있다. 돌담 너머로 안마당을 살폈다. 텅 빈 느낌이다. 그 순간 안도감에 이어 허탈감이 몰려왔다. 두 다리를 버텼던 힘이 쑬쑬 풀렸다. 사실을 말하자면 안도감은 한낱 자기위안 또는 변명이다. 허탈감이 앞섰다. 아니, 지배했다. 진철은 알 듯 말 듯 희미한 미소를 그렸다.

그때다. 미닫이문이 빠금히 열리는 게 아닌가. 마치 기적처럼 지혜의 살가운 얼굴이 살며시 나타났다.

"아, 지혜 씨! 계셨군요. 근데 여기 있으면 안 됩니다."

이럴 줄 알았다며 목소리 높였다. 아무래도 자기기만이다. 실은 반가움에 심장마저 떨렸다. 얼굴에 퍼져가는 행복감을 진철은 숨길 수 없었다. 지혜도 그 표정을 정확히 감지했다.

“알아요. 외숙은 가족들과 함께 이미 봉원사로 피했어요.”

“그런데 왜 아직 여기 있어요. 지혜 씨, 내일은 여기가 전장이 됩니다. 얼른 피해야 합니다. 혹시라도 지혜 씨가 이러고 있을까봐 제가 왔어요.”

“고마워요. 저는…… 어쩐지 오늘쯤은 진철 씨가 올 것 같았어요. 여기가 내일에나 전장이 된다면, 그래도 오늘 밤은 여유가 있는 거네요. 그렇죠?”

“미군은 통상 낮에 전투를 하니까 그렇기는 합니다만…….”

“그럼 잠깐이라도 들어오세요.”

자석에 끌리듯 성큼 방에 들었다. 어둔 방에 지혜가 조심스레 촛불을 켰다. 지혜는 가슴을 파고드는 진철의 열정 어린 눈길을 마주하기 벅찼다. 시선을 피하다가 허리에서 권총을 발견하고 바로 멎었다.

“어머, 기자가 직접 전투에도 참가하세요?”

“아닙니다. 전황이 워낙 예측하기 어려워서요. 호신용입니다.”

예측이 어렵다는 말에 지혜의 불안감이 커졌다. 눈시울까지 물기가 번졌다. 촛불을 밝힌 방에서 앉을 생각도 없이 우두커니 서 있는 두 사람의 눈매에 이슬이 맺혔다. 은빛 비늘처럼 빛날 때다. 함초롬한 지혜가 결기 있게 물었다.

"진철 씨, 정말 저를 피신시켜주려고만 오신 건가요?"

젖은 눈망울이 촛불의 윤슬처럼 빛났다. 진철은 선뜻 말을 못했다. 정적이 진철과 지혜 사이에 흐른다. 그다지 멀지 않은 곳에서 들려오는 포성마저 잠재웠다.

두 사람은 입술을 열지 않았다. 말없이 눈으로 눈을 어루만진다. 지혜는 어글어글한 진철의 눈동자에서 이글이글 타오르는 화톳불을 보았다. 진철은 초롱초롱한 지혜의 눈동자에서 어른어른 피어오르는 물안개를 읽었다. 지혜의 볼이 볼그스름 물들어간다. 고요히 시간이 흘렀다. 두 사람은 그 정적을 영원처럼 느꼈다. 실은 순간보다 조끔 길 따름이다. 전폭기 소리가 다따가 들렸다. 어미산 마루에서 폭음이 잇따랐다. 몸을 살그미 떨던 지혜가 뒤로 묶은 머리를 풀었다. 두 어깨 앞으로 긴 머리칼을 옮겼다. 하얀 손이 조신하게 여민 저고리 고름을 만진다. 천천히 풀었다. 눈부신 속살이 드러난다. 심장이 멎는 듯했다. 검정 치마끈 매듭을 풀려고 할 때다. 진철이 상큼 다가섰다. 지혜의 몸을 와락 안았다. 숨결이 가쁘고 풀 향기가 났다. 미군 전폭기가 어미산 산등에 쏟아붓는 폭탄이 터질 때마다 하얀 창호지가 여러 빛깔로 떨렸다. 촛불에 물든 남자와 여자의 몸이 볼그스름하다. 온몸을 쏟아 하나이고 싶은 남자는 사랑하고 새로 사랑하며 무아경에 들었다. 뜨겁게 달아오른

가슴에서 잇따라 불꽃놀이가 벌어지는 상상에 잠겨든 여자는 온몸으로 폭죽이 터져가는 환상에 부르르 떨었다.

얼마가 지났을까. 진철은 품에서 잠든 지혜의 다사로운 얼굴을 세세히 들여다보았다. 태어나 처음 느끼는 행복감이 밀려오며 눈꺼풀이 묵직해온다. 잠시간 눈을 붙였던가. 눈을 떴을 때 지혜의 싱글싱글한 얼굴이 바투 보인다. 어느새 옷을 단정히 입고 앉은 채다. 진철의 이마에 난 흉터를 살살 어루만지며 묻는다.

"여기 흉터가 노덕술이 그런 거죠? 그자는 어떻게 되었나요?"

"이미 도망쳤더군요. 머리카락으로 가렸는데 흉합니까?"

"아뇨, 자랑스런 훈장인걸요. 이 전쟁은 일어나서는 안 되는 거지만 돌이킬 수 없는 현실이라면 최소한 노덕술 같은 반민족 행위자들이라도 솎아내면 좋겠어요."

"그러리라 낙관했는데 미군이 들어와서 어찌 될지……."

"새벽에 이 근처는 아니지만 궁동산 쪽에서 총소리가 몹시 요란했어요. 진철 씨, 세상모르고 잠든 모습 얼마나 귀여웠는지 몰라요."

말해놓고 쑥스러운 듯 눈웃음 짓는다.

지혜는 짙은 진달래 빛 입술을 가볍게 맞추곤 방을 나갔다.

언제 준비했을까. 시래기된장국과 김치에 달걀말이까지 곁들인 밥상을 들고 왔다. 진철은 콧마루가 새큰했다. 밥상을 내오기까지 과정이 짐작되었다. 시래기에 귀한 달걀까지 얻으려고 얼마나 외숙모를 졸랐을까. 함께 피하자는 외숙의 강권에 또 얼마나 고집을 피웠을까. 충분히 두루 헤아릴 수 있다. 그런데 숟가락이 하나다. 지혜는 나중에 먹겠단다. 진철이 하얀 쌀밥을 한 숟가락 뜨더니 달걀말이를 올린다. 먼저 지혜에게 내민다. 지혜는 손사래 친다. 진철은 단호하다. 그럼 자기도 먹지 않겠단다. 한동안 실랑이를 벌인다. 결국 한 숟가락씩 번갈아 먹기로 했다. 진철은 수저에 쌀밥과 달걀말이, 깍두기를 조금씩 담았다. 지혜가 두 입술로 깔끔히 비울 때마다 쌩글쌩글했다.

행복과 불안이 오갔다. 밤에 총성이 요란했다는 말이 못내 신경 쓰인다. 진철이 밥상에 올린 그릇을 깨끗이 비우고 나갈 채비를 했다. 설거지는 "다음 단계에 추진할 사업으로 미뤄두자"는 진철의 말에 지혜가 조건을 달았다.

"그러려면 무사해야 하거든요."

걱정 말라며 나가려는 진철을 지혜가 가로막았다. 방문 앞에서 두 팔을 딱 벌렸다. 온몸을 던질 시퍼런 기세로 야무지게 말했다.

"조금 전에 나가보았어요. 대문 밖은 지금 잠잠합니다."

"그래도……."

"진철 씨 뜻, 그 성실함도 누구보다 내가 잘 알아요. 다만 종군기자는 살아남아 기록해야지요. 그러려면 저와 함께 봉원사로 가요."

"좋아요. 같이 나갑시다. 다만 저는 먼저 고지에 들러야 해요."

"너무 위험하다니까요."

"지혜 씨, 인민군 전사들이 조국을 지키는 현장에 있는 것이 종군기자의 임무입니다. 그래야 민중의 관점이 기사에 생생하게 살아날 수 있어요. 지혜 씨도 이진선 선배 아시죠? 그 선배가 낙동강 전선에서 끝까지 인민군과 함께했어요. 물론 무사히 돌아왔고요. 오늘 전투도 낙동강 전투 못지않게, 아니 더 중요해요. 연희능선을 반드시 지켜내야 해요. 그 산등의 방어선이 무너지면 서울이 함락되는 참 중요한 전투거든요."

"알아요. 바로 그래서거든요. 미군의 폭격과 포격이 여느 때보다 집중되겠지요. 미군기의 폭격을 무시로 겪었기에 무척 두려워요. 진철 씨, 제발 살아서 이 전쟁을 증언하세요. 당신은 군인이 아니라 기자잖아요."

"……."

“더구나 어디가 조국인가요? 둘 다 우리 조국 아닌가요? 이 전쟁을 진철 씨도 선뜻 동의할 수 없지 않나요? 그렇다면 더더욱 한발 빼세요. 그래야 객관적으로 볼 수 있는 거죠.”

“…….”

“이 전쟁은 잘못된 거잖아요. 지난 총선에서 서울에 출마한 사회당 조소앙이 최다 득표한 거 진철 씨도 알고 있죠? 조소앙은 삼균주의처럼 우리 고유의 정치사상을 모색해왔거든요. 그 길이 당신에게 어울려요. 어쩌면 수철 씨도 그 길은 함께할 수 있을 걸요?”

검은 눈에 습기가 초근초근했다. 진철은 애틋하고 안쓰러워 지혜의 허리를 끌어안았다. 젖은 눈시울과 품위 있는 콧날, 복숭아 빛 볼 두루 고마움에 입맞췄다. 새붉은 입술에 다다를 때다. 화산 분화구처럼 입김이 뜨거웠다. 진철의 몸에서도 사랑의 용암이 꿈틀댔다. 아낌없이 다 주었다. 영혼마저 쏟듯 진철의 정성 어린 사랑을 지혜는 눈부신 몸으로 갈무리하듯 보듬었다.

괘종시계가 여섯 번 울렸다. 두 사람은 서둘러 집을 나섰다. 안개 자욱한 어미산 숲길을 걸었다. 손을 잡고 사랑의 오솔길을 지나 연희대 북문 언덕으로 다가섰다. 두 사람 가슴은 파동으로 이어졌다. 행복의 물결이 넘실넘실했다. 숲 향기 짙은 새벽길은 더할 나위 없이 평화로웠다. 피투성이 싸움의 한복판이라는 사실이 믿어지지 않았다. 진철은 서물서물 떠오르는 불안감을 억눌렀다. 엄지손으로 지혜의 보들보들한 손등을 살살 문질렀다. 어제 일어난 궁동산의 참극, 오늘은 연희능선에서 일어날 격전. 그 사이에 있는 지금 이 순간이 영원하기를 기원했다.

멀리 북문 고개가 안개 속에 나타났다. 헤어질 때다. 진철은 사령부로 가서 전황부터 파악해야 했다. 봉원사까지 바래주기는 아무래도 무리다. 안개가 하얀 장막을 치렁치렁 드리워서일까. 지혜가 진철을 안고 입맞춤했다. 진철은 사물사물 올라오는 도피의 유혹을 떨쳐버리려는 듯 지혜의 몸을 아스러지도록 껴안았다. 귓불에 사근사근 속삭였다.

"지혜! 내 기필코 살아서 돌아올 테니 걱정 말아요. 오늘 우리의 추억이 깃든 그 능선을 비우면 내가 평생 후회하며 살 게 분명해요. 내 두 눈으로 역사의 현장을 보고 후대들을 위해 있는 그대로 기록하려고요. 전쟁이 끝나면 평생 지혜 옆을 지킬게요. 약속합니다. 사랑합니다."

"사랑해요, 사랑해요. 당신, 전투 현장에 너무 가까이 가지 않겠다고 저와 한 약속 잊지 마세요."

지혜의 까만 눈동자와 진분홍 시울이 촉촉했다. 기름기름한 속눈썹에도 올올이 이슬이 맺혔다. 귓속말로 소곤소곤했다.

"봉원사 만월전으로 오세요. 언제든요. 이건 비밀인데 그 마루 아래에 안전히 숨을 곳이 있거든요."

진철은 지혜의 젖은 눈을 호호 불었다. 보송보송해지지 않았다. 진철은 심장에서 가만가만 올라오는 눈물을 숨기고 싶었다. 지혜를 부둥켜안고 눈을 크게 떠 이슬을 가라앉혔다. 이어 해맑은 얼굴로 군복 윗주머니에서 도장 지갑을 꺼냈다. 지혜에게 내밀며 조곤조곤 덧붙였다.

"파주 탄현에 우리 집이 있어요. 여기 인감도장 맡길게요. 주소도 적어두었어요. 사촌 형에게 빌려주어 내외가 살고 있지만 할아버지가 제 명의로 물려준 집입니다. 뒷동산에 오르면 임진강과 한강이 만나는 석양 풍경이 일품이지요. 지혜 씨와 그 황혼을 내내 함께하고 싶어요."

'우리 집'이라는 말에 끌려 얼결에 받았다. 진철이 북문 언덕에서 손을 흔들었다. 문아래 비탈길로 사라질 때까지 망연히 서 있던 지혜에게 얼핏 후회가 밀려왔다. 진철이 혹 돌아오지 못할 수 있다는 생각으로 준 도장일까. 받지 않을걸 그랬다는 생각이 들었지만 '우리 집'의 아름다운 상상으로 곧 떨쳐냈다.

더구나 갖은 불안을 이길 튼실한 무기를 선물 받은 터다. 그이와 하나 된 사랑의 시공간이 그것이다. 몸 깊숙이 새긴 순간

순간을 곰비임비 되새기며 봉원사로 난 숲길을 사뿐사뿐 걸어갔다. 사랑이 모든 시련을 이겨내리라 믿어 조금도 의심치 않았다.

만월전에서 목탁 소리가 들렸다. 불상 아래 앉아 "관세음보살"을 염불하는 외숙에게 다가갔다. 조카가 무사히 오기를 고대 또는 기도하고 있었을 외숙에게 말없이 가볍게 눈인사를 했다.

만월전을 나와 대웅전에 들어갔다. 기도에 들어갈 때 연희산등에서 천둥과 벼락 때리는 소리가 연이어 들려왔다. 폭탄소리가 쉼 없이 겹쳤다. 그때마다 몸이 움찔움찔 했다. 자기도 모르게 "관세음보살, 관세음보살"을 연호했다. 지혜의 다사로운 눈에서 맑은 샘물이 온천수처럼 흘러내렸다.

27장

전쟁의 진실을 밝힐 수 있을까

미군은 인천에서 서울로 가는 가장 빠른 길을 선택했다. 행주나루를 거쳐 경의선 철길을 따라 진격했다. 수색역에 이어 백련산과 성미산, 그 중앙의 궁동산 고지를 점령했다. 마침내 서울 도심에 들어서는 관문에 이른 셈이다. 다시 세 방면으로 공격 목표를 정했다. 연희능선 좌우로 어미산 296고지와 와우산 105고지를 미군이 맡았다. 국군에게 주어진 연희능선은 마루의 100고지를 '머리'로 연희대 서문과 북문 쪽 능선이 마치 독수리가 날개를 편 듯했다. 서문 쪽 56고지는 경의선 터널과 가까웠다.

이윽고 결전의 날이 밝았다. 미군은 정면의 공산군 방어선이 견고해 보이자 다소 긴장했다. 실제로 인민군은 연희능선에 전력을 집중하며 서울 사수에 나섰다. 25여단 지휘부 바로 옆이기도 했다. 전날 전투를 치른 백련산과 성미산은 주 방어선의 외곽이다. 다만 궁동산은 연희능선과 이어졌기에 중요했다. 궁동산에도 사수 명령을 내렸지만 좌우 고지가 함락되었기에 어쩔 수 없이 후퇴했다. 그럼에도 교란 작전을 폈다. 미군은 야간전투를 벌이지 않지만 국방군은 예단할 수 없어 더 그랬다. 국방군이 미군 통제를 받고 있기에 크게 우려하진 않았다. 그래도 혹시 모를 기습 가능성에 선제적으로 대응했다. 소규모 역습이 그것이다. 야간공격을 미리 차단하는 한편 국방군을 궁동산 고지 방어에 묶어뒀다. 벌어놓은 시간을 활용해 연희능선의 참호를 보강했다. 궁동산에서 교훈을 얻은 인민군은 참호 깊숙이 밤새 동굴을 팠다. 가공할 폭격과 포격은 물론 네이팜탄의 화염까지 피할 만반의 태세를 갖췄다.

수철을 비롯한 종군기자들이 작전 계획을 물었다. 연대장은 망설임 없이 답했다. 이미 무수히 폭격해놓은 어미산 296고지를 미군 제3대대가 무난히 확보하면, 국군이 공격하는 연희능선 100고지도 쉽게 점령할 수 있다고 자신했다. 수철은 취재수첩을 꺼내들었다.

1950년 9월 22일 아침 7시 정각. 미군 해병이 보유한 전투기들이 나타났다. 세 방면으로 날아가 각각 공산군 진지들을 폭격하며 네이팜탄으로 불지옥을 만들었다. 폭격이 끝나자 드디어 고지 공격에 나섰다. 좌전방의 3대대가 세 시간 만에 개가를 올렸다. 백련산 아래에서 출발해 가파른 비탈을 올라 전진했는데 뜻밖에도 공산군 저항이 가벼웠다. 쉽게 어미산 정상에 올라 들떴다. 그런데 막상 점령하고 살펴보니 큰 바위들이 많고 나무는 없었다. 진지 구축이 어려워 맞은편 인왕산 진지의 공산군들에게 병력이 모두 노출되었다.

머레이 연대장의 작전 계획과 달리 정상에서 연희능선으로 내려가기도 쉽지 않았다. 은폐물이 거의 없어 어미산 중턱에서 방어 태세를 갖춘 공산군에게 표적이 되기 십상이다. 결국 3대대는 발이 묶인 꼴이 되었다. 정상의 큰 바위들에 몸을 숨긴 채 경계하기 바빴다.

연희능선은 높지 않았지만 방어선이 잘 짜여졌다. 궁동산과 연희능선 사이에 폭 200미터 정도로 1000미터에 이르는 평지가 길게 가로놓였다. 궁동산을 떠난 국군이 밭으로 들어서자마자 예상대로다. 공산군이 일제히 조준 사격에 나섰다. 고지의 기관총에서 폭우 들이치듯 총알이 날아왔다. 야포와 박격포탄도 꽝꽝 떨어졌다. 국군은 한 걸음도 더 나아갈 수 없었다. 머레이가 다시 공중 폭격과 포격을 요청했다. 곧이어 미군 전폭기들이 날아왔다. 연희능선과 와우산 두 갈래로 날아가 폭격했다. 포병 부대도 가세해 대포알을 미구 퍼부었다. 우전방의 와우산을 맡은 미군은 전차를 앞세워 나아갔다. 공산군은 대전차 포격으로 맞섰다. 더구나 박격포가 매우 정확했다. 공격하던 미군들이 잇따라 쓰러졌다. 미군은 다시 전폭기를 동원했다. 공중 폭격에 이어 탱크가 직격포탄을 퍼부었다.

오후 5시 35분. 드디어 와우산 고지를 함락했다. 와우산 전투의 종군기자에게 미군 중대장은 "적군의 박격포가 우리 무릎 위에 포탄을 떨어뜨릴 수 있을 정도였다"고 혀를 찼다. 좌우를 함락하고 이제 연희능선만 남았다. 그런데 뜻대로 되지 않았다. 공산군 주력이 방어하는 고지에 가까이 다가가지도 못했다. 아침부터 저녁까지 내내 공격한 국군 해병대는 초조했다. 어느새 날이 어두워졌다. 결국 궁동산 104고지로 물러났다. 연대 지휘부 회의가 열렸다. 머레이는 국군 해병대만 임무를 완수하지 못했다고 훌닦았다.

9월 23일 날이 밝았다. 국군은 비상한 각오로 아침 7시부터 연희능선 공격에 다시 나섰다. 하지만 공산군도 파괴된 진지를 밤사이에 보수한지라 철벽 방어를 이어갔다. 국군이 한걸음 전진할 때마다 희생자가 더 늘어났다. 대대장 고길훈은 끝내 울음을 터트렸다. 보다 못한 부관이 공격을 독려하려고 나섰다. 하지만 공산군 저격에 곧바로 목숨을 잃었다. 해병대 사령관 신현준이 긴급 증원에 나섰다. 헌병에 정보대 병력까지 62명을 차출했다. 그 과반수가 보름 전에 제주에서 징집한 신병들이다. 갑자기 총알과 대포알 빗발치는 전장에 투입된 그들은 정말이지 용감하게 함성을 지르며 나아갔다. 하지만 낙엽처럼 오소소 쓰러졌다. 머레이는 국군을 뺄 때라고 판단했다. 수색에 머물며 쉬고 있던 제2대대를 불러냈다. 트럭을 타고 온 미군들이 오후 1시에 투입됐다. 국군은 전선에서 물러섰다.

수철은 국군의 퇴각보다 대대장으로부터 해병대 사령관 신현준의 과거를 알게 되어 충격을 받았다. 자신이 '버러지만도 못한 놈들'이라고 경멸했던 간도특설대 장교 출신이었다. 항일 독립운동가들을 죽이던 그와 함께 인천에 상륙했다는 사실이 몹시 낯설었다.

오후 3시. 미 해병들이 공격에 나섰다. 전차가 앞장섰다. 하지만 선두 전차가 개울에 빠지고 말았다. 뒤따르던 탱크들도 철둑에 올라서는 과정에서 파괴됐다. 그럼에도 전차의 힘은 막강했다. 치열한 전투 끝에 연희터널을 점령했다. 미군은 여세를 몰아 산등성이 끝자락인 56고지를 집중 공격했다. 하지만 공산군의 저항선을 뚫지 못했다. 날이 어둑어둑했다. 미군은 연희터널에서 궁동산 104고지로 후퇴했다.

수철은 궁동산 중턱의 지휘소 진지에 머물렀다. 연희능선 전투를 하루 내내 지켜보았다. 국군도 미군도 용감하게 비탈을 뛰어올랐지만 내리 엎어졌다. 폭격과 포격에 노출된 공산군 진지는 생지옥이 틀림없을 터다. 그런데도 빈틈없는 사격으로 전진을 가로막았다. 그럴수록 폭격이 거푸 이어졌다. 수철이 서 있는 땅마저 흔들릴 정도다. 줄곧 함께 지켜보던 영국 종군기자 톰슨이 너무 냉혹하다며 "마지막 생명 하나까지 사정없이 강타한다"고 고개를 절레절레 흔들었다. 톰슨은 최전선을 밀착 취재한 수철과 달랐다. 미군이 지나간 현장을 주로 취재했다. 그는 수철이 한국인임을 알고 토로했다.

"이 전쟁에서 자신이 본 그대로 진실을 밝힐 기자가 있을까요? 나는 회의적입니다. 미군은 아무런 양심의 가책이 없더군요. 실성한 사람이 발작을 일으키듯 초로의 민간인들까지 마구 죽이더라고요. 상대를 사람으로 여기지 않아요. 원숭이처럼 취급해요. 정말 끔찍이도 한국인을 싫어하더군요. 공산군과의 전투에서 호되게 당해 그런 거겠지만, 한국인을 '국(gook)'이라 부르는 거 알고 있는 거죠? '하찮은 티끌'이라는 뜻이거든요. 내가 줄곧 종군했는데 무차별 살해하고 집이든 뭐든 다 불살라버리더라고요."

톰슨은 넌더리를 쳤다. 그의 고백에 〈뉴욕타임스〉 기자 찰스도 나섰다. 학살을 목격했단다. 외국인 기자들이 저마다 종군한 경험을 공유했다.

"미군은 전투에서 공산군에게 당할 때마다 매우 신경질적으로 변하더군요. 한국인들을 눈에 띄는 대로 쏘아 죽이더라고요."

"아무튼 분명한 진실이 있습니다. 지금은 한국인으로 태어날 시대가 아닙니다."

한마디씩 거들었다. 수철은 새삼 섬뜩했다. 최전선 중심으로 취재해서 놓친 부분이다. 딴은 행주산성에서 죽어가는 부녀동맹 여성에게 저지른 미군의 만행을 수철도 확인했다. 곳곳에서 그런 일이 일어나지 않을까 짐작도 했다. 하지만 곧 잊었다. 아니, 잊으려는 의지가 강했을까. 외국인 종군기자들이 늘어놓는 볼멘소리도 마찬가지다. 내심 놀랐지만 어느새 듣고 싶지 않았다.

수철은 두통을 참으며 연희산등에 두 눈썹을 모았다. 철학의 길은 불바다로 출렁였다. 포탄과 폭탄, 네이팜탄이 예고도 없이 연달아 터졌다. 저 불지옥에서 어떻게 달아나지 않고 꿋꿋이 버틸 수 있을까. 신기할 정도다. 수철은 물러나 있던 국군 중대장에게 망원경을 빌렸다. 산잔등과 그 아래를 샅샅이 살펴보았다. 지혜의 집과 언덕의 별장촌 모두 완파되었다. 진철이 세 들었던 단칸방을 비롯해 북문 쪽 판잣집들은 일찌감치 불타 잿더미다. 셋이 어울려 사유의 춤을 추던 나날이 동화의 한 장면처럼 다가왔다.

산을 내려가 지휘소 옆 막사로 들어갔다. 이틀에 걸친 공격을 수첩에 정리했다. 전투에서 부상당한 해병들이 뱉어내는 신음과 나지막한 울음소리가 막사 바로 옆에서 들려왔다. 취재 수첩을 들고 막사를 나왔다. 흐느낌이 들려오는 곳으로 다가갔다. 중상자들을 후송할 응급차는 아직 오지 않았다. 막사 안이 수런수런 어수선하다. 삐쩍 마른 신병이 부상자 옆에서 흑흑 느끼고 곰손이처럼 듬직한 신병은 흙빛 얼굴로 침울하게 서 있다. 배에서 허벅지까지 붕대가 칭칭 감겼다. 아랫배를 감은 하얀 붕대에 붉은 피가 잔뜩 배어났다. 상태가 아주 위중해 보인다. 가여움으로 병사의 얼굴을 볼 때다. 그의 설운 눈과 비로소 마주쳤다. 아, 열여덟 살 아우, 제주 해병 아닌가. 멀리서부터 수철을 본 그의 창백한 눈시울에 눈물이 맺힌다. 가까이 다가섰다. 입술도 움직이기 힘든 듯했다. 몽클한 수철은 옆에서 흘흘 느끼던 신병에게 더덜더덜 물었다.

"대체 어쩌다……."

마른 신병은 수철이 팔뚝에 찬 완장을 보고 조심스레 말했다.

"이 친구와 우리 셋은…… 한 마을에서 자란 불알친구인데…… 아까 긴급 투입되어 왔을 때 이 친구가 곧장 알아보더니…… 반가워 웃기는커녕 울음을 터뜨리더군요. 그 울음의 의미가 무엇인지…… 그때는 몰랐지만 지금은 알 것 같습니다."

수철은 그 의미를 물을 수 없었다. 아우가 그새 마지막 숨을 거뒀다. 시울에 고인 눈물이 마르지도 않은 채다. 두 신병은 죽은 친구의 몸을 흔들며 통곡했다.

슬픔을 삼킬 즈음 부상 경위를 들었다. 박격포가 잇따라 터지는데도 중대장은 두려워하지 말라고 외쳤다. 포복해서 전진하라고 명령했다. 주춤주춤 앞으로 나아가는 전방에 포탄이 줄줄이 터졌다. 바로 옆에서도 폭발했다. 공포에 사로잡혔다. 머리를 감싸고 바짝 웅크렸다. 가느스름히 눈을 떠 보니 뭔가 자기들을 덮쳐누르고 있었다. 밀치고 기어 나왔다. 다름 아닌 친구다. 신병으로 온 고향 친구들을 보호하려고 기꺼이 몸을 던진 것이다.

수철이 감동에 젖을 때 도저히 묵과할 수 없는 이야기가 울먹울먹 보태졌다.

"이렇게 죽어 뭐 한답니까, 아무도 알아주지 않을 텐데……. 친구가 해병대에 자원해 간 뒤 어머니도 누이도…… 끝내 서청 놈들에게 잡혀갔는걸요."

"뭐라? 아니, 그들이 해병대 가족인 걸 알고도 그랬소?"

"우리가 찾아가 따졌지요. 그랬더니 아버지와 형이 빨갱이라 어쩔 수 없다더군요. 그러면서 따지기 좋아하는 너희도 혹 빨갱이 아니냐고 되알지게 닦달하지 않겠어요? 정말이지 그렇게 깐질깐질한 놈들은 처음 보았네요. 그 길로 우리도 입대할 수밖에 없었습니다. 그래도 우리는 집안에 빨갱이가 없으니까 가족들이 무사할 거라는 각서를 받고 왔어요."

"그럼 어머니와 누이들은 연행 뒤 어떻게 되었소?"

"거기까진 몰라요. 두 누이 모두 어머니 닮아 참 곱고 상냥했는데요."

"서청에 붙들려 가면 어떻게 될지 당신이 더 잘 알고 있을 텐데?"

마른 신병과 수철의 대화를 듣고만 있던 곰손이가 비아냥대며 치받았다. 수철은 뜨끔했지만 아닌 보살 하고 쳐다보았다. 곰손이 신병은 수철의 눈을 피하지 않고 맞받았다. 순하게 생긴 눈동자에서 일순 증오의 시퍼런 불길이 번쩍이다 사라졌다. 수철은 눈을 돌려 마른 신병에게 물었다.

"어머니와 누이가 연행된 걸 알려줬소?"

"차마 전하지 못했습니다."

"다행이군."

그 순간이다. 곰손이 신병이 더는 못 참겠다는 듯이 벌떡 일어섰다. 다짜고짜 수철의 멱살을 잡아챘다. 이악스레 쏘아보는 눈발로 암팡지게 다그쳤다.

"뭐가 다행이지? 응? 뭐가 다행이냐고? 네놈 야바윗속을 내가 모를 줄 알아? 너, 제주도에서 서청 사무실 들락거린 놈 맞지?"

"아니야. 사람 잘못 봤어."

"아니긴 뭐가 아니야. 뻔뻔한 것도 서청 놈들과 똑같구먼?"

"잘못 본 게 맞아. 재일동포가 종군기자로 와 있다는 이야길 내가 들었어."

눈물이 갈쌍갈쌍한 마른 신병이 친구를 뜯어말렸다. 그러면서도 긴가민가한 눈치다. 멱살잡이 곰손이가 손을 풀었다. 하지만 확신하는 듯했다. 미안하다는 말도 물론 하지 않았다. 죽은 친구로 서럽게 눈을 돌렸다. 수철은 더는 따지지 않았다. 슬그미 자리를 피했다.

몹시 스산했다. 가을바람에 두통도 식힐 겸 고지로 올라갔다. 연희산등을 맥없이 바라보았다. 천성이 순해 보이는 어린 신병에게 멱살을 잡히고도 왜 가재걸음 쳤는가. 시르죽은 자신에게 물었다. 두 줄기 굵은 눈물로 뺨을 뜨뜻이 적시며 전사한 해병 아우를 애도했다. 달은 속절없이 밝았다. 미군의 폭격과 네이팜탄으로 새로운 세상을 꿈꾸던 철학의 길은 죽음의 저승길, 사랑의 오솔길은 지옥의 종종길이 되었다. 종군기자로 전함에 오를 때 생각은 제법 똑똑했다. 자신만 옳다며 함께 혁명을 일으킨 동지들까지 무람없이 죽인 스탈린과 그 추종자들은 악이 틀림없다고 믿어 의심치 않았다. 그 전체주의자들, 스탈린주의자들로부터 넓게는 인류를, 좁게는 서울을, 더 좁게는 철학 강의실을, 가장 절실하게는 지혜를 지켜야 한다고 되새김질했다. 하지만 행주산성에서 뿌리째 흔들렸다. 부녀동맹 여성의 저주가 머릿속에서 되울렸다. 자신이 역사에서 과연 옳은 자리에 서 있는 걸까. 회의가 들었다. 의문은 한민당에 경리직으로 발을 들여놓은 날까지 거슬러 올라갔다. 자칫 자신의 삶이 파멸될 수 있다는 방정맞은 예감마저 들었다.

흐트러진 마음을 다시 챙겼다. 저 불기둥은 인간의 오만함에 징벌이라고 되뇌었다. 그런데 벌을 집행할 자격을 과연 하나님으로부터 누가 부여 받았던가. 그렇게 자문할 즈음엔 다시 관자놀이 한 쪽이 심하게 아파왔다. '징벌을 명분으로 누군가의 생명을 거침없이 빼앗는 행위야말로 교만의 극단이자 하나님을 멀리하는 죄가 아닐까. 더구나 내 나라에 다른 나라 군대가 들어와서 저지르는 그런 행위를 내가 자랑스레 글로 써서 알리고 있잖은가.' 의문이 꼬리를 물었다. 내가 과연 세상을 얼마나 알고 있는 걸까라는 물음에 이르러선 다시 진철이 떠올랐다. '너 자신을 알라'는 뜻을 놓고 진철, 지혜와 겨룬 첫 강의실 풍경이 스쳤다. 그날 그 뜻을 인간의 원초적인 오만함을 경계하는 말로 풀이한 새내기가 다름 아닌 자신 아니던가. 지혜는 우주에서 인간으로 존재하는 의미를 깨치라는 뜻으로 풀었다. 세상을 잘 모르면서 다 아는 듯이 살아가는 사람들을 꼬집은 건 진철이다.

파도처럼 두통이 밀려왔다. 진드기에 물렸을까, 왼쪽 관자놀이가 심하게 가렵다. 띠 모양으로 빨갛게 부어오른 반점들에 물집이 만져졌다. 가늘고 기다란 침이 이마를 뚫고 들어오는 듯 통증을 참기 어렵다. 하지만 그깟 일로 위생병을 찾을 상황은 아니다. 모든 것이 하나님께서 주신 시련이라 믿었다. 자유를 지키겠노라고 주문처럼 외우며 수첩에 생각을 옮겼다. 공산 독재로부터 나라를 지키는 과정에서 희생은 불가피하다고, 지금까지 역사의 발전이 그랬다고 거듭 다졌다. 다만 갈수록 궁금했다. 진철은 지금 무엇을 하고 있을까. 평양에서 월남해 연희대 철학과에 편입한 학우가 있었다. 그로부터 정진철이 김일성대 철학과에 다닌다는 말을 들었다. 하지만 반신반의했다. 그런데 사실이라면? 스물네 살인 만큼 어떤 형태로든 전쟁에 휘말리지 않았을까. 진철이라면 어떤 방법으로 참전하고 있을까. 헤아려보다가 퍼뜩 '종군기자'가 떠올랐다. 이내 소리 없이 웃었다. 자신의 상상력에 바닥이 보이는 듯했다. 철학적 사유 능력이 뛰어난 진철만은 제발 이 미친 전장에 끌려나오지 않았기를 소망했다. 기실 진철이 월북한 직후부터다. 진보적이면서도 스탈린주의에 비판적인 친구가 이북의 대표적 철학자가 되기를 기도해왔다. 자신은 모교의 철학 교수가 되어 한때는 연적이던 친구와 우정 어린 경쟁을 하는 상상에 잠겨들기도 했다.

28장

간도특설대 놈들이 국방군에

철학 강의실에서 건밤을 새웠다. 눈물로 기사를 써내려갔다. 미군의 미친 폭격과 포격은 이틀에 걸쳐 내내 이어졌다. 그럼에도 연희능선을 드팀없이 지켜낸 인민군의 영웅적 투쟁을 형상화했다.

첫날 불바다 전투가 끝난 뒤다. 참호를 돌다가 숫진 인민군을 발견했다. 살피듬 좋은 상사 옆에 바투 서 있다. 따발총을 들고 갈고리눈으로 매섭게 정면을 노려본다. 입술은 감쳐물었다. 맞은편은 고지를 빼앗긴 궁동산이다. 붉은 노을이 구레나룻 어부를 애도하는 듯했다. 낙조의 햇살이 인민군 얼굴에 얼비친다. 볼에 홍조를 머금은 옆모습을 진철은 착잡히 바라보았다. 늙수그레한 상사에게 다가갔다. 신분을 밝혔다. 웅숭깊은 눈매가 털북숭이 중사를 연상케 했다. 인민군 상사와 중사들은 대부분 중국에서 귀국한 역전 용사들이다. 중국인들과 손잡고 항일 무장투쟁을 벌이면서 인민을 우선시한 경험을 공유했다. 진철은 군관들보다 상사, 중사를 주로 취재했다. 그들은 가장 용감했기에 희생도 컸다. 상사의 얼굴은 순박한 암소를 떠올리게 했다. 본디 성격이 자상한 듯싶다. 어딘가 막내 티 나는 배젊은 인민군이 살아온 갈피갈피를 소개해주었다.

"철원의 윤오석 동무라네. 열일곱 살이지. 저 동무 이야길 기사로 써도 좋을 걸세. 금강산 사냥꾼 아들이지. 큰아들 일석은 개마고원으로 들어가 두만강을 건넜다네. 항일무장투쟁을 벌이다가 간도특설대 놈들에게 당했다는군. 둘째, 셋째가 이석, 삼석인데 낙동강 전선에서 모두 전사했다는 기별이 왔고, 저 동무가 막내라네. 넷째이지만 '죽을 사(死)' 자를 피해 오석이라 했겠지. 출정할 때 부모가 눈물로 말리고 군에서도 거부했다는군. 하지만 간도특설대 놈들이 지금 국방군에 있다는 삐라를 보고 반드시 세 형님의 복수를 하겠다는 뜻을 누구도 말릴 수 없었다고 하네. 한사코 지원해서 우리 25여단에 들어온 걸세."

"그 삐라 때문에요?"

진철은 심장이 덜컹 내려앉는 듯했다.

"삐라는 계기일 뿐이지. 정의감 때문이 아니겠어? 아무튼 여단장 동지로부터 저 동무를 옆에 꼭 붙여두고 살아남게 하라는 명령을 받았다네. 어떻소, 기자 동무. 정말 훌륭한 기삿감 아니오?"

"그렇군요. 누구나 감동할 이야기네요. 꼭 쓰겠습니다."

"오석 동무! 우리 이야기 다 들었지? 우리 영광스런 당의 기자가 자네 이야길 쓸 걸세. 반드시 살아야 할 이유가 하나 더 생긴 거야, 알았나!"

"네! 기필코 조국을 통일하고 간도특설대 놈들이 응당한 벌을 받을 때까지 최선을 다해 싸우겠습니다!"

가슴이 미어졌다. 목울대로 마른침을 삼켰다. 오석의 입대가 딱히 진철의 책임이랄 수 없지만, 새뜻한 인민군의 생명을 지켜야겠다는 부담감이 짙어왔다.

이튿날도 미군의 폭격과 포격은 종일 휘몰아쳤다. 그 광란에서 오석은 용케 살아남았다. 뿐만 아니라 조금도 주눅 잡히지 않았다. 진철은 위로한답시고 '형님 복수'를 했는지 물었다. 스스로 어색했던 그 물음에 오석의 입이 귀에 달렸다. 조준 사격으로 적어도 미군과 국방군 6명을 죽였단다. 저승의 형님들도 섭섭하지 않으리라고 명랑하게 똑똑 끊어 말했다. 죽인 국방군 가운데 간도특설대 출신이 있다면 더 좋겠단다. 진철은 고개를 끄덕이며 미소를 보냈다. 오석을 바라보는 상사의 큰 얼굴에 대견스런 표정이 가득 번졌다. 영웅적 투쟁을 기사화하려고 확인할 겸 물었다.

"오늘 여기서 승리한 인민군들은 모두 중국에서 항일 투쟁을 벌인 동무들입니까?"

"대부분이지만 철원 토박이들도 적잖다네. 오석 동무도 그렇잖은가. 저쪽 기관총 앞에서 정면만 바라보고 있는 동무도 철원 인민위원회에서 일하다가 들어왔네. 하지만 그도 국내에서 무장투쟁을 준비하고 있었지. 어이, 기관총 동무! 동무가 몸담은 조직이 뭐라 했지?"

"조선민족해방협력당입니다."

"아, 맞아, 그랬지. 저 동무, 정말 진국이라네. 저렇게 선한 친구는 철원에 남아 인민위원회에서 계속 대민 사업하는 것이 좋은데 어쩌겠나, 조국이 부르는걸. 착한 친구가 기관총 사수를 맡고 있는 게 신기하지 않나? 그 옆에 조수도 순해빠진 얼굴 아닌가."

"그렇군요. 그런데 동지 얼굴도 암소처럼 순하시오."

진철의 응수에 오석 동무는 물론 기관총 사수와 조수 모두 함박꽃 같은 웃음으로 벙실댔다. 소리를 참느라 애쓸 정도다.

멍했던 상사가 뒤늦게 미소를 그린다.

"예끼, 이 사람아. 황소면 또 모를까, 암소가 다 뭔가."

"인자해 보인다는 말씀입니다."

"거, 동무는 내가 얼마나 악명 높은지 모르는구먼. 내 이 손으로 숱한 사람을 죽였다네."

듣고 있던 기관총사수가 앞을 응시한 채로 추임새 넣듯 거들었다.

"다 죽어야 마땅한 놈들 아닙니까. 남의 나라를 침략하는 놈들, 그놈들 앞잡이 하는 놈들은 처단하는 게 자비이죠."

진철은 그가 민족해방협력당에 몸담았다는 말을 곱씹었다. 이수철을 아느냐고 물어볼 수 없었다. 두 사람의 길은 어디서 갈라졌을까.

상사를 비롯한 '순둥이 일동'에게 정중히 인사한 뒤 자리를 떴다. 능선을 걸으며 수철이 전쟁에 휩쓸리지 말고 일본에 계속 머물기를 소망했다. 미군의 개입으로 전쟁이 어찌 될지 몰라 더 그랬다. 적어도 친일파 청산에는 공감하는 친구가 제 잇속만 챙기는 부라퀴들 속에서 소금이 되리라 생각했다. 지혜가 서로 총구 겨누는 꿈을 꾸었다고 한 말이 종종 불길하게 감돌았지만 실제로 그럴 일은 일어나지 않으리라 완신했기에 말끔히 지웠다.

참호를 돌다가 기사를 쓰려고 능선 아래로 발걸음을 옮겼다. 가윗날을 앞둔 달이 휘영청 밝다. 철학의 길 아래 쌓인 무수한 시신들에 새삼 가슴이 아렸다. 주검마다 엉킨 피가 보름달빛으로 번득이며 창날처럼 심장에 파고든다. 그래서일까. 사이사이 지혜가 더 보고 싶다. 이승만을 지지하는 대처승도 있을 터라 후과를 우려할 수밖에 없다. 그래도 인적 드문 밤에 조심조심 만나면 문제없을 듯했다. 아침만 해도 어떻게든 시간을 내려고 별렀다. 하지만 어미산 중턱도 교전 중이라는 소식이 들려왔다. 만월전 지하에 안전히 은신했을 지혜를 위해 만날 생각을 접었다. 어린 아내에게 보내는 마지막 선물이라며 풀숲에 서 있던 구레나룻 중사의 애처로운 모습이 괜스레 살아났다. 새삼 명복을 빌며 기사를 써내려갔다.

불천지 현장이 생생해서일까, 수면이 부족해서일까. 기사 작성을 마치자 심장이 빼근해왔다. 통증을 참고 책상에 엎드렸다가 잠들었다. 서너 시간 지났을까. 누군가 진철의 어깨를 흔들었다. 가까스로 눈을 뜨고 부스스 일어났다. 매부리코 중좌가 울가망한 눈으로 부산히 말했다.

"동무는 밤샘으로 기사 쓰는 일이 특기요? 하도 눈을 못 떠 걱정했소. 우리는 지금 총참모부로 넘어가오."

"어? 그럼 여길 포기하는 건가요?"

"포기가 아니오. 동무는 기사를 똑똑히 써야 하오. 연희고지 전투에서 우리는 이미 이겼소. 미군 최정예 부대를 사흘째 묶어두고 있잖소. 25여단 동무들이 잘 싸워준 덕분에 낙동강에서 후퇴하는 인민군의 퇴로를 어느 정도 확보할 수 있게 되었소. 이제 도심에서 본격적으로 시가전을 준비할 것이오. 25여단장은 서울 사수를 명령받았소. 그 사이에 동무가 종군했던 인민군 4사단을 비롯해 주력 부대가 복귀하면 다시 반격할 발판을 마련할 수 있을 게요. 최악의 경우라도 미제 놈들이 38선 이북의 공화국까지 침범하는 건 결코 용납할 수 없잖소? 동무도 준비하고 나오시오. 같이 가오."

"격전이 벌어질 텐데 더 취재하고 싶습니다."

"동무! 오늘 상황은 예측할 수 없소. 어서 나오기요."

"그래도 이틀이나 막아냈는데……."

"시간이 없소."

"……."

"허, 동무 황소고집이구먼. 그럼 고지에 올라가서 훑어보고 곧장 내려오기요. 우리는 광화문으로 먼저 출발하오."

중좌가 총망히 종군기자실을 나갔다. 진철은 심란했다. '최악'이라는 단서를 달았지만 총사령부가 38선 원점으로 돌아갈 전략도 구상하고 있는 낌새를 미처 파악하지 못했다. 전선 취재에만 몰입한 탓이다.

다시금 지혜와 헤어지는 걸까. 제발 은신하라는 지혜의 애원이 떠올랐다. 만일 전쟁이 38선으로 되돌아가 평화를 되찾는다면? 어찌 되는 걸까. 누군가 책임을 져야 할 터다. 김일성의 권력은 약화되지 않을까. 아니 약화되어야 마땅하다. 전면전을 반대하거나 소극적이던 사람들의 발언권이 커져야 옳지 않은가. 그럴 경우 '민주주의인민공화국' 이름에 걸맞은 나라를 만들어 나갈 수 있지 않을까. 남쪽도 변화가 불가피할 성싶다. 북진 통일을 부르대던 이승만의 허세와 무능이 드러났다. 더욱이 총선으로 제2대 국회는 판도가 바뀌지 않았던가. 전쟁이 석 달로 끝나면 남과 북 모두 새로운 변화가 일어날 가능성이 높다.

생각이 거기에 이르자 지혜의 말을 따르고 싶다. 하지만 약산이 걸렸다. 평양에서 진정한 인민공화국을 구현하는 일에 지혜와 함께할 수는 없을까. 욕심이 일었다. 어쨌든 지혜를 만나야 한다. 더는 주변을 의식할 때가 아니다. 그런데 지혜가 선뜻 평양 길에 동행할까. 동의하지 않는다면 지혜의 권유처럼 서울에 남아야 할까. 결단할 때다.

"쿵! 꽝! 쿵!"

지난 이틀과 달리 훨씬 큰 굉음이다. 문학관 창문까지 마구 흔들린다. 산등에서 터지는 집중 폭격의 충격이다. 덜커덩거리는 종군기자실 창문으로 교정을 바라보았다. 지휘부가 철수하기 전에 불태운 서류 더미 아래 불씨들이 남았다. 자신의 소임을 다했다는 듯이 깜박거린다.

폭음이 줄어들었다. 진철은 나갈 준비를 마쳤다. 15초 넘게 들리지 않았다. 계단을 뛰어 올라갔다. 사령부를 정리하던 인민군들 또한 긴장한 얼굴로 우둥우둥했다. 문학관 밖으로 나가 줄지어 대기했다. 곧이어 이층에서 소좌가 굳은 얼굴로 내려왔다. 모두 이끌고 고지로 올라갔다. 진철은 더 좌고우면하지 않았다. 피의 능선으로 가는 인민군들을 따라 저벅저벅 걸어갔다. 조금은 스산해서일까. 새삼 철학의 길 추억이 서글프다. 겨레는 물론 인류의 미래까지 고민하던 길 아닌가. 그런데 지금은 그 길의 좌우에서 청년들이 서로 죽이고 있다. 많이 죽일수록 칭찬받는다. 조선과 미국 청년만이 아니다. 조선과 조선 청년끼리도 그렇다. 진철은 철학의 길에서 전개되고 있는 기막힌 현실 앞에서 철학의 빈곤을 절감했다. 우리의 철학적 사유가 그만큼이나 부족하고 미숙했던 걸까, 의문과 함께 사색과 사랑에 잠긴 그해 가을이 가슴을 싸하게 했다. 지혜와 다시 그런 가을을 맞고 싶다. 그때는 차가운 현실에 근거해 좀 더 성숙한 노동을 할 수 있을까. '붓다와 예수가 가르친 자비와 사랑, 수운이 일러준 경천'을 품은 더 성숙한 성찰을 할 수 있을까.

고지를 훑어보고 곧바로 떠나라 했던가. 중좌의 말이 귓바퀴에 감돈다. 오늘 상황은 예측할 수 없다는 뜻도 헤아렸다. 강의실 창틀이 덜컹일 만큼 벼락같던 폭음이 귓전을 뱅뱅 돈다. 등골이 오싹하다. 하지만 종군기자랍시고 열일곱 살 오석이 서 있는 철학의 길에 들르지도 않은 채 물러난다? 삐라를 보고 입대를 결심했다지 않은가. 진철의 양심이 허락하지 않았다. 능선은 초연이 자욱했다. 짙은 안개까지 겹쳤다. 이틀 동안 숨진 주검들이 원통히 자아내는 역한 내음이 코를 찌른다. 그만큼 더 서럽다. 산등성이 마루에 올랐다. 여기저기 네이팜탄 흔적이 또렷했다. 세 청년이 사랑했던 소나무 철갑은 숯처럼 시커멓게 불탔다. 가지 끝에 잔불만 남았다. 참호들이 적잖이 뭉개졌다. 어제 만난 상사의 주름진 눈과 마주쳤다. 초연을 시커멓게 뒤집어 쓴 탓에 암소 얼굴이 다소 우악스럽다. 상사는 진철에게 왜 또 올라왔느냐며 꾸짖듯 눈을 흡뗬다. 하지만 반가움마저 숨길 수는 없다.

"건재하십니다."

"아무렴, 설마 내가 저 코쟁이 날강도 놈들에 당할까."

"아, 폭격 피해가 너무 크네요."

"어쩔 수 없네. 저놈들은 달러를 찍어내며 폭탄을 대량 생산하니까. 하지만 우리에겐 어림없어."

"그런데 왜 이렇게 조용하죠?"

"안개를 틈타겠지. 지금쯤 저 밑에서 살금살금 기어 올라오고 있을 게 틀림없네. 우리는 기다리다가 놈들의 희멀건 얼굴에 총알을 선물해야겠지."

흙가루 뒤집어쓴 오석은 뒤를 돌아보지 못했다. 딴은 언제 미군이 튀어나올지 모를 상황이다. 초연과 안개가 뒤섞인 전방을 바라보던 진철은 불현듯 간밤의 꿈이 떠올랐다. 곧장 불안감에 사로잡혔다.

"왜 그런 게야? 기자 동무! 우리가 여길 지키지 못할 것 같아 그래?"

"그런 게 아닙니다."

"우리 로동신문 동무 얼굴이 급작스레 느끄름해졌구먼. 근데 일없네. 설령 우리가 여기서 다 죽더라도, 물론 오석 동무는 내가 반드시 살리겠지만, 우리 25여단은 만반의 준비를 해두었거든. 능선에 배치되기 전에 도심으로 들어오는 모든 길목마다 흙과 볏짚, 모래로 채운 삼베 자루를 쌓았지. 길가에 있는 집들의 살림살이들로 썩 튼실한 바리케이드를 설치했네. 그뿐인가. 놈들이 들이닥칠 거리 곳곳에 지뢰를 깔아놓았어.

도심의 지붕과 옥상, 창문 곳곳을 참호 삼아 맹렬히 시가전을 치를 거라네. 서울을 코쟁이 놈들에게 호락호락 뺏기는 일은 결단코 없을 테니 염려 붙들어 두시게."

"말씀만 들어도 든든합니다. 다만 제 얼굴색이 어두워졌다면, 믿지 못해서가 아니라 앞에 깔린 안개를 보다가 흉흉했던 꿈자리 기억이 나서였을 겁니다."

"호? 그래? 그거 재미있구먼. 난 유물론자이지만 해몽 잘하기로 소문난 사람일세. 어디 꿈을 털어놓게나."

"그건 좀……."

"어때서 그래. 미신이라 생각하는구먼? 근데 말이야, 동무 혼자 꿈이 불길하다며 사그라져 있다가는 외려 저놈들이 가까이 오는 걸 눈치 못 챌 수 있네. 물론 놈들이 여기까지 기어오려면 시간이 더 걸리겠지만 말일세."

상사는 내내 진철과 전방을 겨끔내기로 보았다. 진철을 다습게 바라보는 깊은 눈은 전방을 응시할 때 송골매 눈이다. 목소리는 점점 작아졌다. 진철은 망설였다. 한가한 이야기 아닐까. 그럼에도 꿈풀이 잘한다는 상사의 해몽이 궁금했다. 조금은 멋쩍어 바짝바짝 다가섰다. 소곤대듯 꿈 이야기를 최대한 간결이 들려주었다.

"제가 안개 자욱한 숲길을 거닐고 있었거든요. 바로 지금 이

안개와 비스무리해요. 그런데 어미산에 곰이 살고 있었나 봐요. 불쑥 나타나더라고요. 저를 쫓아오기에 집으로 들어가 문을 잠갔는데도 어슬렁거리다가 기어이 문을 열고 들어와 포효하는 거예요. 그때 잠이 깨었는데 곧 다시 잠들었나 봐요. 그래서 조금 전에 안개를 보다가 생각난 거겠죠."

"흠, 곰 꿈은 대개 길몽이라네. 이 산이 어미산이라지? 삼각산과 이어져 있으니 예전에는 곰이 건너오기도 했겠군. 그런데 집 안에 들어온 곰이 동무를 덮치거나 해코지하던가?"

"아뇨, 그냥 바라만 보더군요."

"그런데 왜 불안한 게야?"

"제가 분명히 몸을 피했는데도 끝끝내 집 안까지 들어왔거든요. 아무래도 미군이 서울은 물론이고 38선 넘어 평양까지 쳐들어오는 게 아닐까 걱정되어서요."

한껏 소리를 낮춰 귀엣말을 했다. 그런데 상사의 부챗살 주름진 눈이 포실해졌다. 초연으로 시커먼 얼굴에 누런 앞니가 금빛으로 반짝일 만큼 웃음을 머금었다. 마치 판결이라도 하듯이 낮지만 힘있게 말했다.

"공연한 걱정일세. 내가 축하부터 해야겠어, 자네 떠날 때 아내를 품고 온 게지? 쑥스러워할 것 없어."

"해몽이 처음부터 틀렸는데요? 저 아직 미혼이거든요."

"어? 이상하다. 그럴 리가 없는데……. 틀림없는 태몽인데?"

그 찰나다. 총성이 한꺼번에 천둥처럼 울렸다. 안개 낀 능선의 왼쪽 아래, 서문 근처다. 미군의 다급한 고함과 비명이 들렸다. 상사는 곧바로 방아쇠에 손가락을 걸었다. 전방을 주시했다. 모두 귀를 쭈뼛했다. 더는 말을 붙일 수 없었다. 어느새 안개와 초연이 슬슬 걷혀갔다. 입안이 바짝바짝 말라온다.

한줄기 안개가 사라질 때다. 비탈을 올라오는 미군 철모가 보였다. 곧바로 상사의 따발총이 불을 품었다. 여기저기서 뜨르륵뜨르륵 총성이 터졌다. 귓속을 때리며 콩 볶듯 했다. 진철도 권총을 뽑았다. 참호 밖을 내다보았다. 상사의 솥뚜껑 손바닥이 이마 위에 나타난다 싶더니 진철의 정수리를 거칠게 눌렀다.

"기자 동무, 죽고 싶지 않으면 고개 들지 말라. 동무는 붓! 총은 우리 몫이야."

눈물이 핑 돈다. 총성, 폭음, 비명이 끝을 모른다. 안개를 틈타 올라오던 미군이 후퇴했다. 전투가 잠시 멈추는가 싶을 때다. 불길한 예감대로 포격이 쏟아졌다. 전폭기도 다시 출현했다. 모두 굴로 뛰어들었다. 네이팜탄이 터진다. 동굴 밖으로 시뻘건 화염이 모든 걸 집어삼킬 듯 달려간다. 폭음이 잦아들자 곧장 참호를 뛰쳐나간다. 고지로 바득바득 올라오는 미군을 조준했다. 상사는 조금도 움츠러들지 않았다. 동무들을 독려하며 미 해병들의 공격을 영웅적으로 막아냈다.

29장 철학의 길에 포탄이 소낙비처럼

철학의 길을 바라보며 건밤을 새웠다. 9월 24일 돋을별이 났다. 아침을 씨레이션으로 간단히 먹었다. 수철이 무거운 눈꺼풀로 가을 하늘을 올려볼 때다. 전폭기 날아오는 소리가 들린다. 곧장 연희능선에 폭탄을 쏟아부었다.

폭격은 20분 넘게 이어졌다. 돌아가는 전폭기들에 미군 전투병들은 손 흔들었다. 정적이 깃든다 싶을 때다. 남서쪽에서 포탄이 20분 내내 줄이어 날아왔다. 연희고지에 소낙비처럼 떨어진다. 철학의 길도 사랑의 길도 불천지다. 모든 추억을 불사르듯 시뻘겋게 타올랐다. 포격이 멈춘 능선에 잿빛 초연이 퍼져간다. 공산군이 전폭기의 눈을 흐리려 피운 발연통 연기가 가세했다. 안개와 뒤섞여 자우룩하다. 미 해병대가 안개와 초연을 기회로 삼아 날쌔게 달려갔다. 개천을 사부자기 넘어 능선으로 올라갔다. 군화 소리마저 죽이며 대열 지어 나아갔다. 마침내 고지 점령을 예감했다. 시야가 불투명하다. 그만큼 가까이 갈 수 있다. 그런데 선두 분대 앞에 안개가 열어지기 시작했다. 갑자기 공산군 진지가 눈앞에 떡하니 나타났다. 놀라자마자 총성과 함께 불꽃이 작렬했다. 앞장선 분대 11명 중 8명이 전사했다. 3명만 부상당한 채 돌아왔다. 전열을 재정비했다. 숱한 희생을 무릅쓰고 여러 차례 공격에 나섰다. 하지만 공산군의 조준 사격을 당할 수 없다. 사상자가 무장 늘어났다.

능선 마루의 100고지가 가장 강력하다. 그 언저리에서 기관총과 박격포가 불을 뿜었다. 궁동산에서 지켜보던 수철은 도통 실감나지 않았다. 그곳은 지혜, 진철과 결결이 만난 소나무 아래 아닌가. '철학의 길'을 새긴 바로 그 자리다. 지금쯤 지혜는 어디 있을까. 외숙이 마련했을 은신처는 무사할까. 강릉도 피난갈 곳은 아니어서 분명 봉원사 어딘가에 있으리라 추정했다. 그만큼 능선 점령을 간절히 기다렸다. 어서어서 봉원사로 달려가고 싶다. 미국에 함께 가려면 지혜와 충분히 대화를 나눠야 한다. 철학의 길을 장악하고 죽자 사자 사흘째 지키는 공산군에 적개심이 시커먼 초연처럼 부풀었다.

연대장은 되처 공중 지원을 요청했다. 해병이 운용한 콜세어기는 태평양전쟁에서 일본군이 '죽음의 휘파람'으로 불렀을 만큼 악명 높다. 이미 공산군들에게도 공포의 대상이다. 과연 금세 나타나 능선에 기총 사격을 가하며 날아갔다. 이어 폭탄을 쏟았다. 막판에 몰렸다고 생각한 걸까. 공산군은 참호에 숨지 않았다. 대공 기관총으로 맹렬히 맞섰다. 콜세어기가 5대나 격추됐다. 미군은 보복하듯 로켓탄과 네이팜탄을 쏟아부었다. 철학의 길에 불의 폭풍이 몰아쳤다. '폭탄 폭우'에서도 공산군은 맹렬히 저항했다. 하지만 어떤 인간도 물리적 한계를 넘을 수는 없는 법이다. 어느새 대부분의 참호가 무너졌다. 사상자도 급증했다.

잿빛 초연이 산에 걸린 구름처럼 능선에 퍼졌다. 미 해병들은 어두워지기 전에 임무를 완수하라는 명령을 받았다. 맨 선두에서 싸우던 스미스 중대장은 난감했다. 이미 병력이 크게 줄어들었기 때문이다. 현 상태로는 공격이 불가능하다고 판단했다. 긴급 증원을 요청했다. 대대장은 냉정했다. 이미 세 차례나 증원했다며 거부했다. 되레 미군 최정예 부대인 해병 1사단의 명예를 걸라고 다그쳤다. 스미스는 최후의 수단으로 돌격전 외에 길이 없다고 판단했다. 콜세어기를 활용한 새로운 전술을 대대장과 협의했다. 먼저 돌격대로 33명을 배치했다. 중대장이 콜세어기를 무전으로 유도키로 했다. 곧이어 콜세어기가 잼처 날아왔다. 세 차례에 걸쳐 능선을 불바다로 만들었다.

돌격 준비하던 해병들의 사기가 한껏 높아간다. 저마다 환성을 지르며 총알 빗발치는 고지로 달려가는 두려움을 털려고 모질음 쓸 때다. 네 번째 콜세어기가 드디어 '신호탄'을 발사하며 날아들었다. 날아들되 폭격은 하지 않는다는 표시다. 전형적 위장 공격이다. 공산군들은 그걸 알 리 없기에 콜세어기가 다시 날아오자 일제히 참호 속으로 숨어들었다. 그 순간이다. 스미스 중대장과 돌격대가 일제히 일어났다. 공산군들이 숨은 참호로 분초를 다투며 쏜살 같이 돌진했다.

같은 시각 고지의 공산군들은 바짝 엎드렸다. 기총 사격과 폭탄이 또 작살비처럼 쏟아지리라 예상했다. 그런데 잠잠했다. 콜세어기가 그냥 지나치는 게 아닌가. 아차 싶다. 고개를 들자 예상대로다. 곧바로 사격을 가했다.

맨 앞에서 돌격하던 중대장이 공산군 사격에 쓰러졌다. 그의 죽음이 중대원들의 가슴을 울렸다. 선임 소대장이 절규하듯 '돌격'을 외쳤다. 모두 미친 듯이 뛰어올라 갔다.

마침내 미 해병대가 서문 쪽 능선을 점령했다. 진지는 폭격에 초토화되어 곳곳에 시신이 널렸다. 다른 비탈에서도 미군들이 함성을 지르며 돌진했다. 공산군은 능선 북동쪽의 산비탈로 급히 퇴각했다. 미군은 그들을 쫓아가며 화염방사기를 뿜어댔다. 사실상 '화형'인 셈이다. 이윽고 100고지를 장악했다. 사흘에 걸친 혈투다. 미군은 서울 도심으로 들어가는 관문인 연희고지를 9월 24일 오후 늦게 가까스로 확보했다. 네이팜탄과 화염방사기에 불탄 공산군 시신이 능선과 비탈에 가득했다. 미군 사상자도 많았다. 아침에 206명이던 스미스 중대는 30명만 온전히 살아남았다. 미군은 연희대 동문 쪽으로 퇴각하는 공산군을 더 쫓지 않았다. 역습을 당할까 우려했다.

30장

외세에 휘둘린 역사 지나친 죄

사흘째 연희고지를 지키던 인민군들은 하나둘 지쳐갔다. 미군의 막강한 화력, 특히 네이팜탄이 전의를 잃게 했다. 9월 24일 정오가 지나며 미군의 공격이 잠깐 멈췄다. 하지만 그 정적은 끔직한 예고다. 과연 콜세어기가 다시 날아들며 기총 사격과 폭탄을 쏟아댔다.

분노와 울화가 복받친 인민군들은 더는 피하지 않고 기관총과 따발총을 쏘며 맞섰다. 콜세어기가 불이 붙어 추락하자 사기가 오른 인민군들은 더 용감하게 쏘아댔다. 다섯 대나 격추했다. 미군기들이 물러나나 싶더니 포탄이 숨 쉴 틈도 없이 연달아 떨어졌다. 폭탄은 그나마 떨어트리는 전폭기가 보였다. 대포알은 그조차 없었다. 한강을 따라 수마일 떨어진 곳에 포진한 곡사포들이 거푸거푸 쏘아댔다. 참호와 동굴들은 거의 무너졌다. 곳곳에서 신음이 들려왔다. 항일 투쟁을 벌인 역전의 용사들과 달리 애젊은 인민군들은 고통을 이겨내지 못하고 '어머니……, 엄마……'를 가냘프게 불러댔다. 냉철이 미덕인 군관들의 가슴까지 울컥케 한 그 목소리들은 어느 순간 들리지 않았다. 눈 돌리는 곳마다 불에 타거나 피투성이 시신이 늘비했다. 심장이 조여왔다. 사흘째 공격을 막아내고 있다는 자부심은 시나브로 약해졌다. 미군의 화력이 무장 커지면서 공포감이 압도해왔다.

진철은 참호에 기댔다. 취재 수첩을 꺼냈다. 현장을 있는 그대로 담았다. 여백에 불길했던 꿈도 빠르게 적바림했다. 상사의 해몽을 떠올리고는 긴가민가했다. 다시 '곰'을 쓰고 물음표를 보탰다. 가까운 참호에서 누군가 오열을 삼키는 울음이 들렸다. 또 한 명의 전우가 숨졌을 터다. 중상을 입은 인민군들이 하나둘이 아닌지라 저마다 눈을 슴벅이거나 뜨거운 눈물을 흘렸다. 치미는 슬픔을 참는 구슬픈 울음이 곰비임비 이어졌다. 진철은 위기를 직감했다. 과연 오후 공격을 버텨낼 수 있을까. 항일 투쟁의 백전노장은 그 생지옥에서도 담담해 보였다. 그가 손짓해서 다가서자 아주 낮은 목소리로 묻는다.

"기자 동무, 어떤가? 우리 동무들 정말 영웅적으로 싸우지 않았는가?"

"그럼요."

"동무, 눈물 고인 걸 보니 기사 잘 쓰겠군. 마음이 놓이네. 눈물을 모르는 놈들 때문에 세상이 이 꼴이거든. 그건 그렇고, 이제 동무는 떠나야 할 때네. 저놈들이 잼처 공격할 테니. 내 생각에는 아까보다 훨씬 더 무지막지하게 포탄을 쏟아부을 게야. 우리와 맞붙은 전투에서 전폭기들까지 맥없이 죽어 나간 분풀이를 하고 싶겠지. 놈들의 뒤끝이 발광이거든."

"……."

"동무! 지금 여기를 떠나는 건 부끄럽게 생각할 일이 전혀 아니잖은가. 동무의 무기는 총이 아니라 붓이라고! 부디 연희고지에서 일어난 진실을 더덜없이 기록해주게나. 우리 윤오석 동무와 그 형제들의 영웅적 이야기도 반드시 후세에 남겨주시게. 오석 동무는 대대장이 총참모부로 전출 명령을 내렸는데도 완강히 떠나지 않고 있네. 이 능선에서 전우들과 인민을 위해 전선을 지키며 자신의 삶은 새로 태어났다는구먼. 가슴 벅찬 행복감을 영원히 지니고 싶다며 싸우고 있다네. 이 모든 진실을 인민과 후손들에게 전하려면 동무가 반드시 살아야 하네."

"하지만……."

"고집통이 동무! 왜 그리 감상적인가. 누가 먹물 아니랄까 봐 그래?"

"……."

"사실 동무는 내가 이런 말하기 전에 묵묵히 떠나야 옳은 거야. 동무가 여기저기 돌며 꾸물꾸물하는 굼뜬 행동이 외려 우리 전투 능력을 떨어트리거든. 그러니 어서 가게! 동무의 임무에 충실하라고!"

낮은 목소리지만 거역하기 힘들 만큼 무게 있는 상사의 강권에 하릴없이 일어섰다. 떠나는 게 옳다는 생각이 커지기도 했다. 물론 상사가 언급한 기사 작성이 최우선 과제다. 그리고 서둘러 지혜를 만나야 한다. 평양행을 설득하거나 자신이 설득당해 봉원사에 숨거나 결론을 내야 했다.

진철은 상사에게 정중히 경례하고 돌아섰다. 서너 발 옮겼을까. 대포알 날아오는 음산한 소리와 거의 동시에 포탄이 작렬했다. 굉음들 사이로 상사의 외마디가 들렸다.

"기자 동무! 아래로 굴러!"

몸을 던진 그 순간이다. 포알이 바투 터진다. 귀에 자신의 비명이 들린다. 아랫배에 날카롭고 강한 타격과 함께 허리가 끊어지는 통증이 엄습했다. 흙과 돌이 우르르 쏟아졌다. 온몸으로 고통이 퍼져갔다. 머릿살이 팽팽했다. 하반신이 잘려나간 구레나룻 중사가 눈에 어렸다. 진철은 얼른 몸 아래를 살폈다. 다행이 두 다리는 멀쩡했다. 그런데 아랫배에 두툼한 파편이 박혔다. 몸이 두 동강 난 듯 통증이 몰려왔다. 상사가 있는 참호를 향해 도와달라고 힘껏 외쳤다. 자애로운 '암소 상사'가 바로 위생병을 보내주리라. 그런데 잠잠하다. 그가 뜬뜬히 지키고 있던 고지에선 털털한 목소리 대신 잿빛 안개시리가 유령처럼 올라왔다. 포탄이 멎는가 싶더니 '죽음의 휘파람 소리'가 들린다. 기총 사격으로 장대비처럼 총알을 퍼부었다. 진철은 부들부들 떨며 기었다. 미쁜 상사 옆으로 가야 한다. 그래야 살 수 있다. 터져 나오는 신음을 참으며 어금니를 꾹꾹 깨물었다. 기어 올라가다가 짓이겨진 고지가 눈에 들어왔다. 오석 동무가 잘못되었을까 조마롭다.

참호는 참혹했다. 피투성이 시신들이 흙덩이와 얼크러졌다. 가장 먼저 오석 동무의 으깨어진 두개골이 눈에 꽂혀온다. 진철은 얼굴을 땅에 박듯이 파묻고 터져 나오는 울음을 삼켰다. 기관총 사수와 조수가 있는 진지로 눈을 돌렸다. 새까맣게 탄 시신에 남은 불길이 꺼져가면서도 날름거렸다. 상사는 어디 있을까. 앙가슴을 에면서 두리번거렸다. 보이지 않아 이상하다 싶은 순간, 오석의 주검을 감싸듯 덮고 있는 기괴한 시신을 보았다. 머리가 없다. 아, 상사의 몸 아닌가. 몸서리치며 사위를 살펴보았다. 참호 앞 비탈길이다. 잘려 나간 머리가 나동그라져 있다. 소스라치며 기어가는데 '피융' 총알 소리가 버쩍 들렸다. 귀가 찢어지는 듯 아팠다. 수꿀했다. 귓바퀴를 더듬었다. 다행히 귀 형체가 손끝에 만져졌다. 아래 귓밥이 총알에 뚫린 건지 너덜너덜했다. 흙먼지 뒤쓴 상사의 머리를 차마 응시할 수 없었다. 엎드린 채 눈물로 애도했다. 슬픈 분노와 에는 고통을 꾹꾹 삼켰다. 옆으로 비스듬히 엎드렸다. 오른쪽 팔꿈치와 왼쪽 발을 이용해 허겁지겁 능선 아래로 내려갔다. 썩썩 기었지만 실제로는 느럭느럭했다.

능선 내리막으로 기어가다가 기어이 굴렀다. 떼굴떼굴 내려가다가 두 무덤 있는 곳에서 멈췄다. 무덤에 기대어 아랫배를 살폈다. 파편 박힌 곳에서 피가 거품을 이루며 흘러나왔다. 웃옷 주머니를 열었다. 지혜가 건넨 손수건 한 장을 꺼냈다. 어금니를 옥물었다. 아랫배를 헤집었다. 파편의 뾰족한 끝을 살살 뽑아냈다. 온몸이 찢어지는 아픔이 몰려왔다. 바들바들 떨었다. 피가 뽀글뽀글 솟아오른다. 손수건을 한 번 더 접어 급히 막았다. 혁대를 풀어 그 위로 힘들여 조였다. 이러다가 죽는 걸까. 심호흡하며 이를 악물었다.

총성과 포성은 갈수록 커졌다. 눈앞의 무덤은 연희전문 두

학생이 잠든 곳이다. 해방 직후다. 일본 경찰의 무장을 해제하려다가 흉탄을 맞았다. 무덤 앞에서 수철과 막걸리를 따르며 애도한 시간이 떠오른다. 은근히 건방을 떨었다. 두 학생을 뒤넘스레 어리보기로 여겼다. 그 죽음으로부터 겨우 5년이 흘렀다. 외세에 휘둘려온 이 땅에서 그 누구의 삶도 예외가 될 수 없음을 깨달았다. '너 자신을 알라'는 철학 정신을 가벼이 여긴 죄다. 진철의 머릿속으로 철학과에 입학하고 첫 강의실 장면이 스쳐갔다. 그날 '자신은 물론 세상에 대해 잘 모르면서도 그 모른다는 사실조차 모르는' 민중을 비판했다. 씁쓸하다. 그렇게 말한 바로 자신이야말로 세상은 여전히 제국의 힘에 지배당하고 있다는 사실, 그 외세의 논리에 부닐며 앞장선 자들이 남과 북의 지배계급이 되어 군대를 움직인다는 사실을 모르고 있었다. 마치 자신은 역사적으로 형성된 사회적 조건에서 자유롭다는 듯이 시건방졌다.

그 죄과를 톡톡히 받는 걸까. 하지만, 아니 바로 그래서 더더욱, 써야 할 글을 두고 여기서 죽을 수 없다고 마음을 다잡았다. 일어나려 애썼다. 뱃속을 파고든 칼날의 통증이 온몸으로 퍼진다 싶더니 곧장 고꾸라졌다. 엎드린 채 사위를 살폈다. 무덤 옆 소나무에 제법 굵은 뿌장귀가 보인다. 무덤에서 숲과 이어지는 경계까지 기어갔다. 나무를 잡고 일어났다. 권총을 뽑아 가지에 총을 대고 쏘았다. 소나무 가장이를 딛고 걸음을 옮겼다. 봉원사로 가려 했다. 하지만 도저히 거기까지 갈 수 없을 만큼 아랫배 통증이 깊다. 머리부터 발끝까지 들이쑤신다. 더디더디 걸을 때마다 피가 흘러내린다. 바지와 신발은 이미 선혈로 흥건하다. 문학관에 이르러 건물 들머리 계단에 털썩 주저앉았다.

잠깐 쉴 참이다. 눈앞이 아찔아찔하다. 이내 의식을 잃었다가 줄 이은 군홧발 소리에 거슴츠레 눈을 떴다. 인민군들이 구보하듯 열을 지어 퇴각하는 모습이 어렴풋이 들어온다. 언제 천사처럼 날아왔을까. 위생병이 코앞에 있다. 그가 혁대 아래 피딱지 손수건을 풀었다. 칼날이 쑤시고 들어오는 통증에 비명을 질렀다. 위생병 얼굴이 어두워졌다. 새 붕대를 붙여주었다. 주사를 놓으며 잰소리로 말했다.

"일단 소독했습니다. 이 주사는 통증 완화제인데요. 저는 대열을 따라 뛰어가야 합니다. 동무, 미안합니다."

"잠깐……."

가까스로 입을 뗐다. 위생병의 눈빛이 흔들렸다. 상처에 붙어 있던 손수건을 어찌 했는지 물었다. 의아한 눈길로 위생병이 두리번거렸다. 진철의 피로 물든 바지 아래서 꼬깃꼬깃 검붉은 손수건을 집었다. 핏덩이가 더더귀더더귀 붙은 손수건을 받으며 물었다.

"고지는 어떻게 됐소?"

"능선 아래부터 무너졌어요. 놈들이 위로 치오르고 있습니다. 지금 우리도 급합니다."

"어서 가시오. 부상한 인민군들 돌보오."

"행운을 빕니다."

답하자마자 대열로 냉큼 뛰어갔다. 허전했다. 인민군 대열이 가뭇없게 사라졌을 때서야 자신을 책망했다. 봉원사까지만 데려다 달라고 왜 애원하지 못했을까. 찬찬히 상황을 되짚었다. 부축해 데려갈 여건이 아니었을 성싶다. 그렇다면 차라리 잘된 일이다. 지혜에게 지금 모습을 보인다면 얼마나 가슴 아플까. 자칫 국방군이나 미군에게 지혜가 화를 입을 수도 있다. 피딱지 손수건을 툴툴 털었다. 수첩 넣은 주머니에 집어넣었다. 왼쪽 주머니의 연분홍 손수건은 깨끗한 그대로다. 그렇게 영원히 지니고 싶다. 아까보다 몸이 다소 좋아진 듯했다. 희망이 일었다. 소독한 붕대에 주사까지 맞아서일까. 자신감을 얻은 진철은 굳게 다짐했다. 반드시 회복해서 지혜를 만나겠노라고.

사위를 살폈다. 미군이 능선을 장악한 것은 틀림없다. 하지만 오늘 밤엔 여기까지 내려오지 않을 성싶다. 미군은 야간에 공습만 할 뿐 지상전은 피해왔다. 그럼에도 이대로 주저앉아 있을 수는 없는 일이다. 어린 시절 좋아한 자라처럼 지금은 꼭꼭 숨을 때라고 판단했다. 동시에 반지하의 종군기자실, 철학 강의실이 자라의 등딱지, 오두산 성채처럼 다가왔다. 돌계단 난간을 짚고 일어났다. 문학관 안으로 게처럼 걸어들었다. 반지하 강의실로 내려가는 계단 앞에선 두 손에 온 힘을 들여 난간을 잡았다. 한발 한발 내려갔다. 계단이 꺾어지는 곳에서 방심해서일까. 꼬꾸라져 굴렀다.

다시 일어설 힘이 도저히 없을 때다. 7호실 문 앞에 지혜의 자태가 어룽댔다. 심장에서 힘을 내었다. 두 손으로 벽을 짚고 일어났다. 숨을 몰아쉬며 게걸음으로 문 앞에 이르렀다. 강의실이자 기자실 안은 텅 비어 있다. 곡두를 본 셈이다. 하지만 실망하지 않았다. 지혜가 인도해주리라는 징조라 믿었다. 위생병이 붕대를 잘 감아주어서였을까, 어둑어둑해서였을까. 돌아본 복도에는 다행히 핏자국이 보이지 않았다.

벽을 짚고 문 안으로 들어섰다. 강의실 유리창이 모조리 깨졌다. 창문틀도 거의 부서졌다. 아침만 해도 멀쩡했던 종군기자실 바로 앞 잔디밭에 깊은 구덩이가 패었다. 포탄이 떨어진 흔적이다. 산산조각 난 창문 앞으로 깊게 팬 구덩이가 어쩐지 아늑해 보인다. 구렁 속에 몸을 꼭꼭 숨고 싶을 정도다. 강의실을 둘러보았다. 잊을 수 없는 순간이 그려졌다. 철학과 첫 수업 날, 문으로 들어오던 지혜의 귀티 있는 청아한 모습이 선연하다. 그 자태를 붙들며 야전침대에 몸을 눕혔다. 작은 강의실이 자라 등딱지 안처럼 느껴진다. 팔다리와 머리를 충분히 숨길 만하잖은가.

'한낱 쇠붙이 따위가 내 철학정신을 앗아가도록 허락할 것인가. 절대로 아니다. 방관하지 않겠노라. 반드시 살아 지혜도 만나겠노라.'

거듭 다짐했다. 한숨 자고 일어나면 기운을 낼 수 있으리라. 짐승들도 다치면 굴속에 숨어 자연치유를 한다지 않은가. 걸을 정도만 되면 봉원사로 숨어들 수 있을 성싶다. 수첩을 꺼내 폈다. 윤오석을 비롯해 연희고지의 빛나는 인민군들을 떨리는 손으로 적바림했다. 전쟁을 톺아보니 어느새 옹근 석 달이다. '민중의 관점'으로 되짚었다. 이 잔혹한 비극의 의미는 무엇일까. 전쟁으로 통일을 이루려는 시도는 큰 착오임이 확연히 드러났다. '폭력적 경쟁'을 접고 민중이 살기 편한 나라를 만드는 '건설적 경쟁'에 나서야 옳다고 적었다.

무리한 탓일까. 통증이 다시 커져왔다. 다잡이했음에도 죽음의 공포가 밀려온다. 총을 맞고도 일본 형사와 조선인 앞잡이를 끝내 사살했다는 사진 속 아버지가 살아난다. 당신도 총상에 이렇게 고통스러웠을까. 그때 아버지는 어린 나를 생각하지 않았을까. 아랫입술을 꽉 깨물었다. 눈에 힘을 주었다. 미군이 38선을 넘을 때 잿빛 전망을 적었다. 소련이나 중국이 가만가만 있겠는가. 자칫 전쟁이 한없이 늘어질 수 있다. 옴나위없는 불바다에 수많은 민중의 생때같은 생명이 던져지리라. 살천스런 예감을 적으며 염원했다. 전쟁이 38선 이북으로 확대되지 않기를, 38선 원점에서 평화를 되찾기를…….

31장

불천지가 삼킨 '소나무 언약'

수철의 우울한 얼굴에 함박꽃이 폈다. 미군이 연희능선을 점령하면서다. 100고지는 물론 대학 캠퍼스에서 더는 공산군을 발견할 수 없다는 무전 보고가 왔다. 현장을 살피러 가는 연대장과 대대장, 작전장교, 포병장교와 동행했다.

연희대 서문의 56고지에서 능선으로 올라갔다. 불천지가 삼킨 철학의 길 좌우로 쌓인 시신이 첩첩이다. 공산군의 주검에서 진철을 찾는 수고는 이미 행주나루 도하를 앞두고 접었다. 가만히 짚어보니 진철은 스탈린주의에 동조하지 않았다. 친구의 올곧은 성격에 미뤄보아 스탈린주의자들이 '혁명전쟁'이랍시고 저지른 이 침략 행위에 진철이 총들고 나설 까닭은 없을 터다. 사흘에 걸친 폭격과 포격, 네이팜탄 화염에 공산군들은 끔찍이도 고통스런 죽음을 맞았다. 주검이 1500여 구에 이른다는 보고가 들어왔다. 울컥했다. 하지만 내색할 상황이 아니다. 미군의 피해도 컸다. 살아남은 미군, 특히 스미스 중대원들은 전우들의 시신들을 한 곳으로 모으며 비통을 가누지 못했다.

능선 중간에 이르자 아래로 언더우드 사택이 보인다. 돌집을 덮은 지붕 반쪽이 파괴됐다. 지난해 봄 연희대 학생이 친일파 모윤숙을 응징하겠다고 쏜 총에 에델이 숨진 사건이 지금 연희동산에서 벌어지고 있는 이 모든 참극의 예고편 혹은 묵시록 같았다. 그때 언더우드 가문은 의연히 대처했다. 그러자 학내 여론이 흔들렸다. 좌익 학생들도 나름대로 자세를 가다듬었다. 수도권 서부지역의 민중 속으로 들어갔다.

지혜를 그리며 능선 마루인 100고지에 올랐다. 소나무 아래서 철학의 길을 언약한 바로 그곳이다. 헌걸찼던 철갑 소나무는 숯이 된 채 부러졌다. 새까맣게 탄 소나무를 중심으로 사방팔방이 공산군의 처참한 시신들로 수북했다. 포탄에 목만 달랑 남은 얼굴도 보인다. 울렁울렁 되넘어오려는 구토를 겨우겨우 눌렀다. 초연을 뒤집어쓴 탓일까, 혹은 연륜일까. 희끗희끗한 머리칼 아래 얼굴 생김새가 구수해 더 그랬다. 소름마저 돌아 고개를 돌렸다. 잿빛 산등 아래로 낯익은 건물이 눈에 들어왔다. 철학을 수업하던 문학관이 그림 같다.

연희고지 함락에 결정적 공을 세운 2대대장이 연대장에게 다가갔다. 공산군이 연희대 동문 밖으로 모두 퇴각했다고 보고했다. 수철은 문학관을 가리키며 살펴보아도 되는지 물었다. 대대장은 대학캠퍼스 전체에 살아 있는 공산군은 없다고 장담했다. 그때다.

"여기 고지 정상의 참호들을 대강만 훑어보아도 우리 포병대가 쏜 포탄이 얼마나 정확히 맞췄는지 누구라도 알 수 있을 것입니다. 보십시오. 생생한 증거들입니다."

포병장교가 툭 끼어들었다. 수철 옆에 바싹 다가선 채다. 포병이 승리에 기여한 공을 연대장에게 보고하듯 큰소리로 나열했다. 2대대장은 포병장교를 바라보며 조소를 머금었다. 하지만 포병장교는 2대대장과 연대장보다 〈성조지〉 종군기자인 수철을 더 의식했다. 수철은 눈치챘지만 말없이 걸음을 옮겼다. 문학관이 그립던 차다.

머레이 연대장이 불렀다. 전투복 안주머니에서 권총을 꺼내 건넸다.

"이 총 가져가요. 아직 숨통이 끊어지지 않은 공산군이 숨어 있을지 모릅니다. 그런데 당신 권총은 쏠 줄 아는 거죠?"

"그럼요. 요코하마에서 출항한 직후였는데 종군기자들도 선상 훈련을 받았어요. 배 난간에 바짝 붙어 바다를 향해 권총 쏘는 법을 가르쳐주더군요. 비상시를 대비한 훈련이라 했는데 기자들이 총기를 차고 전선에 나갈 경우에 오히려 위험할 수 있다며 지급하지는 않았지요."

"좋습니다. 권총을 지닐 때 명심해야 할 주의 사항 있으니 잘 들어요. 전장에서 자비는 자살행위입니다. 눈곱만큼이라도 위협적인 상황에선 가차없이 먼저 사살해야 해요. 특히 이 권총은 오늘 전사한 우리의 영웅 스미스 중대장의 권총이거든요. 알겠죠? 잘 사용하고 내일 중에 꼭 반납해야 합니다."

수철은 권총을 받았다. 대충대충 닦은지라 혈흔이 보였다. 태평양 건너 낯선 나라에 들어와 죽음을 맞은 미국 청년을 애도했다. 그가 목숨을 건 능선이 '철학의 길'이라는 사실이 씁쓸했다. 권총을 바지 주머니에 넣을 때다.

"아, 참. 우린 이 능선을 스미스 능선으로 부르려고 해요. 성조지에 그렇게 기사를 써주면 좋겠어요."

머레이가 당부했다. 수철은 끄덕이며 돌아섰다. 그가 굳이 스미스의 권총을 건넨 의도를 알아차렸다. 하지만 반발심이 일었다. 감히 누가 멋대로 철학의 길을 '스미스 능선'이라 명명하는가. 더구나 능선에서 생명을 뺏긴 사람은 중위만이 아니다. 한두 명도 아니고 수천 명이다. 미군이 아무리 '스미스 능선'으로 불러도 연희산등이 그 이름으로 불릴 일은 결코 없으리라, 수철은 장담했다. 아니 다짐했다. 냉소적 반응이 전해졌을까. 포병장교와 연대장이 속닥거렸다. 능선에서 두 연희대생 무덤이 있는 곳까지 내려갔을 때다. 뒤에서 급히 따라오는 인기척을 느꼈다. 돌아보았다. 포병장교다. 어느새 바짝 붙었다. 그는 머레이 연대장이 종군 기자의 신변도 보호해줄 겸 동행하라 했다며 말을 걸었다.

"여기 대학 철학과 출신이라고 들었는데 맞아요? 나는 하버드대 철학과 출신이거든요."

귀가 번쩍 뜨였다. 미국 육군부 심리전국에 발령 나면 어떻게 해서든 철학 공부할 생각을 굳힌 터다. 심리 분석과 철학적 사유는 서로 도움을 줄 수 있거니와 큰물에 들어가서 철학을 해야 세계적으로 평가받는 한국 철학을 정립할 수 있다. 지혜와 함께라면 얼마든지 자신도 있다.

"아, 그래요? 하버드대 철학도가 어떻게 여기까지 왔지요?"

"하하, 내 이야길 기사 쓰려고요? 설명하자면 제법 길어요. 먼저 핵심부터 말하자면, 나는 자유의 철학을 실천하고자 왔어요."

수철은 기뻤다. 마치 모든 것이 예정된 듯했다. 내일이면 봉원사까지 자유롭게 갈 수 있어 지혜를 만날 가능성이 높다. 그 직전에 하나님이 인도하여 하버드대 철학과 출신을 만나는 은총을 입었다. 그런 믿음이 깃들자 내내 괴롭혀온 관자놀이 두통마저 숙지근했다.

포병장교에게 문학관을 소개했다. 많은 독립투사를 배출했다고 자랑했다. 아울러 미국인 선교사 언더우드가 세운 대학에서 철학을 공부해 늘 감사히 여겨왔다고 말했다. 하지만 그는 듣는 둥 마는 둥 했다. 철학까지 내세우면서 수철에게 계속 접근해온 장교의 관심은 다른 데 있었다. 자신의 이름을 장군들도 읽는 군 기관지에 올리고 싶어했다. 진급에 혈안인 장교들의 전형이다. 하버드대 철학과 출신임도 알리고 싶은 낌새다. 쉴 새 없이 얼쫑거렸다.

"나는 소련을 '적색 제국주의'로 규정하고 있어요. 한국전쟁은 그들에 맞서 내 철학인 자유를 지키는 싸움이지요. 앞으로도 나는 소련 공산주의와 무신론의 팽창을 저지하는 데 평생을 바칠 생각입니다."

수철은 그의 기염에 적절히 맞장구 쳐주었다. 어쩌면 하버드대 입학에 도움을 줄 수 있고, 장차 장군이 될 수도 있는 '하버드대 철학 장교'와 친분을 맺어놓는다면 좋은 일 아닌가. 연희대학이 행여 '김일성 2대학' 따위로 전락할 수는 없잖은가.

소련에 빌붙은 반민족 세력의 스탈린주의로부터 철학 교실을 되찾는 것이 자신의 신념이라고 화답했다. 실제로 강의실로 내려가며 부듯했다. 전쟁의 승기도 확실히 잡은 셈이다. 스탈린을 따라 하는 김일성의 독재로부터 서울을 온전히 탈환하는 것은 시간문제다. 이제 공산군을 38선 이북으로 몰아내는 과제만 남았다.

종군 내내 두통이 커지면서 신앙도 깊어갔다. 통증에 괴로울 때마다 하나님이 주신 시련이라고 되새겼다. 수철은 김일성이 싫었지만 이승만 정부에도 선뜻 동의하기 어려웠다. 서청을 두남두고 친일 세력을 청산하자는 민족주의자들과 민중의 당연한 요구를 '빨갱이 사냥'의 대상으로 삼은 것은 명백한 과오다. 더구나 백범 김구마저 암살됐다. 하지만 거기에도 우리가 알 수 없는 하나님의 뜻이 있다는 믿음에 이르렀다. 그러자 모든 것이 명쾌해졌다. 이승만이 문제라고 김일성이 대안은 결코 아니다. 특정 개인을 우상으로 숭배하는 스탈린주의 체제는 자유를 제한할 수밖에 없다. 당연히 우리 겨레의 미래일 수 없다.

철학의 길이 불바다에 가라앉고 세 철학도가 결의한 그날의 언약을 불길이 삼켜버린 책임도 수철에겐 확연했다. 폭격한 미군이 아니라 침략한 공산군 탓이다. 그 침략자들을 38선

이북으로 쫓아내는 것은 민주주의자의 의무 아닌가. 남과 북의 민중이 모두 바라는 나라를 대한민국에 건설할 때 이 전쟁에서 죽어간 추추원혼들을 위로할 수 있으리라 내다봤다. 지혜가 끝까지 동의하지 않으면 혼자라도 먼저 미국에 가야겠다는 생각이 짙어졌다. 육군부 심리전국에서 일하며 주경야독으로 철학을 공부할 계획이었다. 지혜가 상기시켜준 '고통받고 있는 사람들을 주님으로 대하라'는 예수 가르침을 담아 새로운 민주주의 철학을 정립하고 서울에 돌아와 그 철학이 꽃피는 대학을 만들 뜻을 세웠다. 그래서 일단은 포병장교의 말을 보란 듯이 수첩에 적었다. '기사에 인용해도 되겠느냐'고 일부러 묻기도 했다. 포병장교는 성끗벙끗했다. 수철은 회심의 미소를 지었다. 이윽고 7호실 앞에 다가서며 철학과 전용 강의실이라고 자부심을 보였다.

수철이 문을 열려고 바투 다가섰다. 그때 장교가 팔을 잡아끌었다. 이어 허리춤에서 권총을 뽑았다. 수철은 고개를 가로저었다. 그럴 필요까지 없다고 말했다. 하지만 장교의 친절한 눈짓을 따르기로 했다. 바지 주머니에 찔러둔 스미스의 권총을 에멜무지로 꺼내 들었다. 장교가 수철 앞으로 파고들었다. 수철은 과잉 배려에 슬며시 웃음이 나왔다. 미국식 대형 강의실을 상상한 공연한 의심이다. 어쩌면 종군기자 앞에서 군인의 자세를 과시하고픈 욕망일 수도 있다. 그렇다면 그의 놀이에 동참 못할 이유도 없다. 장교는 권총 총구를 앞으로 세웠다. 살그니 문을 열었다.

32
장

부엉이 성찰에 수탉 울음

대웅전에서 건밤을 새웠다. 두 손 모은 채 감은 눈까풀에 진철과의 인연이 스쳤다.

아버지의 탐욕으로 입학한 대학 첫 강의실에서 예리하고 드레진 토론에 호감을 느꼈다. 연희산등을 걸으며 나눈 대화들로 사랑이 숙성해갔다. 진철이 월북한 뒤엔 설면설면한 동기들과 배돌며 철학 공부에 몰두했다. 또렷한 근거도 없이 언젠가 재회하리라 믿어 의심치 않았다. 하지만 어쩐지 허우룩할 때가 잦았다. 그와의 시공간이 앙가슴에 맴을 돌 때면 쓸쓸했다. 집에 올 때 종종 산등에 들렀다. 철학의 길을 되돌아 오가며 산책했다. 궁동산 너머 붉게 물드는 노을을 볼 때면 헤겔의

'미네르바의 부엉이'를 새겼다. '어둑어둑한 황혼에야 비로소 날개를 편다'고 했던가. 진철이 삽삽스레 들려준 '갈리아의 수탉'도 곱씹었다. 미네르바는 지혜의 여신, 갈리아는 새벽의 신이다. 맑스는 헤겔의 밤과 부엉이를 비판했다. 잠들어 있는 사람들을 수탉이 울음으로 깨우듯이 철학은 현실을 이끌어야 한다고 강조했다. 진철은 기꺼이 수탉이고자 했다. 하지만 정말 밤이 지났을까. 지혜는 깊이깊이 생각 끝에 간추렸다. 철학은 언제나 실천을 성찰하는 부엉이인 동시에 홰를 치며 새로운 실천에 나서는 수탉이어야 옳다. 그렇다면 부엉이 성찰에 수탉 울음을 더할 일이다.

모멸스럽게도 시국은 갈수록 분열로 치달았다. 입에 '민중'과 '인민'을 달고 살더니 저희들끼리 뜻이 맞는다나. 으밀아밀 작당해서 기어이 두 나라를 세웠다. 서울과 평양에 대한민국과 조선민주주의인민공화국을 세우곤 조국을 사랑하란다. 지혜는 싱숭생숭했다. 월북한 진철을 언제 볼 수 있을까, 아니 볼 수는 있는 걸까. 그리움이 깊어갔다. 시간이 흐를수록 사무쳤다. 지극히 부자연스러운 38선이 언제까지 지속 될 리는 없다며 가슴에 희망을 다져갔다. 반드시 재회하리라 생각했지만 고런조런 상념이 갈마들었다. 가령 38선이 10년 이상 갈 때를 가정했다.

'그럼, 내 나이 30대 중후반 아닌가. 남남북녀라는 말도 있던데 진철 씨는 38선 이북에서 평양 처녀와 이미 결혼해 살고 있다면 그때 젊음을 잃은 내 인생은 무엇인가.'

온갖 헛생각이 나래를 폈다. 친절한 수철도 변수다. 그의 순수한 마음자리를 모르진 않았다. 언제나 곰살궂게 다가오는 수철에게 전혀 호감이 없는 것도 아니다. 하지만 아무래도 감정이 달랐다. 게다가 색안경까지 들이대며 지분거릴 때는 그 감정마저 차갑게 가라앉았다. 그런데 38선이 굳어지면 어찌 될까. 구성진 수철에게 결국 시집가는 건 아닐까. 아버지도 기독교인 사위를 기대했다. 이런저런 잡생각이 꼬리를 물며 번뇌를 일으켰다. 그럴 때마다 지혜는 자신의 철학 공부가 어쭙잖고, 참선 수행도 어줍살스레 보였다. 스스로의 성품에 짙은 회의도 밀려왔다. 출가해서 불성을 찾을까 고심도 했다. 더는 우물쭈물 살고 싶지 않아서다. 하지만 산문에 들어가 수행하고 있는데 38선이 풀린다면, 그래서 진철이 찾아온다면, 그때도 그의 잔잔한 눈길에서 사랑을 느낀다면, 과연 절에 머물 수 있을까. 자신이 없었다.

겉에서 보는 지혜의 삶은 고요했다. 파란만장한 진철이나 수철과 달랐다. 여성에겐 일자리가 거의 막혀 있을 뿐더러 사회 활동을 할 공간도 좁았다. 하지만 내면은 달랐다. 생사의 굴레에서 벗어나고자 고투를 벌였다. 불경을 읽으며 허무를 무아로 이겨내는 수행을 지며리 했다. 죽음의 필연을 망각하지 않았기에 성경을 들춰 부활의 참뜻도 곰곰 새겼다. 연희산등을 홀로 산책하며 세 사람, 특히 진철과 약속한 '철학의 길 언약'을 되새겼다. 지혜는 남과 북에 각각 나라를 세운 세력이 지지리 싫었다. 그렇다고 정치에 담을 쌓진 않았다. 누가 더 민주주의를 올곧게 실현할까. 그 물음을 화두로 두 정부가 평화적으로 경쟁하면 전화위복이 될 수 있지 않을까. 민중이 살고 싶은 나라를 누가 건설하느냐에 따라 역사적 정통성을 얻으리라 보았다. 궁극적으로 민중이 선택할 그 길은 진철은 물론 수철도 함께 걸을 수 있다. 철학의 길 언약과도 이어진다. 남과 북의 뜻있는 청년들이 소통하며 건설적 평화통일 운동을 대대적으로 벌여나가는 나날을 그렸다. 그 바탕이 될 철학적 논리를 세우고 싶었다.

한낮의 허튼 꿈이 아니었다. 전쟁 직전에 치른 5월 총선은 그 가능성을 입증해주었다. 친일 세력 청산을 요구한 민중을 잔인하게 학살한 이승만 정권은 제주는 물론 전국 곳곳에서 참패했다. 민중들은 이 정권에 서릿발 심판을 매섭게 내렸다. 서울 성북에서 후보로 나선 조병옥의 참패는 상징적이다. 그는 미군정청 경무부장으로 제주도를 '빨갱이섬'이라 공언하며 쓸어버리라고 지시했던 자다. 더구나 상대는 사회당을 창당한 독립운동가 조소앙이다. 그는 남쪽만의 정부를 세우는 48년 제헌선거에 불참했다. 하지만 2대 총선에 출마해 사회당 후보로 전국 최다 득표를 했다. 조병옥을 압도적 차이로 따돌렸다. 반면에 제헌의원으로서 친일파를 두남둔 한민당의 낭산 김준연은 낙선했다. 그래서 전쟁 발발이 무척 원망스럽다. 김일성 정권이 너무나 조급해보였다. 왜 남쪽 민중들이 자신의 운명을 주체적으로 열어갈 길을 가로막는가. 지극히 독선적인 스탈린주의를 맹신해서가 아닐까. 딴은 스탈린의 배경이 없다면 서른세 살에 38선 이북의 권력을 거머쥘 수도 없었을 터다. 겨레를 둘러싼 어둠이 어디까지 갈까. 전쟁이 2대 총선에서 움튼 새로운 시대의 싹을 짓밟지 않을까. 몹시 우려했다. 그리 개탄하면서도 가슴 어딘가에서 진철을 만날 수 있다는 기대감이 솔솔 불어올 때는 자기 안에 깃든 이기적 어둠을 발견하는 듯했다.

사흘 만에 인민군이 서울에 들어왔다. 날이 저물기 전에 진철이 찾아오리라 예감했다. 실제로 적중했다. 지혜는 외숙이 쉬쉬하며 전해준 집안의 비밀, 그러니까 외할머니가 무당이라는 사실을 새삼 새롭게 인식했다. 외손녀로서 자신의 예지력에 자부마저 들었다. 진철과 재회했을 때도 느낌이 왔다. 사랑하고 있다는 사실만 절감한 게 아니다. 이 남자와 천생배필로 가시버시 될 운명이라 확신했다. 그래서다. 더는 헤어지지 않겠다고 결심했다. 하지만 진철은 곧 서울을 떠났다. 인민군을 따라 낙동강까지 종군했다. 걱정이 지나쳐서일까. 자주 악몽을 꿨다. 진철이 폭격을 맞아 온몸이 피투성이 된 채 신음하는 꿈이다. 견디기 어려운 악몽이어서 외숙에게 문의도 했다. 해몽은 간명했다. 꿈에서 죽음은 길몽이고 특히 좋아하는 사람의 죽음은 서로의 사랑이 깊어지는 의미란다. 외숙 이전에 용하다는 평을 듣는 스님의 풀이라 위안은 되었지만 불안했다. 미군이 인천에 상륙했다는 소식에 초조감은 증폭되었다. 지혜는 자신이 진철을 사랑하는 마음은 탐욕이 아니라 '있는 그대로'의 실상 가운데 하나라고 생각했다.

지혜는 외숙 가족이 봉원사로 피신할 때 집에 남았다. 진철에게 꼭 할 이야기가 있다며 하루만 더 있다 가겠다고 당당히 말했다. 예감이 또 적중했다. 진철이 문을 두들겼다. 지혜는 삶에서 가장 큰 용기를 내었다. 더는 미련한 사랑을 하지 않겠다고 작심한 터다. 마주한 진철의 눈빛도 다르지 않았다. 하나 되고 싶은 갈망을 읽었다. 어미산 마루에서 폭탄이 곰비임비 터지는 소리를 들으며 지혜는 사랑하는 남자와 한 몸을 이루었다. 외숙의 해몽이 딱 들어맞은 셈이다. 그래서 다음날 악몽을 다시 꿔도 가위눌리지 않았다. 사랑하는 사람을 품은 그 눈부시게 영롱한 순간들을 되살리며 그이와의 인연이 길이길이 이어지기를 곡진히 기도했다.

한 몸으로 사랑을 더한 직후다. 밀어를 나누곤 조심스레 물었다. 지금 벌어진 전쟁을 당신이 진정으로 지지하고 있는지 궁금하다고 속삭였다. 진철은 눈감은 채 살가운 미소만 지었다. 그이 생각도 확고하지 않다는 생각에 더 나아갔다.

"미국이 인천에 상륙하고 여기까지 왔다면 인민군이 승리하기는 아무래도 어렵지 않겠어요? 물론 이길 수도 있겠지요. 하지만 설령 이기더라도 통일 조국의 미래가 스탈린주의에 벗어나지 못할 체제라면 그것이 당신의 꿈은 아니잖아요?"

조곤조곤 되처 물었다. 진철은 말없이 지혜를 끌어안았다. 지혜는 내일을 위해 한발 물러설 때라고 소곤댔다. 누군가는 철학과에 남아 후배들을 잘 가르쳐야 한다며 봉원사 지하에 숨어 있으라고 권했다. 사흘 내내 그 순간이 너무너무 안타까웠다. 왜 더 적극 붙잡지 않았을까. 빙긋이 웃기만 하는 진철의 선택에 거추장스런 여자가 되진 않겠다며 더 말을 꺼내지 않은 후회가 물밀 듯 몰려왔다. 간절함으로 차분한 이성도 물러졌다. 종교적 감성이 압도했다. 자신과 결혼으로 맺어지지 않아도 좋으니 제발 진철이 전쟁에서 살아남기를 기도했다.

그렇게 된다면 평생 자비를 베풀며 부처님 가르침대로 살겠노라고 서원도 했다.

폭음이 우렁우렁 커질 때마다 가슴이 바작바작 타들어갔다. 부쩍 잦아진 위통을 견디며 합장했다. 그러다가 대웅전에서 기도만 할 게 아니라는 생각이 들었다. 인민군이든 국군이든 부상당한 사람들을 간호해서 자비를 실제 삶으로 실천하고 싶은 마음이 짙어갔다. 대웅전을 나왔다. 그런데 연희대 쪽에서 인민군들이 대열 지어 다가왔다. 반가움에 행렬을 살폈다. 그러다가 그들의 군복이 대부분 피투성이라는 사실에 경악했다. 특히 위생병이 그랬다. 대열 끝으로 갈수록 처참했다. 눈만 빼고 얼굴을 붕대로 감은 병사도 보인다. 지혜는 책임감 강한 진철이 맨 끝에서 무탈하게 나타나리라 기대했다. 덜커덩대는 가슴을 추슬렀다.

하지만 진철은 끝내 보이지 않았다. 앙가슴에 삭풍이 불었다. 지나간 대열로 거슬러 뛰어갔다. 〈로동신문〉 종군기자 혹 보았느냐고 물었다. 대부분 도리질했다. 한 인민군이 볼멘소리로 지휘부는 먼저 어미산 너머로 떠났다며 종군기자들도 동행했다고 일러주었다. 한시름 놓았다. 자신에게 들르지 않았다는 허수함은 안도감에 스쳐갔다. 대웅전에 돌아왔다. 무탈해서 감사드린다고 삼배를 올릴 때는 눈물까지 갈상갈상했다.

새로이 정좌하고 기도했다. 그런데 어쩐지 불안했다. 진철의 성격에 쉽게 산등을 떠날 성싶지 않았다. 그렇더라도 봉원사에 들르지 않고 가지는 않으리라. 그러자 방정스런 예감이 무장 짙어갔다.

황혼이 깃들 즈음이다. 결연히 일어났다. 종무실에 들어갔다. 신도들을 위해 비치해둔 구급약품 상자를 열었다. 하얀 붕대를 왼쪽 팔뚝에 감았다. 빨간 소독약으로 적십자를 그렸다. 만월전의 외숙은 기겁했다. 출입문을 막았다. 단호히 손사래쳤다. 너만 의지하고 있는 어머니를 생각하라고 타이르기도 했다. 지혜는 온 힘을 다해 외숙을 밀어냈다. 외숙모가 달려왔지만 이미 절 밖으로 나왔다. 구급상자를 들고 서쪽의 연희산등과 이어진 봉원사 오솔길을 넝큼넝큼 걸어갔다.

문학관에 이른 지혜는 눈을 들어 어스레한 산마루를 보았다. 철갑 두른 소나무가 가뭇없다. 그 자리에 미군이 꽂은 성조기가 펄럭였다. 가슴이 조릿조릿했다. 적십자 팔띠를 확인하고 산잔등 가는 길로 들어섰다. 하지만 구부러지는 길목에서 다급히 몸을 숨겼다. 미군을 발견했다. 일제의 총탄에 숨진 두 연희대생 무덤이 자리한 비탈 앞이다. 총구를 앞세운 채 껌을 질겅질겅 씹으며 서성댔다. 두려움이 엄습했다.

씁쓸한 모멸감으로 걸음을 돌렸다. 불현듯 종군기자실이 떠오른다. 혹시 그곳에 은신했을까. 한줄기 희망으로 총총히 다가섰다.

33장

어떤 독재도 계급도 없는 나라

온몸이 싹둑싹둑 잘려 나가는 고통이 파도처럼 밀려왔다. 진통제 약효가 가신 탓이었을까. 차라리 죽고 싶은 충동마저 일었다. 예리한 회칼로 살을 발라내기라도 하는 듯이 모질었다. 진철은 저도 몰래 동학인들이 수련에 들어갈 때 기도하는 주문을 되뇌었다.

"지기금지 원위대강(至氣今至 願爲大降)"

천도교 교당을 다니던 시절 탐독한 '단재학당 강의록'이 중시한 기도문이다. 우주의 지극한 기운이 자신에게 들어오기를 갈망했다. 하늘과 하나되는 인내천도 거듭 새겼다. 언제나 외세와 손잡고 민중을 지배하려는 반민족 세력에게 철학 강의실을 다시 내줄 수는 없는 일이다. 속니를 아드득아드득 물어 되새김질했다. 정신을 놓지 않으려 눈에도 힘을 주었다.

기실 진철의 꿈은 소박했다. 남과 북, 북과 남이 통일을 이루면 새로운 시대가 열리리라 믿었다. 친일파들을 깔끔히 청산하고 '인민공화국'이든 '민주공화국'이든 이름에 걸맞게 어떤 독재도 어떤 계급도 없는 나라를 건설하는 데 서돌이 될 철학 정립에 몰입하고 싶었다. 궁극적 물음도 잊지 않았다. 우주에서 인간이란 무엇인가. 진철이 스스로 설정한 화두다. 무한한 시공간에서 인류는 어떻게 살아야 옳은가, 인류사는 어디로 흘러가고 있는가. 그 물음들을 탐구해서 새로운 사회철학에 담겠다는 뜻을 세웠다. 우주에서 미미한 존재인 인간의 삶은 언뜻 모멸스럽다. 하지만 사람은 저마다 사랑으로 우주를 더 아름답게 가꾸는 생명체 아닐까. 바로 그래서다. 사람과 사람이 서로 마음놓고 사랑할 수 있는 세상을 소망했다. 진철에겐 그 소망이 욕망이라면 욕망이고, 야망이라면 야망이다.

한탄강을 넘나들며 이어간 사색으로 나름의 얼개는 마련했다. '노동해방'의 철학과 '경천애인'의 인식론적 접목이 그것이다. 평양의 책상 서랍에 넣어둔 초고들이 체계적으로 다듬어지길 기다리고 있다. 그런데 정작 '철학의 길'에서 죽음을 맞는다? 하늘이 설마 그렇게 무심하겠는가. 기실 진철과 수철의 문제의식은 같았다. 〈성조지〉 종군기자 수철은 혁명의 동지들은 물론 민중까지 무람없이 숙청하는 스탈린주의자들로부터 철학 강의실의 자유를 지키려 했다. 〈로동신문〉 종군기자 진철은 일본제국에 부닐다가 미국으로 재빨리 갈아탄 부라퀴들과 그들을 대변하는 기득권 교수들로부터 철학을 지키려 했다. 둘 다 철학 강의실을 사랑한 까닭이다.

포탄 파편에 맞은 극한 통증은 진철에게 '민중의 관점'을 체득케 했다. 처처에서 마주한 시신들 각각이 죽음을 맞기까지 얼마나 고통스러웠을까. 비로소 깨단했다. 전면전의 속전속결은 백일몽이 되었다. 그렇다면 무엇이 최선일까. 서울에서 시가전을 벌일 게 아니라 아예 38선까지 스스로 철수하는 게 상책 아닌가. 그 선을 사수하며 협상에 나서면 어떨까. 그래서 공화국 내부적으로 전면전을 일으킨 책임을 묻고 지도부를 재편해 남쪽 민중들까지 선망할 공화국을 건설해야 옳지 않을까. 그때 비로소 불의 폭풍에서 생명을 잃은 청년들의 진혼곡이 울려 퍼지리라. 이런저런 생각이 떠오르는 대로 수첩에 비뚤비뚤 적었다.

눈앞이 가물가물해서 적바림을 멈췄다. 힘을 얻으려 지혜를 그리는데 어디선가 군홧발 소리가 들렸다. 설마 잘못 들었겠지 싶은 순간, 계단 내려오는 소리가 더 분명히 울렸다. 머릿살이 팽팽해왔다. 저승사자가 다가오는 듯했다. 사랑하는 지혜가 바로 옆 봉원사에 있는데 죽음을 맞는다? 초고 상태의 철학 원고들을 평양에 남겨둔 채 생을 마친다? 그 가능성이 눈앞에 닥치자 공포감이 걷잡을 수 없이 증폭된다. 군화 소리가 바싹 가까이 다가왔다. 파들파들 떨며 귀 기울였다. 서로 영어를 주고받는 말로 미뤄 보건데 미군 두 명이 확실했다. 불현듯 적개감이 타올랐다. 조용히 권총을 뽑았다. 통증으로 권총 잡은 손이 사시나무 잎처럼 떨렸다. 두 손에 안간힘을 넣어 꽉 거머쥐었다. 머리칼이 곤두섰다. 일제 경찰들과 대치해서 총알을 네 발이나 맞으면서도 동지들을 위해 꿋꿋이 싸운 아버지가 스쳐갔다. 온몸에서 힘을 길어 올렸다. 심장이 가빠르게 쿵쾅쿵쾅 댔다. 밤에는 움직이지 않는 미군이 왜 굳이 땅거미 내려앉은 문학관에 돌연 나타난단 말인가. 자신은 '군인이 아니라 민간인 종군기자'임을 어떻게 영어로 설명할까. 그런 생각마저 빠르게 지나갔다. 제발 7호실을 비켜가라 기원했다.

기어이 문이 열렸다. 미군 장교가 권총을 좌우로 돌려대며 들어왔다. 야전침대에 기대 권총을 겨눈 진철과 마주쳤다. 파란 눈이 휘둥그레졌다. 소스라치게 놀란 미군이 권총을 들이댔다. 진철이 방아쇠를 당겼다. 미군 장교가 왼쪽 가슴을 움켜쥐며 쓰러졌다. 뒤따라 들어오던 자가 허둥지둥 권총을 겨눴다. 그 순간 다시 방아쇠를 당겼다. 동시에 상대도 총을 쏘았다. 뜨거운 분노의 적개심 또는 차가운 죽음의 두려움일까. 두 사람은 방아쇠를 연거푸 당겼다.

총성이 네 발 울렸다. 빈 강의실에서 반지하 전체로 산울림되어 퍼졌다.

두 사람 모두 철학 강의실 바닥으로 가깝게 널브러졌다. 총을 쏠 때 스친 상대의 얼굴이 어딘가 수상했다. 가쁘게 고개를 들었다. 수철과 진철의 눈이 마주쳤다. 서로의 눈동자에서 자신들의 절망을 보았다.

수철의 눈앞에 세 청년이 함께 나눈 시간들이 물살처럼 흘렀다. 별안간 환해지면서 손에 쥐고 있던 권총이 고개와 함께 툭 떨어졌다. 진철은 총을 떨궜다. 서러움이 몰려왔다. 시대를 이끄는 철학을 정립하자고 약속했던 시간들이 개여울처럼 밀려갔다. 남은 힘을 다했다. 진달래 손수건을 꺼내 입맞추었다. 치자향이 마치 지혜의 체취처럼 가슴에 스며들었다. 나른했다.

어둑한 강의실에 불쑥 곰이 나타난다. 그 뒤로 지혜가 보일락 말락 아른댄다. 어슬렁거리는 곰이 시나브로 작아진다 싶더니 아장아장 다가온다. 총상을 보들보들 핥아준다. 쑥 내음이 향긋하다. 몸도 날아갈 듯 개운하다. 푸근함에 젖어들던 진철은 아기 곰이 하도 어여뻐 자꾸만 감기는 눈을 부릅뜬다. 아기 곰이 이끄는 대로 지혜가 진달래꽃 뿌려놓은 철학 강의실을 사뿐히 지르밟아 걷는다. 문밖에서 돌아보니 문학관은 돌비알이다. 암벽 아래 작은 동굴과 고만한 바위가 보인다. 조금 전 밀고 나온 바위다. 마주친 세상은 별빛으로 총총 눈부신 별숲이다. 잔별과 잔별이 그들 사이로 숲길을 그린다.

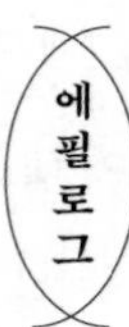

에필로그

징글징글한 전쟁은 3년 넘도록 국토를 할퀴며 수백만 생명을 부숴다. 휴전 협정을 맺는 날까지 단말마의 비명을 질러댔다. 포탄과 네이팜탄 따위로 애먼 민중들을 파괴했다.

불완전하나마 평화를 찾은 산하는 마술을 부렸다. 피와 살 흠뻑 머금은 철학의 길은 초록으로 물들어갔다. 불꽃 사랑으로 세상에 불러온 새로운 사람이 지혜가 살아가는 힘이 되었다. 이따금 그 고사리손 잡고 연희산등을 산책했다. 해마다 한가위 이틀 앞둔 가을날에는 문학관 잔디밭을 찾았다. 아이에게 신화를 들려주거나 달빛이 그윽이 내릴 때까지 놀이하며 떠날 줄 몰랐다.

문학관 담쟁이는 포탄으로 팬 구렁에 뿌리를 맞대고 무성히 자랐다. 이윽고 문학관을 에워쌌다. 그 초록 이파리와 넝쿨손이 지혜에겐 구렁에 잠든 두 철학도의 넋과 손처럼 다가왔다. 가을을 맞으면 더 그랬다. 덩굴손은 핏빛이 되었다. 스무살의 세 청년이 '철학의 길'을 언약하며 밤하늘 잔별이 숲을 이룰 때까지 이야기 나눈 그 가을이 사무쳤다.

그날 으스름달 아래 지혜는 외숙을 불러 사고무친 두 청년을 구렁에 묻었다. 외숙은 두 사람의 몸을 더듬어 수첩을 꺼내 지혜에게 건넸다. 종군기자 수첩에는 두 청년의 몸을 힘차게 돌았을 피가 배어 있었다. 전투 현장의 참혹함을 증언한 수첩의 여백들에 깨알 같은 적바림은 사랑의 고뇌를 드문드문 담았다. 마지막 나날에 두 사람을 괴롭힌 흉통, 두통까지 오롯이 머금었다.

두 청년은 철학자로 어둠에서 빛나는 별을 꿈꿨다. 그런데 시대의 밤이 너무 짙었다. 커다란 괴물처럼 시커먼 입으로 날름날름 삼켰다. 그 휘휘한 어둠이 짙어가면서 보일락 말락 무엇인가에 한 톨 한 톨이 모여들었다. 중력이 꿈틀꿈틀하더니 이윽고 반짝인다. 마치 원시별처럼.

〈끝〉

작가의 말

한국전쟁의 빛을 찾아서

옹근 70년 전인 1953년 7월 27일. 한국전쟁의 포성이 멎었다. 남과 북의 산하에 수백만 명을 묻은 채 종전도 아닌 휴전이다. 그 피와 뼈의 어두컴컴한 구렁에서 무엇을 길어 올릴 수 있을까. 식민지에서 비롯된 분단과 한국전쟁의 짙은 어둠에서 무엇이 깜박깜박 빛을 보내고 있을까. 실제 일어난 치열한 전투에서 그 빛을 찾아갔다.

소설의 무대는 많은 이들이 무심코 지나치는 곳이다. 서울의 연희동과 연세대 사이에 야트막한 능선이 있다. 연세대 서문에서 북문을 거쳐 어미산으로 올라가는 산등이다. 그 능선이 한국전쟁의 가장 격렬한 전장 가운데 하나임을 대부분 모른다. 연희동 주민이나 대학생들도 그렇다.

연희고지로 불린 그 전장, 붉은 피가 개울을 이룬 그 능선에 어떤 목소리가 아우성치고 있을까. 귀 기울였다. 망각의 강 너머로 보내서는 안 될 눈부신 진실을 찾을 수 있었다. 포탄에 목이 잘린 얼굴, 붉게 부릅뜬 눈만이 아니다. 그 가을 사려 깊은 청년들이 품은 따뜻한 숨결, 고귀한 뜻, 아름다운 꿈에 우리가 접속할 때 비로소 해원이 가능하지 않을까.

전쟁의 포성이 멎고 70년이 흐른 2020년대. 젊은이들이 사랑을 포기할 정도로 세상은 팍팍하다. 사회 전반에 각자도생의 살풍경이 넘실댄다.

그해 가을, 한국전쟁의 까만 어둠에서 길어 올린 이야기는 연가(戀歌)일 수도 비가(悲歌)일 수도 있다. 그 사랑의 기쁨 또는 사랑의 슬픔에서 반딧불처럼 반짝이는 빛을 찾았다. 한탄강 남쪽도 북쪽도 밤이 깊어서일까, 아주 작은 빛이 찬란히 다가왔다. 그 빛을 소설의 그릇에 담았다.